Wladimir Kunin
»I go to Haifa!«

Wladimir Kunin

»I go to Haifa!«

Roman

Aus dem Russischen von
Marlene Milack-Verheyden

Piper
München Zürich

Die russische Originalausgabe erschien erstmals 1991
unter dem Titel »Iwanow i Rabinowitsch ili Ai go to Haifa«
im Verlag Retur, Leningrad/St. Petersburg.

ISBN 3-492-03578-7
© R. Piper GmbH & Co. KG, München 1993
Gesetzt aus der Sabon Antiqua
Gesamtherstellung: Clausen & Bosse, Leck
Printed in Germany

Inhalt

1. Teil: Iwanow und Rabinowitsch

1. Teil
Iwanow und Rabinowitsch

Wie man ein Krimineller wird

An jenem Abend stand Aaron Rabinowitsch, vierundvierzig Jahre alt und in Arbeitskluft, in einer Kneipe nach einem Glas Bier an. In der Hand hielt er eine kleine, gesalzene Plötze.

Vor dem Ausschank wurde die Schlange dichter, zweifellos würde es gleich Zoff unter den vordrängelnden Durstigen geben.

»He, Leute, immer schön hinten anstellen! Ist das so schwer? Wir stehen alle an«, sagte Aaron friedlich.

Drei bullige junge Burschen lachten. Einer seufzte laut und sagte:

»Mein Gott... Wie lange noch werden diese dreckigen Juden in Rußland das Sagen haben?! Schade, daß wir keinen Hitler haben, verdammte Sippschaft...!«

Aaron verstaute behutsam die Plötze in seiner Arbeitshose und knallte dem Hitler-Freund die Faust gegen den Unterkiefer, daß er zu Boden ging.

Die zwei anderen gingen auf Aaron los, aber Aaron rammte dem einen seine große Faust in den Bauch, und den andern packte er bei den Haaren und riß ihm die Visage runter aufs Knie.

Dann begann in der Kneipe eine Massenschlägerei.

Vor dem Gebäude des Stadtbezirksgerichts stand ein Gefangenenwagen.

Auf der andern Seite der schmalen Gasse – ein alter,

verbeulter *Moskwitsch*. Daneben ging Riwa auf und ab, Aarons üppig gebaute Schwester.

Ein paar Schritte weiter stand eine kleine, auffällig geschminkte Frau, die unentwegt zur Tür des Gerichtsgebäudes sah.

Milizionäre führten Aaron Rabinowitsch heraus. Er hatte ein blaugeschlagenes Auge. Hinter ihm einen schmächtigen Blonden, etwa vierzig Jahre alt.

»Aarontschik!« Riwa rannte zu ihm rüber.

»Schone mir den Wagen. Rase nicht wie eine Irre«, sagte Aaron zu ihr.

»Wassjenka!« schrie die kleine, angemalte Frau.

»Leb wohl, Klawotschka...« sagte der Blonde niedergeschlagen.

»Wenn ich bitten darf!!!« brüllte der Chef der Geleitmannschaft mit kräftiger Stimme.

Aaron und der Blonde kletterten in den Wagen. Zwei Milizionäre stiegen mit hinten ein. Die Tür schlug zu, und der »Schwarze Rabe« fuhr an.

Im Halbdunkel des Wagens fragte Aaron seinen Nachbarn:

»Deine Frau, die dich verabschiedet hat?«

»Meine Schwester Klawa.«

»Bei mir war's auch die Schwester. Riwa... Wie lange hast du?«

»Zwei Jahre. Plus Aberkennung des Handelsgewerbescheins... Und du?«

»Auch zwei. Paragraph 206. Schlägerei.«

»Iwanow, Wassili«, stellte sich der Blonde vor.

»Aaron Rabinowitsch. Was dagegen?«

»Aber nein! Meine besten Freunde sind...«

»Maul halten!« blaffte der Geleitposten.

Und so nahm das Leben der Häftlinge Iwanow und Rabinowitsch seinen Lauf: Morgen- und Abendappelle, Arbeiten im Steinbruch, beim Holzeinschlag, Durchsuchungen, Marschieren in Reih und Glied, Doppelstockbetten in der Baracke, Wachtürme mit Posten rings um das Lager.

Winter... Sommer... Wieder Winter. Wieder Sommer...

Und zu jeder Zeit des Jahres, zu jeder Stunde des Lagertages war Iwanow an der Seite von Rabinowitsch. Und Rabinowitsch natürlich war allzeit an Iwanows Seite.

Wie im Fluge verstrichen die siebenhundertdreißig Tage und Nächte, und am selben letzten Tag wurden beide entlassen. Erlangten die Freiheit wieder, wie es im Lager heißt.

Wie sie die Freiheit wiedererlangten

In einem speziellen Raum unter dem Spruchband »Mit reinem Gewissen in die Freiheit!« sagte ein spezieller Offizier spezielle Worte:

»Ich hoffe, der Aufenthalt in unserer Kolonie war nicht umsonst und Sie werden wieder zu nützlichen Mitgliedern unserer Gesellschaft...« und nach einem Blick in Iwanows und Rabinowitschs Papiere, »nicht wahr, Wassili Petrowitsch und Aaron Moissejewitsch?«

»Jawohl, Bürger Vorgesetzter!« antworteten Aaron und Wassili im Chor.

»Jetzt bin ich nicht mehr Bürger Vorgesetzter für Sie, sondern Genosse.«

»So?« staunte Aaron.

»Natürlich! Natürlich, Genosse!« pflichtete Iwanow rasch bei.

»Ab jetzt, Aaron Moissejewitsch und Wassili Petrowitsch, gibt's auf der Welt für Sie nur Freunde und Genossen!« sagte der Offizier lächelnd.

Das tonnenschwere Lagertor mit den verrosteten Buchstaben *Ruhm der KPdSU* fuhr auseinander – Rabinowitsch und Iwanow waren frei.

Sofort umgab sie das Gejammer und Geschrei von Klawa und Riwa, die aus dem in der Nähe stehenden *Moskwitsch* angeflattert kamen.

»Klawotschka! Schwesterchen!« schluchzte Wassili zärtlich.

Riwa wollte sich auf Aaron stürzen, doch der wehrte sie ab und ging zuerst um den alten, klapprigen *Moskwitsch* herum. Er sah ihn sich von allen Seiten genau an, ehe er Riwa den umfangreichen Hintern im Minirock tätschelte.

»Bist wohl jetzt 'ne richtige Nutte geworden?«

»Aarontschik... Was redest du denn da? Vor all den Leuten...«

»Da hat Mama ja gerade noch rechtzeitig den Löffel abgegeben. Die hätte deine Aufmachung nicht ertragen...«

Und erst jetzt gab Aaron seiner Schwester einen Kuß.

»Da hast du ganz recht! Die wäre außer sich gewesen vor Begeisterung, daß du zwei Jahre im Knast gesessen hast, alter Gauner! Setz dich ans Steuer. Dein Führerschein liegt im Handschuhfach. Meine Vollmacht ist schon seit drei Monaten abgelaufen. He, Klawotschka! Fahren wir nun zu euch oder zu uns?«

»Piepegal!« rief Klawa fröhlich.

Spätnachts, nach einem feucht-fröhlichen Abend, spülten Klawa und Wassili, beide ziemlich betrunken, in der kleinen Küche ihrer Zweizimmer-Standardwohnung als gastfreundliche Hausherren das Geschirr.

»All die zwei Jahre war er für mich wie ein Schutzheiliger«, sagte Wassili. »Kein Krimineller wagte sich an mich heran – so eine Autorität war er... Jetzt ist er für mich wie ein leiblicher Bruder.«

»Schade«, lächelte Klawa. »Ich hatte gerade vor, ihn zu vernaschen. Aber daraus wird ja nun nichts. Wenn er für dich wie ein Bruder ist, ist er es auch für mich. Sehr schade...«

»Klawka!«

»Was heißt hier Klawka?! Als hättest du nicht ein Auge auf Riwka geworfen! Und ich, seh ich vielleicht aus wie ne Vogelscheuche?«

»Blöde Kuh! Der Teufel soll dich holen...!«

»Danke, gleichfalls!«

Im Wohnzimmer sagte der betrunkene Aaron zu Riwa:

»All die zwei Jahre war er für mich wie ein Schutzheiliger... Köpfchen hat der – wie der ganze Ministerrat zusammengenommen! Noch nie hab ich einen Juden getroffen, der so pfiffig und geschäftstüchtig wäre wie er! Alle im Lager haben ihn angebetet – er hat unsere Arbeitsnormen so hingedreht, daß kein Häftling was zu meckern hatte. Und muckte irgendein Kapo mal auf, hab ich ihm ne Haftverlängerung eingebrockt, und alles war wieder still. Noch im Lager haben wir beschlossen, auch draußen keinen Schritt ohne den anderen zu machen.«

»Netter Kerl...« sagte Riwa begehrlich.

»Riwotschka, ich flehe dich an... Denk an deine Liebhaber. Du hast ihnen allen das Leben verpfuscht! Die machen um unser Haus einen Riesenbogen. Von Wassja laß die Finger! Das sage ich dir als dein älterer und einziger Bruder. Ansonsten versohle ich dir den Arsch, daß dir Hören und Sehen vergeht!«

»Herrjemine, dein Wassja kann mich mal! Was ist an dem schon dran...«

Gegen Morgen war alles klar: im Durchgangszimmer schlief die große Riwa mit dem schmächtigen Wassili Iwanow, und im andern Zimmer schniefte die kleine Klawa behaglich an Aaron Rabinowitschs mächtiger Schulter...

Wie sie nach einem Arbeitsplatz unter sowjetischer Sonne suchten

An der Hauptpforte des Großunternehmens – eine Tafel:

GESUCHT WERDEN DRINGEND...

...und es folgte eine Liste von zwei Dutzend Berufen.

In der Personalabteilung gab eine rigorose Frau mit hochtoupiertem Haar Wassili Iwanow die Papiere zurück:

»Vorbestrafte nehmen wir nicht. Schon gar nicht bei der Warenversorgung. Wir produzieren für den Militärbereich!«

»Das war einmal«, korrigierte Wassili sie sanft. »Jetzt werden hier Kochtöpfe gestanzt.«

»Sind Sie sicher, daß es nur Kochtöpfe sind?« sagte die Frau spöttisch lächelnd. »Der nächste!«

»Autoschlosser«, sagte Aaron und legte seine Papiere auf den Tisch.

»Das ist etwas anderes! Autoschlosser brauchen wir wie die Luft zum Atmen!« Die Frau klappte Aarons Ausweis auf, las Namen und Vatersnamen und gab ihm den Paß sofort zurück. »Ich vergaß, Aaron Moissejewitsch, daß wir alle erforderlichen Autoschlosser schon eingestellt haben. Der nächste!«

In einer anderen Personalabteilung sagte ein junger Mann mit gelbem Schlips auf rotkariertem Sporthemd zu Wassili Iwanow:

»Zu schade! Wenn es nach mir ginge... Versorgungsfachleute mit deiner Erfahrung – genau die werden gebraucht! Aber ohne Vorstrafe. Du mußt schon entschuldigen, Iwanow...« Und der junge Mann wandte sich Aaron zu: »Ich höre...«

»Ich bin Autoschlosser...«

»Autoschlosser? Den Ausweis!«

Aufmerksam studierte er Aarons Paß, schüttelte den Kopf, warf den Paß auf den Tisch und sagte betrübt:

»Hör zu, Rabinowitsch! Machst du dich über mich lustig? Ich stelle dich heute ein, und morgen fährst du nach Israel?«

»Aber ich habe nicht vor, irgendwohin zu fahren!« brüllte Aaron.

»Das sagen alle. Und dann – schöne Grüße aus Tel Aviv! Du badest im Mittelmeer, und ich handele mir einen strengen Verweis ein und suche einen neuen Autoschlosser!«

»Willst mich wohl aus dem Land rausschmeißen, du Hund?!« heulte Aaron auf und streckte die Hände nach dem jungen Mann aus, doch Wassili Iwanow hängte sich wie ein Foxterrier an Aaron und flehte:

»Aarontschik! Hör auf mich! Denk ans Lager!«

In der dritten Personalabteilung jaulte Wassili Iwanow schon:

»Aber ich hab doch meine Zeit abgesessen! Ich hab für alles gebüßt!«

Der sechzigjährige Offizier a. D. sagte sehr ruhig und väterlich:

»Ich weiß, ich weiß. Hab selber zwanzig Jahre im Lager gearbeitet. Bin Träger der Medaille *Ehrenamtlicher Tschekist*. Von eurer Sorte sind unzählige durch meine Hände gegangen! Wie ich sehe, bist du ein guter Mensch – ich habe scharfe Augen. Aber die Vorschriften... Vorbestrafte dürfen wir nicht nehmen.«

Er wandte sich an Aaron:

»Und du?«

»Autoschlosser. Hier, meine Papiere...«

»Wozu Papiere? Ich sehe auch so, wer du bist. Ob Neger, ob Chinese – für mich persönlich sind alle gleich. Ich bin Internationalist alter Schule. Doch unser Generaldirektor mag das nicht...«

»*Was* mag er nicht?!!« schrie Wassili und stürzte sich auf den Offizier.

Aaron warf sich dazwischen, packte Wassili mit beiden Händen und trug ihn raus.

»Willst du noch mal eingelocht werden, du Schwachkopf!«

Wie Rabinowitsch Iwanow wurde und Iwanow Rabinowitsch

»In diesem Land will ich nicht mehr leben!!!« tobte Wassili Iwanow, zutiefst erschüttert, in einem hysterischen Anfall.

Nun ja, er tobte in Riwas kräftigen Armen, saß auf ihrem Schoß, und sie preßte seinen Kopf an ihren kolossalen Busen und flüsterte:

»Na, na, Wassja... Was ist denn, mein Kleiner... So beruhige dich doch, Kindchen... Aaron! Laß das Wodkasaufen! Tu lieber was! Hock nicht da wie ein Häufchen Unglück!«

»Was kann ich schon tun?« Aaron leerte betrübt sein Glas.

»Iß was, Liebling«, Klawa hielt ihm eine Stulle hin.

»Ich kann hier einfach nicht mehr leben...« heulte Wassili.

»Aaron! Du siehst doch, in welchem Zustand er ist! Tu endlich was!« wiederholte Riwa.

»Was kann ich einfacher Prolet schon tun, wenn sie einen intelligenten russischen Menschen so weit treiben, daß er seine Heimat verlassen will...?« Aarons traurige Stimmung schlug allmählich in tierische Wut um: »Durch den Fleischwolf drehen sollte man die verdammte Aasbande! Die sind so was von verblödet! Ich würde denen was scheißen, mich kriegten die nicht von hier weg! Obwohl ich Rabinowitsch heiße...!«

»O mein Gott!« wimmerte Wassili. »Wenn ich doch Rabinowitsch heißen würde! Dann hättet ihr mich am längsten hier gesehen!«

Riwa schubste Wassili plötzlich von ihrem Schoß, stellte ihn vor sich hin und sagte feierlich:

»Ihr hofft auf Wunder, und ich hab die Lösung! Du willst Rabinowitsch sein? Kein Problem – wir heiraten. Du nimmst meinen Namen an, ich stelle für uns vier den Ausreiseantrag, und wir verduften von hier, solange es noch geht!«

»Ach...« sagte Aaron erschrocken und sah besorgt zu Wassili.

»Genial!« Wassili war erschüttert, wie einfach die Lösung war.

»Und wenn die zwei Idioten nicht mitkommen wollen«, Riwa zeigte auf Aaron und Klawa, »dann werden sie uns mit dem Flieger besuchen kommen. Soll ja jetzt ohne Umstände möglich sein.«

Klawa setzte sich auf Aarons Schoß und schmiegte sich zärtlich an ihn.

»Und du, Aarontschik, heiratest mich und nimmst meinen Namen an. Wenn du erst Iwanow heißt, dann wollen wir doch mal sehen, ob sie dich einstellen oder nicht!«

Wie Aaron Iwanow und Wassili Rabinowitsch arbeiteten und lebten

Aus dem Lautsprecher dröhnt Mendelssohns *Hochzeitsmarsch*.

Eine ganz simple Preisliste hängt aus:

 1. Abmontieren eines Rades – 1 Rubel
 2. Vulkanisieren eines Schlauches – 1 Rubel
 3. Montage eines Rades – 1 Rubel
 4. Auswuchten – 1 Rubel

Aaron und Wassili arbeiten in einer genossenschaftlichen Reifenreparaturwerkstatt.

Langsam, kreischend dreht sich das auf der Werkbank liegende alte Rad. Aaron fährt mit dem Brecheisen unter dem Rand des Reifens entlang und löst ihn so mit Mühe von der verrosteten Felge.

Am Auswuchtgerät rotiert ein zweites, schon montiertes Rad. Wassili beobachtet den Zeiger des Gerätes. Er hält die Maschine an, macht eine Markierung mit Kreide, dann läßt er das Rad erneut rotieren...

Aus dem Lautsprecher dröhnt der *Hochzeitsmarsch*...

Auf der Werkbank werden mehrere Schläuche gleichzeitig vulkanisiert. Ringsum Berge von Reifendecken, Bahnen von »Rohgummi«, verbeulte Felgen, Nippel, Gewichte zum Auswuchten, Werkzeuge, ein Kompressor mit riesigem Druckmesser, ein mit Wasser gefüllter Bottich zum Prüfen der Schläuche...

Vor der Werkstatt Stücker zehn Autos. Ihre Besitzer bringen brüchige Reifendecken und löchrige Schläuche zu Aaron und Wassili und schleppen reparierte, zusammengeflickte, aufgepumpte weg...

Wassili erledigt die Abrechnung mit den Kunden, legt die Drei- und Einrubelscheine in eine große, eiserne Kassette, vermerkt etwas in einem Heft.

Aaron und Wassili haben ölig-schwarze Hände, speckige Overalls, verschwitzte, schmutzige, ausgemergelte Gesichter. Es ist eine Knochenarbeit...

Und über allem Mendelssohns *Hochzeitsmarsch*...

Der Vorsitzende der Genossenschaftsgarage betritt die Werkstatt:

»Rabinowitsch! Deine Frau ist am Telefon!«

»Danke, Chef!« sagt Wassili und verschwindet.

»Aaron Moissejewitsch! Iwanow! Unterschreib, daß du die Instruktion zur Brandbekämpfung eingesehen hast.« Der Vorsitzende reicht Aaron eine Mappe.

Aaron wischt sich die Hände an einem Lappen ab, nimmt den Stift:

»Wo?«

»Hier – Iwanow A. M. ... In Ordnung!«

Mendelssohns *Hochzeitsmarsch* dröhnt...

Wie sich schwere körperliche Arbeit auf das Familienleben auswirkt

Abends fuhren sie sauber gewaschen und müde von der Arbeit nach Hause. Der *Moskwitsch* quietschte, klapperte, der durchgebrannte Auspuff dröhnte.

Wassili sortierte die Einnahmen in zwei Häufchen.

»So ein Blödmann hat LKWs aus Togliatti angeschleppt. Ich hab fünfhundert für ihn abgezweigt...«

»Toll«, lobte Aaron.

»'n Viertelrubel für Wasser und Strom im vergangenen Monat... zwanzig Prozent Pachtgeld. Und 'n Zehner hab ich dem Nachtwächter zugesteckt. Wer weiß, wozu es gut ist!«

»Richtig.«

»Mit der Reifenwerkstatt bin ich einig geworden. Wir werden ihnen die Reifen zum Runderneuern geben. Sie wollen dreißig haben, wir werden von den Kunden fünfzig verlangen, dann gehören zwanzig uns...«

»Super.«

»Da, nimm. Achtundsiebzig für dich, und achtundsiebzig für mich.«

»Der Tag hat sich gelohnt.« Aaron steckte das Geld in die Tasche und hielt vor Wassilis Haus. »Was wollte Riwka am Telefon?«

»Sie hat alle Unterlagen beim OWIR abgegeben. Wir sollen warten, hat man ihr gesagt.«

»Wie lange?«

»Kann dir das nicht egal sein? Du fährst doch nicht mit.«

»Ich muß mir einen neuen Partner suchen. Kann schließlich nicht Klawka ans Auswuchtgerät stellen! Du gibst ja bei mir nur 'ne Gastrolle, Wassja.«

»Sollten wir nicht vielleicht doch... zusammen fortgehen, Aarontschik? Hm?«

»Komm, laß das! Hau ab! Bis morgen. Schönen Gruß an Riwka!«

Wassili stieg aus. Aaron fuhr ein paar Meter, bremste dann und stieß zurück. Er öffnete die Wagentür und rief:

»He, Rabinowitsch!«

Wassili kehrte bereitwillig um.

»Ich hab gehört, daß sie an der israelischen Grenze alle Männer zwingen, zusammen mit dem Paß auch ihren Pimmel vorzuzeigen. Wer nicht beschnitten ist, den schieben sie gleich wieder ab! Also, Wassja, bereite dich vor!« Aaron lachte wiehernd und fuhr los.

Wassili sah ihm nach und schüttelte den Kopf:

»Hund, verdammter! Aber was ist von einem Bekehrten schon zu erwarten?!«

Nach dem Abendessen kam Klawa in einem betörend kurzen Flatterhemdchen aus dem Bad. Sie besprühte sich vor dem Spiegel im Korridor mit Parfüm und lockerte kokett ihr Haar, ehe sie die Tür zum Wohnzimmer öffnete:

»Liebling! Da bin ich!«

Aaron, der den ganzen Tag über hart gearbeitet hatte, wälzte sich auf der Couch in tiefem, schwerem Schlaf. Sein gewaltiges Schnarchen brachte die zarten Fenstervorhänge zum Flattern und ließ die Kristallanhänger des tschechischen Kronleuchters klirren.

»Aber du hast mir doch versprochen, Liebster...« stammelte Klawa fassungslos. »Wir haben doch schon so lange nicht...«

Aarons Antwort war ein ungeheuerlicher Schnarcher. Klawa sank auf einen Stuhl an der Tür und begann bitterlich zu weinen...

In genau so einer Wohnung, allerdings am anderen Ende der Stadt, plagte sich Riwa mit dem vor Müdigkeit gefühllosen Wassili ab.

»Na und? Ist doch keine Tragödie! Mein Schatz ist eben müde... Er steht dem Kleinen halt nicht! Zur Zeit steht er allen schlecht. Sogar den Ausländern. Doch mein Wassja wird sich ausruhen, und dann zeigen wir's allen! Ja? Bleib liegen, mein Schätzchen, bleib liegen, bloß keine Aufregung. Ich mach das schon, mit allen Schikanen...«

Wie sie wieder Junggesellen werden

Wieder in der Reifenmontage. Abends.

Wieder löchrige Schläuche, kaputte Reifen, verbeulte Felgen, die Schlange der wartenden Kunden mit ihren Autos...

Die Reifenmontagebank dröhnt, der Kompressor heult. Aaron arbeitet allein – verschwitzt, schmutzig, müde.

Der Genossenschaftsvorsitzende schaut in die Werkstatt herein:

»Halt mal an, Iwanow.«

Aaron hält die Maschine an, schaltet den Kompressor ab.

»Wo ist Rabinowitsch?«

»Im Sprachkurs. Wir haben Ihnen von Anfang an gesagt, daß er hier nur bis zur Ausreise arbeiten wird...«

»Und wenn ich ihn dir wegnehme und zu meinem Stellvertreter für Produktion und Ökonomie mache?«

»Nicht nötig. Er hat sein Teil schon abgesessen.«

»Pfui Deibel!« Der Vorsitzende bekreuzigt sich sogar.

»Hüte deine böse Zunge!«

»Nein, ernsthaft, er wird's nicht machen. Er will weg.«

»Schön... Gott steh ihm bei«, der Vorsitzende lächelt spöttisch, schüttelt den Kopf und sagt erstaunt: »Wassili Rabinowitsch... Klingt merkwürdig, nicht, Aaron Moissejewitsch?«

Aaron schaltet die Werkbank wieder ein, stellt den Kompressor an und schreit seinem Chef durch den Krach zu:

»Und daß ich Iwanow heiße – das soll normal sein!?«

Im Keller eines alten Petersburger Hauses, unter Heizungsrohren und Elektrokabeln sitzen auf wackligen Stühlen an schäbigen Tischen etwa fünfzehn künftige Emigranten und lernen Iwrith.

Ein modern gekleideter junger Mann mit jüdisch-torerohaftem Zöpfchen schreibt mit Kreide uralte Wörter auf die ziemlich alte Schultafel... Von Zeit zu Zeit dreht er sich um und sagt etwas; Wassili, von der Arbeit ausgelaugt, sieht in seiner Schlaftrunkenheit den sich bewegenden Mund, versteht aber nichts.

Gelegentlich verpaßt Riwa ihm einen Stoß mit dem Ellbogen. Dann fährt Wassili erschrocken auf und starrt zur Tafel.

Alle andern notieren fleißig die Weisheiten der Ahnensprache.

Jedesmal wenn der Lehrer sich zum Auditorium umwendet, begegnet er dem aufreizenden Blick der drallen Riwa. Wenn Riwa sich langsam und wollüstig mit der Zunge über die Lippen fährt und die Beine so übereinanderschlägt, daß sich ihre üppigen Schenkel öffnen und ihr Slip zu sehen ist, verschlägt es dem Lehrer die Sprache, und das Zöpfchen richtet sich auf...

Am Russischen Museum sagte die aufgedonnerte Riwa zur ebenso aufgedonnerten Klawa:

»Er hat Besuch von einem Freund aus Stockholm. Der ist mit dem eigenen Schlitten da und wohnt im *Astoria*.«

»Ins *Astoria* kriegst du mich nicht!« sagte Klawa feige. »Dort bin ich bekannt wie ein bunter Hund. Ins *Pribaltijskaja* schon eher...«

»Gut. Aber ins *Pribaltijskaja* gehe ich inkognito, klar?! Wir nehmen ihn entweder mit zu dir oder zu mir«, sagte Riwa fest entschlossen.

»Oh, Riwka! Allein der Gedanke ist schrecklich! Wenn nun plötzlich...«

»Jetzt ist es elf. Früher als acht kommen unsere beiden nicht. Zeit genug. Wir sitzen ein bißchen zusammen, trinken was, entspannen uns...«

Der schöne Wagen mit dem ausländischen Nummernschild fuhr vor. Ihm entstieg eilig der Iwrith-Lehrer mit seinem Torerozöpfchen, und vom Fahrersitz stemmte sich sein ausländischer Freund und sagte begeistert:

»Tolle Weiber! Mama mia!«

Die Tür der Reifenmontage flog auf, und der Vorsitzende der Kooperative und ein älterer Oberleutnant der Miliz betraten die Werkstatt.

»Das ist unser neuer Bezirksbevollmächtigter, Männer«, sagte der Vorsitzende. »Er will mit euch reden.«

»Folgendes, Genossen... Ich möchte Sie bitten, Genosse Rabinowitsch«, der Bevollmächtigte wandte sich irrtümlich an Aaron, »und auch Sie, Genosse Iwanow«, er sah Wassili an, »mir umgehend Ihre Entlassungspapiere aus dem Lager zu bringen.«

»Rabinowitsch – das bin ich«, sagte Wassili.

»Und ich bin Iwanow«, sagte Aaron.

Der Bezirksbevollmächtigte überspielte sein Erstaunen und sagte barsch:

»Dann erst recht, Bürger. Heute Punkt 19 Uhr haben mir die Bescheinigungen vorzuliegen.«

»Na schön, ich werde Ihnen meine bringen, aber wozu brauchen Sie die von Wassili Rabinowitsch? Er ist hier nicht fest angestellt, er hilft nur so lange aus, bis er vom OWIR die Genehmigung zur Ausreise bekommt.«

»Ja, Rabinowitsch ist nicht bei uns angestellt!« sagte der Vorsitzende erfreut. »Wir haben nur eine Planstelle für einen Reifenmonteur! Er ist sozusagen nur aufgrund einer Vereinbarung mit Iwanow, äh, mit Aaron Moissewitsch hier und...«

»Machen wir's kurz!« unterbrach ihn der Bevollmächtigte. »Ich verlange beide Bescheinigungen. Wer von Ihnen Rabinowitsch und wer Iwanow ist, spielt für mich keine Rolle. Ich muß wissen, was in meinem Zuständigkeitsbereich los ist. Im Sozialismus ist Statistik alles!«

Als sie vor Wassilis Haus aus dem gräßlichen *Moskwitsch* stiegen, sahen sie den fremden Wagen.

»Ist das ne Karre!« Aaron war hingerissen.

»Komm mit uns nach Israel, und du wirst auch so eine haben.«

27

»Ach, komm! Bei der Kohle, die wir beide jetzt verdienen, lebt sich's auch hier ganz gut. Dort geh ich vor die Hunde.«

Während sie die Treppe hinaufgingen, sagte Wassili:

»Vor die Hunde gehst du nicht... In der Sowjetunion leben zweihundertachtzig Millionen Menschen, und in der gesamten Welt so an die fünf Milliarden. Das heißt, vier Milliarden siebenhundertzwanzig Millionen kommen irgendwie ohne die Sowjetunion zurecht und gehen nicht vor die Hunde, hm?!«

»Ich bin hier geboren und aufgewachsen«, sagte Aaron stur.

»Dort ist zumindest garantiert, daß niemand *Judenfresse* zu dir sagt«, Wassili schloß die Tür zu seiner Wohnung auf, aus der laute Musik kam, und lächelte zärtlich: »Mein Häschen erwartet mich sehnsüchtig.«

Sie traten in den Flur und schlugen die Tür hinter sich zu.

Sofort brach die Musik ab, ein unterdrückter Schrei war zu hören, Gepolter... Etwas aus Glas fiel herunter...

Dann flog krachend die Wohnungstür auf, und der Iwrith-Lehrer mitsamt seinem ausländischen Freund, beide splitternackt, wurden hinausgeworfen. Dann folgten ihre Kleidungsstücke.

Sie stürzten entsetzt die Treppe hinunter und zogen sich dabei die Hosen an. Kurz darauf war zu hören, wie der starke Motor des ausländischen Wagens aufheulte und sie mit quietschenden Reifen davonbrausten...

Abends nahm Aaron Wassili mit zu sich nach Hause. Sie saßen noch im *Moskwitsch*, da sahen sie vom Haus einen Laster wegfahren, vollbeladen mit Möbelstücken, Kühlschrank, Fernseher, Stehlampe, Gitarre und Gummibaum.

Im geräumigen Fahrerhaus neben dem Chauffeur — ganz die beleidigte Unschuld — Klawa mit geschwollener Lippe und Riwa mit blauem Auge.

Wassili und Aaron sahen sich an und machten sich ans Ausladen des *Moskwitschs*. Zum Vorschein kamen Wassilis abgeschabtes Köfferchen aus der Lagerzeit, zwei mit Wäscheleine zusammengebundene Stapel Bücher und in einer durchsichtigen Plastikhülle sein einziger Anzug mit Schulterpolstern.

Damit war das Ausladen beendet.

»Es war eine Liebe ohne Freude, die Trennung wird ohne Trauer sein...« deklamierte Aaron und schleppte Wassilis Sachen ins Haus.

In der halbleeren Wohnung (Klawa und Riwa hatten es fertiggebracht, alles, was nicht niet- und nagelfest war, abzutransportieren) fand ein großes Männerbesäufnis statt.

Zwei Flaschen Wodka waren schon leer, eine weitere war noch halb voll, und zwei ungeöffnete warteten darauf, daß die Reihe an sie kam...

»Was hat ihnen gefehlt? Was?!« rief Wassili verzweifelt. »Wie die Maden im Speck haben sie gelebt! Zwischen fünfzig und hundert Rubel haben wir täglich nach Hause gebracht. Und außerdem, Aarontschik, waren wir durch verwandtschaftliche Doppelknoten verknüpft...«

»Durch was?«

»Knoten. Na ja, ich meine Bande!«

»Wieso denn?«

»Ich erklär's dir. Klawka — wer war das für dich? Deine Frau?«

»Meine Frau.«

»Und meine Schwester. Und deine Riwka war für mich?«

»Deine Frau...«

»...und deine Schwester! Eine doppelte Bindung also!!! Mehr noch! Riwka will raus aus dem Land – keine Frage! Klawka will hier bleiben – auch gut! Alles, nach ihren Wünschen! Alles für sie! Und nun das! Wofür?! Warum?!«

»Sie sind Huren, Wassja! Huren! Einen Wolf kannst du füttern, soviel du willst, er wird doch nicht zahm... Apropos füttern – iß einen Happen. Hier, komm, ich mach dir ein Brot zurecht...«

»Warte! Erst trinken wir. Du und ich, wir beide haben das Lager überstanden... Auf nackten Pritschen haben wir geschlafen, aus einer Schüssel die Gefängnisplürre gelöffelt... Nimm's mir nicht übel, Aaron, aber deine Schwester Riwka hat sich als Nutte entpuppt. Sei mir nicht böse...«

»Sei du mir auch nicht böse, Wassili. Ich hab unheimliche Achtung vor dir. Ich bin im Lager immer für dich eingetreten, und ich werde dich auch hier draußen nicht im Stich lassen. Aber deine Schwester Klawka ist genauso eine Schlampe! Entschuldige.«

»Weißt du überhaupt, wie groß meine Achtung vor dir ist?! Ab heute gibt es für mich keine Frau namens Riwka und keine Schwester Klawka mehr! Ich sage mich von ihnen los! Für mich gibt es nur noch dich, Aarontschik, ansonsten brauche ich nichts, gar nichts!«

»Komm, laß dich küssen«, Aarons Augen füllten sich mit Tränen. »Dafür hat man nun eine halbe Ewigkeit im Knast gesessen! Ich habe jetzt auch niemanden mehr – nur dich, Wassja, meinen treuesten Freund! Ansonsten bin ich fertig mit der Welt! Laß uns stehend trinken!«

Sie erhoben sich mühsam vom Tisch, tranken und weinten ein wenig an der Schulter des anderen.

»Schluß!« sagte Wassili. »Endgültig Schluß! Das Leben geht weiter! Man muß an morgen denken!«

»Richtig!« schrie Aaron auf. »Morgen beschaffe ich uns ein paar affengeile professionelle Schwestern, und wir machen uns einen flotten Abend!«

»Ich habe eigentlich den globalen Moment unserer Existenz im Sinn.«

»Darauf trinken wir noch was!« Aaron öffnete die vierte Flasche.

»Gieß ein! Prima!« Wassili hob das Glas. »Jetzt, wo dich hier nichts mehr hält, Aaron, mußt du mit mir mitfahren!«

»Jawohl«, stimmte Aaron bereitwillig zu. »Aber vorher trinken wir jeder noch ein Gläschen! Außerdem muß ich mich noch umziehen...«

»Du hast mich falsch verstanden, Aaron. Ich meine, nach Israel sollten wir beide zusammen fahren.«

Aaron leerte das Wodkaglas, aß langsam etwas nach und sah Wassili ernst in die Augen.

»Ich bin siebenundvierzig, Wassja...«

»Und ich vierundvierzig! Na und?« rief Wassili.

»Ich bin siebenundvierzig«, wiederholte Aaron hartnäckig. »Und noch einmal von vorn anfangen – ohne Sprache, ohne Bleibe, ohne Geld...«

»Die Sprache läßt sich lernen. Eine Wohnung und ein Minimum an Geld ist allen Emigranten garantiert.«

»Auf Emigrantenalmosen scheiße ich! Mein Leben lang haben mich diese Hände ernährt! Nie war ich jemandem verpflichtet!«

»Brüll nicht rum. Wir beantragen den Flüchtlingsstatus...«

»Was ist das schon wieder für ein Schwachsinn?«

»Naja, wir geben an, daß wir unter der Sowjetmacht zu leiden hatten und im Knast gesessen haben...«

»Wassja! Hast du kein Gewissen?! Überleg doch mal, wofür wir gesessen haben. Ich habe drei Blödianen die Fresse poliert, und du in deinem Baumaterialladen hast ein krummes Ding nach dem anderen gedreht. Pah, wir und Flüchtlinge! Was quatscht du da für dummes Zeug, Leidensbruder?!«

»Ich verstehe. Du willst warten, bis die Pogrome gegen die Juden so richtig losgehen!«

»Wir werden schon sehen, wer – wen...« Aaron bog die Gabel zu einem Knoten.

»Also was dann? Den Bürgerkrieg abwarten? Der ist schon im Gange! In Armenien, in Aserbaidschan! Usbeken schlachten Türken ab, Turkmenen – Russen, Kirgisen – Usbeken! Morgen werden die Präsidenten unserer Republiken nicht bereit sein, das Stück Pirogge zu teilen, und wir werden in ein blutiges Gemetzel hineingezogen! Mußt du unbedingt mitten in IHREM dicksten Schlamassel stecken, Idiot?! Oder brauchst du vielleicht ein neues Afghanistan?!«

»Na, hör mal! Ich bitte dich, Wassja! Komm zu dir!« erschrak Aaron.

»Heute gibt dir das Land die Chance, winke winke zu machen und abzuhauen. Und morgen macht es die Grenzen dicht und erklärt, daß an allem die Juden, die Intellektuellen und die Privatunternehmer schuld sind... Sollte man diese Chance nicht nutzen? Jetzt mal ohne alle Politik, einfach so, aus Neugier... Weiter als bis nach Sestrorezk bist du in deinem Leben doch noch nicht gekommen!«

»Wieso?« Aaron war gekränkt. »Neunundsiebzig war ich in Kislowodsk. Den Ferienplatz hat mir das Werk gegeben...«

»O Scheiße, du Vollidiot!« Wassili spuckte symbolisch aus. »Schenk ein, Aaron Moissejewitsch Iwanow! Schenk ein! Ich hab dich durchschaut! Du willst mich einfach loswerden!«

»Ich?! Ich und dich loswerden?! Du willst *mich* loswerden und hier allein zurücklassen! Dir scheißt ein Spatz die Idee ins Hirn, daß du hier weg mußt, aber hast du schon mal darüber nachgedacht, wovon du dort leben willst?! Tja, wenn man mit einem Haufen Kohle im Gepäck dort ankäme, würde ich's mir überlegen. Aber hinfahren und die Hand aufhalten – njet, danke, darauf scheiß ich! Mich hat schließlich nicht der Klapperstorch gebracht.«

»Na, Gott sei Dank! Endlich ist der Groschen bei dir gefallen! Um nicht wie arme Schlucker dort anzukommen, gibt's zig Möglichkeiten!« freute sich Wassili.

»Diese Möglichkeiten kenne ich, du Ganove! Sich hier Valuta beschaffen... und nach Paragraph 88 in den Knast wandern? Oder für unsere sauer verdienten Mäuse Brillanten kaufen und sie sich dann vor der Zollkontrolle in den Hintern stecken? In der Hoffnung, sie gucken nicht nach. Eher würde ich mich vor Scham im Klo erhängen! Da habe ich meinen Stolz...«

»Manche nehmen Ikonen mit, Kunstwerke«, schlug Wassili zaghaft vor. »Man hat mir gesagt...«

»Schweig und vergiß es! Alles krumme Sachen! Ich hab mein Quantum abgebrummt und denke nicht daran, nochmal in den Knast zu gehen. Und dich werde ich auch davor bewahren! Einmal reicht!«

»Und wenn ich eine absolut legale Möglichkeit finde, als wohlhabende Leute dort anzukommen, würdest du dann mitkommen?«

»Wenn es ohne Kriminalität abgeht und wenn es sicher ist – ja! Wenn nicht – sieh her!« Aaron winkelte den rechten Arm an, schlug mit der linken Hand in die Ellenbogenbeuge und zeigte Wassili die geballte Faust.

»Na, was glotzt du? Gieß ein, Wassja Rabinowitsch! Gieß ein!«

Wie sich vor Versuchungen retten

Und wieder löchrige Schläuche, kaputte Reifendecken, verbeulte Felgen...

Wieder Schmutz, Schweiß, an den Kräften zehrende Knochenarbeit, Knochenarbeit, Knochenarbeit...

Durch das Werkstattfenster sind die Wagen der Kunden zu sehen.

Ein schwarzer *Dewjatka* mit Spoilern, Aufklebern, Beulen und Schrammen fährt vor. An der Windschutzscheibe ein rosarotes, nacktärschiges Püppchen.

Dem Wagen entsteigt ein Typ in Jeanshosen. Bis zum Nabel aufgeknöpftes Hemd, hochgerollte Ärmel. Am Hals eine dicke Goldkette, am linken Handgelenk eine *Rolex*, am rechten – ein Goldarmband. An den Fingern klobige Ringe. Er holt ein Päckchen *Dunhill* aus der Tasche, schnipst mit dem Feuerzeug...

»Wowka-Dur ist gekommen... Ich verschwinde mal kurz...« sagte Wassili plötzlich geschäftig und warf die Handschuhe hin.

»Merk dir eins, Wassja!« sagte Aaron streng. »Wenn du mit diesem Gangster irgendein Ding drehst, reiße ich euch beiden die Ohren ab! Mit einem Spitzbuben anzubandeln, fehlte uns gerade noch! Zwei Jahre reichen uns...«

»Ein gebranntes Kind scheut das Feuer!«

»Wassja!« sagte Aaron drohend, aber Wassja war schon draußen und rief:

»Hallo, Wowik! Grüß dich!«

»He, Rabinowitsch! Wassja!« Wowka wieherte. »Leute mit solchen Namen scheut man wie der Teufel das Weihwasser, und er steckt den Kopf freiwillig in die Schlinge! Wie man hört, wollt ihr 'n Abflug machen?«

»So ist es, Wowik.«

»Deswegen komme ich. Habt ihr Bedarf an Grünen?«

»Zu welchem Preis?«

»Weißt du doch! Fünfundzwanzig Kopeken der Dollar.«

Wassili schielte zur Werkstatt hin, von wo aus Aaron ihn scharf im Auge behielt.

»Kein Bedarf, Wowik, Grünzeug haben wir mehr als genug.«

»Davon kann man nie genug haben.« Wowik zog heftig an seiner Zigarette. »Ich könnte auf zwanzig runtergehen!«

»Bunkere es, frißt ja kein Brot.«

Wowik lief zum Kofferraum, öffnete die Klappe und stieß Rabinowitsch mit der Nase hinein. Wassili erblickte eine ganze Kollektion Ikonen.

»Die bringen im Ausland irrsinnig viel Schotter!« flüsterte Wowik heiß.

»Wieviel die da?«

»Sieben Riesen!«

»Und die vergammelte da?«

»Vonwegen vergammelt, du Arsch! Das ist fünfzehntes Jahrhundert, mein Lieber! Zwanzig Riesen und keinen Cent weniger! Je älter, desto teurer... Ein Altertümchen vom Feinsten!«

Wassili drehte sich verstohlen um und sah durchs

Werkstattfenster, wie Aaron ihm die wuchtige Faust zeigte.

»Hör zu, Alter, für uns ist das, ehrlich gesagt, Popelkram, absolut uninteressant«, sagte Wassili geringschätzig und schlug die Kofferraumklappe des *Dewjatka* zu. Wir sind bestens versorgt, mit Bagatellgeschäften geben wir uns nicht ab.«

Aber Wowik wollte sich nicht einfach so geschlagen geben.

»Es gibt Möglichkeiten, den Zoll auszutricksen. Gegen Zaster, natürlich.«

Wassili sah Aaron drohend in der Werkstattür stehen. Er klopfte Wowik gönnerhaft mit der schmutzigen Hand auf die Schulter:

»Was das angeht, Wowik, machen wir uns keinerlei Kopfschmerzen«, sagte er, entdeckte durch die Heckscheibe eine schreiend aufgemachte West-Illustrierte auf der Hutablage und fragte: »Pornos?«

»Ach, was. Bloß so, zum Angeben...« Wowik war stinksauer.

»Die laß uns mal hier«, sagte Wassili. »Sehen wir uns vor dem Schlafengehen mal an, was uns das flotte Leben im Westen so bietet.«

Wowik gab ihm die Zeitschrift.

»Laß dich mal wieder sehen, Wowik«, Wassili schwenkte die Zeitschrift und ging zu Aaron: »An die Arbeit, Aaron Moissejewitsch! An die Arbeit, Genosse Iwanow!«

Sie fuhren von der Arbeit nach Hause. Aaron saß am Steuer, Wassili neben ihm. Er blätterte in Wowik-Durs ausländischer Illustrierten.

Aaron sagte gereizt:

»Hast du gesehen, wie seine Karre aufgemotzt ist? Und die Klamotten, die er anhat? Der hat Knete wie Heu! Handelt mit Valuta und Ikonen! Und das in aller Offenheit! Wie findest du das?!«

»Du glaubst doch nicht, er ist ein Spitzel?« Wassja blätterte gleichgültig eine Seite um.

»Was hast du denn gedacht? Sei froh, wenn er bloß ein Bulle ist. Wenn nun aber mehr dahinter steckt? Und du trascht mit ihm herum...«

»Ach, Aarontschik! Der kann uns gar nichts — höchstens Salz auf den Schwanz streuen.«

»Genau das! Und du wirst dann deinen Schwanz fünf Jahre lang im Lager lecken! Daß ich dich ja nie wieder mit so einer Drecksau zusammen sehe! Vorausgesetzt, natürlich, du willst *dort* in Freiheit leben, und nicht *hier* im Lager.«

Aber Wassili hörte ihm schon nicht mehr zu, sondern starrte entgeistert auf die aufgeschlagene Illustriertenseite, sah dann Aaron an und schrie heiser:

»Halt an! Anhalten, sag ich!!!«

Vor Überraschung bremste Aaron so scharf, daß der Wagen hinter ihnen um ein Haar aufgefahren wäre. Bremsen quietschten, man hupte empört.

»Bist du verrückt, Wassja?! Was hast du?!« fragte Aaron erschrocken.

»Dreh um! Wir fahren zum OWIR!« Wassili warf einen Blick auf seine Armbanduhr. »Die machen erst in

37

einer halben Stunde zu. So fahr doch, oder ich überlebe diese Nacht nicht!«

»Zu welchem OWIR?« Aaron war wie vor den Kopf geschlagen.

»Zu irgendeinem, Blödmann! Zu einer Stadtbezirks- oder Kreisdienststelle! Nun kehr doch endlich um, wenn ich's dir sage, du gottverdammter Hurensohn!«

Aaron wendete scharf und bretterte durch die Stadt, als gälte es, den ersten Preis der Rallye Paris–Dakar zu gewinnen.

Ein paar Minuten später drängelten sie sich durch die ungeheuerliche Menschenmenge, die die Tür des Visa-Büros belagerte. Wassili zog Aaron an der Hand hinter sich her und sagte frech:

»Nicht aufregen, Genossen! Alle werden aufgerufen, alle werden fahren!«

Einen Augenblick später standen sie im Zimmer einer müde aussehenden jungen Frau, deren Schreibtisch mit Fragebogen, Fotos, Bescheinigungen und Auslandspässen überhäuft war.

»Ich fürchte, ich verstehe Sie nicht ganz«, sagte die Frau.

»Dann also noch mal von vorn...« Wassili lächelte sie smart an. »Mal angenommen, uns wird die Ausreise nach Israel gestattet...«

»Mal angenommen.«

»Mit welchem Transportmittel können wir dorthin fahren?«

»Du lieber Himmel! Mit welchem Transportmittel man nach Israel kommt?! Mit dem Flugzeug... mit dem Schiff... mit dem Zug... Und mit dem eigenen Wagen auch, natürlich! In dem Fall müßten Zollgebühren entrichtet werden...«

»Und mit einer Yacht?« fragte Wassili. »Mit der eigenen Yacht?«

Aaron fuhr zusammen. Die Mitarbeiterin des Visabüros starrte Wassili an.

»Moment mal...«, sagte sie, wählte eine kurze Nummer und sagte leise etwas in den Hörer, wobei sie Aaron und Wassili nicht aus den Augen ließ.

»Du hast sie wohl nicht alle?! Ich kann nicht schwimmen!« flüsterte Aaron.

»Halt die Klappe, Idiot!« zischte Wassili, während er der Frau zulächelte.

Sie legte den Hörer auf und sagte:

»Mit einer Yacht geht es auch...«

Auf dem Küchentisch lag aufgeschlagen die von Wowik-Dur geborgte Illustrierte.

Auf der linken Seite die Abbildungen von vier modernen Luxus-Yachten. Daneben das jeweilige Baujahr und der Dollarpreis.

Die erste Yacht: Baujahr 1987, Wert 300000 Dollar.

Die zweite: Baujahr 1988, 450000 Dollar.

Die dritte: 1989, schon 600000 Dollar!

Und die letzte – ein Wunderwerk des zwanzigsten Jahrhunderts – stammte von 1990. Der Preis – 750000 Dollar!

Auf der rechten Seite der Illustrierten eine Großaufnahme von nur einer Yacht, einer alten, aus Holz, Baujahr 1937. Ihr Wert...

Hier hatten es sich die Herausgeber, auf maximale Wirkung bedacht, nicht verkneifen können, den Preis in Riesenziffern zu drucken:

12000000 DOLLAR!!!!

Über der aufgeschlagenen Illustrierten, über einer geöffneten Konservenbüchse, über einer Miniwurst zu zwei Rubel zehn, über Schwarz- und Weißbrotstücken, über einer leeren Flasche Wodka und einer zweiten, schon halb geleerten Flasche dröhnte aus heiseren, nicht mehr sehr nüchternen Kehlen das vergessene Vorkriegslied:

> »Übers Meer ziehen wir fort,
> Heute hier, morgen dort…
> üüübers Meer, üüübers Meer, üüübers Meer
> Ziehen wir fort, fort, fort
> Heute hier, morgen doort…«

»Wassja, du bist ein Genie! Ein kommerzielles As! Ein Mann der Zukunft! Komm, laß dich küssen!« brüllte Aaron. »Nein, wirklich! Ich muß dir einen Kuß geben!«

Er schnappte Wassili am Kragen, zog ihn über den Tisch und gab ihm einen geräuschvollen Schmatz. Wassili wischte sich ab und schrie begeistert:

»Na, hat's bei dir geklingelt?! Hast du kapiert?! Wir kaufen hier in irgendeinem Yachtklub ein altes Wrack, möbeln es auf und ab geht's… ›übers Meer ziehen wir fort, heute hier, morgen dort…‹ Und dort verscherbeln wir es für soviel Kohle wie diese hier…«, Wassili knallte die Faust auf die Seite der Illustrierten, auf der die alte Yacht abgebildet war, »und…«

»… und eröffnen eine Reifenreparaturwerkstatt!« schrie Aaron.

Wassili trank einen Schluck, sah Aaron mitleidig an und sagte:

»Aber Aarontschik… Wird ein alter jüdischer Schneider gefragt, ob er nicht Zar werden will. ›Warum nicht?‹ sagt der Schneider. ›Mit Vergnügen. Ich werde mir durch Nähen noch etwas hinzuverdienen…‹ Du mit deiner Reifenreparaturwerkstatt! Arsch mit Henkeln! Wenn wir zwölf Millionen Dollar haben, dann können wir… dann können wir…«

Was sie mit diesen Millionen machen könnten, überstieg sogar Wassilis Vorstellungsvermögen, weshalb er schlicht, einleuchtend und streng schloß:

»Gieß ein, Aaron. Aber ab morgen geht's andersrum...«

Wie sie einen Freund finden

Vor der verschlossenen Werkstatt standen einige Kraftfahrzeuge, deren Inhaber schweigend und betrübt das Schild: »*Werkstatt aus technischen Gründen geschlossen*« an der Tür lasen.

»Weißt du, das richtige Meer hab ich noch nie gesehen«, sagte Aaron leise.

»Ich auch nicht«, gestand Wassili.

»Als Riwka noch klein war, bin ich mal mit ihr auf der Newa in einem Linienmotorboot gefahren. Und sie, der kleine Krümel... ach, lassen wir das! Ich jedenfalls hab die ganze Fahrt über kotzen müssen...«

»Klawka, die Schlampe, hatte schon in der vierten Klasse den Freischwimmer, und ich habe heute noch eine Heidenangst vorm Wasser...« Wassili winkte resigniert ab und fluchte: »Mist, verdammter! Wo haben die denn hier bloß ihren Pförtner?!«

Sie bogen um die Ecke und sahen den Pförtner. Aaron bremste.

Auf den Stufen des Pförtnerhäuschens hockte ein hagerer, unrasierter Mann von etwa fünfundsechzig Jahren und strickte. Laut zählte er die Maschen und warf gelegentlich einen vergleichenden Blick in die Zeitschrift *Die Arbeiterin*, die neben ihm auf einem Schemel lag.

41

Auf dem Kopf hatte er eine alte Kapitänsmütze, unter der Wattejacke lugte ein Matrosenhemd hervor. Die überall geflickten Jeans steckten in besohlten Filzstiefeln. Auf der Nase saß eine supermoderne Luxusbrille mit Goldrand.

»Fünfunddreißig, sechsunddreißig, siebenunddreißig...« Der Mann strickte die Reihe zu Ende und sah zu Wassili und Aaron auf: »Hallo, Kumpels. Womit kann ich dienen?«

»Wir hätten gerne gewußt, ob und wie man...« nuschelte Aaron.

»... eine Yacht kaufen kann, stimmt's?!«

»So in etwa«, staunte Wassili.

»Genossenschaft? Gemeinschaftsunternehmen?«

»Wieso ausgerechnet Genossenschaft?« Aaron begriff nicht.

»Wer sonst hat denn heutzutage soviel Kapital? So eine Yacht frißt doch Geld.« Der Alte schmunzelte.

»Nein«, sagte Wassili. »Wir wollen sie für uns selbst...«

»Ausreisewillige also«, sagte der Alte überzeugt. »Sozusagen Vertreter der neuesten und stärksten Emigrationswelle!«

Aaron und Wassili sahen sich beunruhigt an. Der Alte lachte.

»Wir würden gern mit jemandem von der Leitung sprechen. Dürfen wir durchgehen?« fragte Wassili.

»Natürlich dürfen Sie!« rief der Alte und machte sich ans Abstricken der nächsten Reihe. »Wir haben hier nichts Geheimes! Allerdings auch keine Leitung. Haben sich alle ins Sportkomitee *abgeseilt*, wie sie sagen. Kann ich Ihnen vielleicht irgendwie helfen?«

Aaron wandte sich verärgert ab. Wassili sagte höflich:

»Und wer sind Sie, bitte schön, wenn ich fragen darf?«

»Ich, bitte schön, bin der wichtigste Mann im Russischen Imperium! Nämlich der Wächter! Solange Rußland, Heimat von Zäunen und Verbotsschildern, sein ganzes ungeheuerliches System von Ausweiskontrollpunkten, seine mit Rentnern von der Wach- und Schließgesellschaft besetzten Pförtnerlogen nicht abschafft, solange es die Meldepflicht nicht aufhebt, solange bin ich, der Wächter, die mächtigste Figur ›vom Amur bis fern zum Donaustrande, von der Taiga bis zum Kaukasus...‹ So ist es, Jungs!«

»Präsident wollen Sie nicht werden?« fragte Aaron boshaft.

»Natürlich nicht!« erklärte der Wächter selbstsicher. »Der Präsident in unserem Lande ist ein künstliches Gebilde, geboren aus der verzweifelten Sehnsucht nach dem Herrn mit der Peitsche. Wir Wächter dagegen sind eine natürlich entstandene, organisch gewachsene Erscheinung, die tief in die Geschichte des russischen Staates zurückreicht! Wir sind uralt und imstande, Entscheidungen weitaus selbständiger zu treffen als euer Präsident!«

»Aaron, ich glaube, da haben wir mächtiges Schwein gehabt...« sagte Wassili und reichte dem Wächter als erster die Hand: »Rabinowitsch, Wassili. Und das ist mein Freund – Aaron Iwanow.«

»Murawitsch, Marxen Iwanowitsch«, stellte sich der Wächter vor.

Wie gut, daß alles offiziell ist

Am nächsten Tag standen die drei auf dem Boden eines verlassenen Wassersportgeländes, das dermaßen verödet und vernachlässigt war, als sei es seit Ewigkeiten von keines Menschen Fuß mehr betreten worden.

Entmutigt starrten Aaron und Wassili auf das große, halbverfaulte, zur Hälfte in der Erde versunkene Holzboot, durch das staubiges Gras und kümmerliches Gesträuch wuchsen.

»Früher einmal war die Yacht herrlich!« sagte Marxen Iwanowitsch. »Sie heißt *Opritschnik*, Länge – siebzehn Meter, Breite – drei Meter zehn, Tiefgang – ein Meter neunzig, Wasserverdrängung – 12 Tonnen. Gebaut wurde sie siebenunddreißig. Ich bin noch vor dem Krieg als Schiffsjunge auf ihr gefahren. Nach der Demobilisierung, zweiundfünfzig, war ich bei der Olympiade in Helsinki Steuermann auf ihr, sechsundfünfzig dann Kapitän in Bremerhaven, in Glasgow... Sie ist um die ganze Welt gefahren. Ich weiß noch, wie wir in Amsterdam...«

»Halt, Marxen Iwanowitsch«, unterbrach ihn Aaron. »Heute ist das keine Yacht mehr, sondern Brennholz!«

»Stimmt. Aber erstens echtes Mahagonibrennholz, und zweitens nur so lange, bis sich jemand findet, der sie restauriert«, sagte Murawitsch ernst. »Für euch ist jetzt nur eines wichtig, ihr müßt versuchen, das gute Stück zu erwerben.«

Einige Zeit später stand Aarons *Moskwitsch* wieder auf dem Wassersportgelände vor einer halbzerfallenen Bretterbude, auf deren Tür *Direktion* geschrieben stand.

Ein winziger Büroraum. Wassili reichte dem Direktor ein mit Stempeln versehenes Papier und sagte:

»Hier, der Bankauftrag zur Überweisung von fünftausend Rubeln auf Ihr Verrechnungskonto. Alles völlig offiziell...«

»So ist es recht!« sagte der rundliche Direktor gefühlvoll. »Alles offiziell! Gott bewahre uns vor Unregelmäßigkeiten! Und hier für Sie der völlig offizielle Kaufvertrag... Wenn ich um Aufmerksamkeit bitten darf...«

Der Direktor zeigte Wassili und Aaron ein großes, ebenfalls mit Stempeln versehenes Papier:

»Ich werde Ihnen den Text vorlesen... damit es nachher keine Unklarheiten gibt! Gesetz ist Gesetz! Also... *›Vorliegender Vertrag beurkundet, daß die Yacht* Opritschnik, *zugehörig der Klasse L-100, Inventar-Nr. soundso, in Betrieb genommen neunzehnhundertsiebenunddreißig, Holzkorpus, unter Berücksichtigung der Abschreibung zum Zeitwert von fünftausend Rubeln inklusive Bootsinventar...«*

»Und wo ist dieses Inventar?« fragte Aaron böse.

Der Direktor sah ihn vorwurfsvoll an:

»Das ist so eine vorgeschriebene Floskel... Man schreibt immer *›inklusive Bootsinventar... gemäß Inventarverzeichnis aufgrund der Verordnung Nr. soundso vom soundsovielten des Präsidiums des Leningrader Gebietssowjets der Gewerkschaften verkauft wurde und in den gemeinsamen Besitz der Bürger Wassili Petrowitsch Rabinowitsch‹* (der Direktor drückte Wassili die Hand) *›und Aaron Moissejewitsch Iwanow‹* (der Direktor drückte Aaron die Hand) *›übergeht...‹* Oben der runde Firmenstempel, sehen Sie? Unten das Siegel: *Staatliche Inspektion für Kleinboote...* Betrag erhalten, Bord-Nr. soundso, Unterschrift, Datum... Wenn Sie mir den Empfang bestätigen wollen...«

Wassili und Aaron unterschrieben. Der Direktor legte die Hand auf alle drei Exemplare und sah Aaron und Wassili erwartungsvoll lächelnd an.

Es entstand eine peinliche Pause.

»Aaron Moissejewitsch...«, sagte Wassili leise.

»Was ist?« fragte Aaron.

»Na, was schon!«

»Ach, so...« Aaron begriff endlich und holte zehn Hundertrubelscheine aus der Jackentasche. Er zählte sie durch und schob sie dem Direktor hin.

Der Direktor harkte die Tausend Rubel sehr geschickt zusammen und reichte Wassili und Aaron je ein Exemplar des Kaufvertrages:

»Gratuliere! Und ahoi! Ich freue mich sehr für Sie!«

»Und für sich selbst?« fragte Aaron.

»Für mich natürlich auch sehr!« sagte der Direktor nett und wohlwollend. »Ich freue mich immer sehr, Aaron Moissejewitsch, wenn ich der Heimat und den Menschen irgendwie helfen kann... So bin ich nun mal.«

Wie man in weißen Nächten richtig durch die Stadt fährt

Durch die menschenleeren Straßen des schlafenden Leningrads bewegte sich in einer der weißen Nächte, die unpassierbaren, zum Himmel hochgeklappten Brücken umfahrend, eine merkwürdige Prozession:

Voran fuhr ein Motorrad der Miliz mit eingeschalteten, blitzenden Blinklichtern.

Ihm folgte eine Zugmaschine mit einem überlangen

Tieflader, auf dem in Kielblöcken die Überreste der *Opritschnik* befestigt waren.

Hinter dem Tieflader fuhr ein vier Tonnen schwerer beweglicher Kran.

Hinter dem Kran tuckerte gemächlich Aarons *Moskwitsch*.

Den Abschluß der Prozession bildete ein zweites Motorrad mit eingeschalteten Blinklichtern...

Im *Moskwitsch* erzählte Aaron Marxen Iwanowitsch folgendes:

»... der Oberst der Staatlichen Autoinspektion sagte zu mir: ›Vonwegen Ihre Yacht einfach so durch die ganze Stadt zu transportieren! Dazu muß eine besondere Marschroute festgelegt werden! Dazu werden Spezialfahrzeuge gebraucht. Soll das Exekutivkomitee eine Sonderkommission einsetzen, und wenn die eine positive Entscheidung trifft, können eventuell auch wir es gestatten... Möglicherweise aber auch nicht. Bitte, beschweren Sie sich, wenn Sie wollen. Heutzutage beschweren sich doch alle. So weit haben sie's gebracht, sagte er, Scheiß-Perestroika!‹«

Langsam bewegte sich die Prozession vorwärts. Die alte Yacht gab eine wundervolle Silhouette gegen den bläulich weißen Himmel des nächtlichen Leningrad ab...

Der Fahrer der Zugmaschine sagte zu Wassili, der neben ihm im Fahrerhaus saß:

»Misch dich mal unters Volk, unter die einfachen Leute! Da heißt es: ›Vitek, hilf, Vitek, ich brauch dies, ich brauch das!‹ Ja, was sind wir denn – Tiere?! Helfen wir vielleicht nicht? Wenn du mich achtest, achte ich dich. Die denken, ich bin ein Einfachverdiener! Ha, reißt das Maul nur weiter auf! Ich hab alles im Griff – den Kran, und auch diese Affen da auf den Renommierbökken«, er zeigte auf die Milizmotorräder. »Schon drei Jahre arbeiten die mit mir zusammen. Alle wollen leben, Petrowitsch. Alle!«

Die Milizionäre auf den Krädern unterhielten sich während der Fahrt über Funk:

»Alle Achtung, Jude, aber 'n Kumpel, kannste nicht meckern...«

»Hab ich dir doch letztens schon gesagt, daß es unter den Juden absolut anständige Kerle gibt. Bei uns im Dorf ging so ein kleiner Judenbengel mit mir in eine Klasse...«

»Ein Judenbengel – im Dorf?« staunte der zweite Milizionär.

»Er war mit seinen Eltern zu uns verbannt.«

»Weswegen?«

»Weiß der Geier... Wohl aus politischen Gründen. Dem haben wir die unmöglichsten Schimpfnamen angehängt, sag ich dir, und ihn nach Strich und Faden verdroschen, aber der war nicht mal beleidigt. Hat immer nur geflennt, nichts weiter. Und hat uns immer die Matheaufgaben abschreiben lassen...«

In der Kabine des fahrbaren Autokrans lief das Transistorradio:

»Sie hören Radio *Freiheit*!« verkündete der Empfänger dem betagten Fahrer des Autokrans. »Die Umgestaltungsprozesse in der Sowjetunion sind einfach unglaublich! Zum erstenmal in der Geschichte unserer recht schwierigen Wechselbeziehungen bringen wir unseren Hörern heute ein Interview mit dem Präsidenten der Sowjetunion. Das Gespräch führt Lev Roitman: Herr Präsident...«

48

»Mich laust der Affe! Die Jungs gehen vielleicht ran!«
sagte der Kranfahrer.

Gegen Morgen stand die *Opritschnik* schon aufgebockt
im Hinterhof des Yachtklubs. Die Zugmaschine, der
Autokran und die Motorradfahrer waren weg, und
Marxen Iwanowitsch, Aaron und Wassili saßen müde
und überreizt im *Moskwitsch*, dessen Türen weit offen
standen.

Aaron zog zwei Zehnrubelscheine aus der Tasche und
sagte:

»Aus. Wir sind pleite.«

»Wie pleite?« fragte Wassili mutlos.

»Fünf Riesen für diese Ruine, einen für den Direktor.
Dreihundert der Schlepper, zweihundert der Autokran.
Einen Hunni für die Miliz, Prost! Die Mäuse sind alle.«

»Wahnsinn!« stöhnte Wassili.

Marxen Iwanowitsch kratzte sich im Genick:

»Für gewöhnlich kriege ich übermorgen meine
Rente...«

»Sakra!« schrie Wassili. »Die behalten Sie mal schön!
Wir haben schließlich Hände zum Arbeiten, oder?! Wieviel werden die Bootsbauer verlangen?«

Marxen Iwanowitsch betrachtete die Yacht prüfend
und sagte:

»Wenn wir das Material selber beschaffen – zwanzigtausend, denke ich.«

Wie groß manche Opfer sein müssen

In der Reifenreparaturwerkstatt hängt eine neue Preisliste aus:

1. Abmontieren eines Rades – 1 Rubel 50 Kop.
2. Vulkanisieren eines Schlauches – 1 Rubel 50 Kop.
3. Montage eines Rades – 1 Rubel 50 Kop.
4. Auswuchten – 1 Rubel 50 Kop.

Die Schlange der Autobesitzer mit platten Reifen, löchrigen Schläuchen, defekten Radmänteln, verbeulten Felgen ist riesengroß...

Aaron und Wassili sind wieder bei der Arbeit. Sie sind schmutzig und keuchen, denn sie arbeiteten schnell, sie sind gut eingespielt, Wassili nimmt die Räder durch das Fenster entgegen, gibt sie Aaron, der befestigt sie auf der Werkbank, greift nach dem Montiereisen...

Sobald ein Rad fertig ist, nimmt Wassili es vom Auswuchtgerät herunter, gibt es dem Kunden durchs Fenster zurück und vergißt nie, ein paar Worte mit ihm zu wechseln:

»Bitte sehr! Macht sechs Rubel. Aha, ein Zehner! Also vier zurück. Und ich danke Ihnen. Ich nehme an, Sie arbeiten in einem Musterbetrieb? Aha, sogar in einem Forschungsinstitut! Na, wunderbar! Und wie sieht es bei Ihnen mit Messingschrauben aus? Fünfzig lang? Was Sie nicht sagen?! Könnte man da nicht vielleicht... Nicht viel, so fünfzehn Kilo etwa. Und wir sind jederzeit für Sie da, ohne Schlange...«

Langsam kreischend dreht sich das Rad auf der Montagebank, schnell rotiert es auf dem Auswuchtgerät.

Aus dem Lautsprecher dröhnt die Arie des Mephisto: *Und man dient dem goldnen Kalbe... Jeder tanzt in diesem Kreis, so gut er kann, Satan führt den Reigen an...*

Abends in der Küche stimmt Aaron sein Klagelied an:

»Ich will was essen! Und trinken! Zwölf Stunden hab ich das Montiereisen geschwungen! Ich hab das Recht auf Essen!«

»Nein! Hast du nicht! Ökonomie ist alles!« schrie Wassili. Wir müssen jetzt jede Kopeke...«

»Ich bin schon so dürr wie der Suppenkasper! Ich habe mich fast totgearbeitet, und jetzt brauche ich Fleisch!«

»Du kommst auch ohne aus! Stopf dir die Makkaroni rein! Ich hab extra deinetwegen fast einen ganzen Eimer voll gekocht! Mit Butter. Sehr nahrhaft!«

»Jeden Tag Makkaroni fressen!!! Ich kann sie nicht mehr sehen! Gib mir Geld, ich geh zur Imbißbude und zieh mir zumindest 'ne Bulette rein...«

»Hab ich dir nicht erst gestern fünf Rubel gegeben? Wo sind die?«

»Für Benzin draufgegangen, verdammte Scheiße! Ohne Benzin läuft der *Moskwitsch* nicht! Und du scheuchst mich durch die ganze Stadt! Los, gib mir sofort Geld!«

»Nur über meine Leiche! Du verrätst unsere Idee!«

»Und du verrätst mich! Die Persönlichkeit eines Menschen ist wichtiger als jede Idee.«

Aarons philosophische Sentenz ließ Wassilis Kiefer herunterklappen:

»Mich laust der Affe... Wo hast du denn das aufgeschnappt?«

»Wieso? Glaubst du, ich kann nicht bis drei zählen?« Aaron war beleidigt.

»Na schön, ich geb dir ein bißchen Wurst. Aber eigentlich hab ich sie fürs Wochenende aufgehoben...«

»Und zu trinken?«

»Du bist unverschämt! Säufst wie 'n Loch! Woher soll ich das Zeug für dich nehmen?!«

»Von deiner stillen Reserve.«

»Hab ich nicht.«

»Doch!«

»Nein, sag ich!«

»Wassja!!!«

»Was heißt hier – Wassja?! Wir haben beschlossen zu sparen!«

Später, sie hatten eine große Flasche geleert und waren ziemlich betrunken, saßen sie in Unterhemd und Pyjamahose und sangen nicht sehr harmonisch im Duett:

»Übers Meer ziehen wir fort,
Heute hier, morgen dort...«

Auf der *Opritschnik* arbeitete eine Bootsbauerbrigade. Durch die abgenommenen Stücke der verfaulten Außenwand sah man die Spanten.

Aaron und Wassili fuhren mit ihrem *Moskwitsch* vor. Aaron holte einen schweren Kasten aus dem Kofferraum. Wassili rief:

»Fjodor Nikolajewitsch!«

»Hier!« Ein älterer, bebrillter Mann in einem Overall steckte den Kopf durch eines der Löcher. »Haben Sie die Schrauben?«

»Natürlich! Was wird noch gebraucht?«

Fjodor Nikolajewitsch setzte sich bequemer hin und ließ die Beine nach draußen hängen:

»Da fehlt noch jede Menge. Ich hab ne Liste gemacht und sie Marxen Iwanowitsch gegeben. Er ist krank und bittet Sie, bei ihm vorbeizuschauen...«

»Was hat er?« fragte Aaron.

»Tja, wenn ich das wüßte... Sein Hauptleiden ist die Einsamkeit. Davon kommen alle Wehwehchen.«

Wie sentimental man sein kann

Sie saßen mit Marxen Iwanowitsch bei Kuchen und Tee.

Die Alte-Leute-Ärmlichkeit der Wohnung war getarnt durch zerkratzte Sportpokale, verblichene Wimpel, verblaßte Urkunden, Diplome und Segelschiffmodelle. An den Wänden mit den speckigen Tapeten hingen zahlreiche Fotografien – Marxen Iwanowitsch in Shorts vor dem Hintergrund irgendwelcher Minarette... In Rettungsweste am Steuerrad... Mit einem Prachtexemplar von Schwertfisch... In Badehose und einer Halsgirlande aus unbekannten tropischen Blumen...

Nur auf einem Foto war der noch ganz junge Marxen Iwanowitsch zu sehen, Wintermütze mit Marinekokarde, übers Knie reichende Pelzstiefel und Uniformjacke mit Schulterklappen, Orden und Medaillen. Er stand an Bord eines Torpedobootes, den Ellbogen auf den Drehkranz einer kleinen Schnellfeuerkanone gestützt. Alle übrigen Fotos waren ausgesprochen bürgerlich-sportlich...

In ein altes, abgewetztes Plaid gehüllt, saß Marxen Iwanowitsch in einem tiefen, schäbigen Ohrensessel und strickte. Aaron goß ihm heißen Tee nach, Wassili legte ihm ein Törtchen vor. Marxen Iwanowitsch sagte wehmütig:

»... neunzehnhundertsechzig fuhren wir zu den Olympischen Spielen nach Neapel... Petka Grinberg, mein Steuermann, hatte das Jahr zuvor sein Studium abgeschlossen, konnte aber, weil er Jude war, einfach keine Stelle finden. In Neapel sagte er zu mir: ›Verzeih, Marxen, eine zweite solche Chance bekomme ich nie wieder. Laß uns zusammen abhauen!‹ – ›Nein, Petka‹, sagte ich, ›ich kann nicht. Aber geh du.‹ Petka sagte: ›Bist du dir auch darüber im klaren, was sie mit dir machen werden, wenn ich gehe?!‹ Natürlich war ich das. ›Geh, Petka, geh‹, sagte ich, ›und viel Glück!‹ Ich wartete einen Tag, ehe ich der Mannschaftsleitung meldete, daß der Steuermann Pjotr Iossifowitsch Grinberg nicht an Bord der Yacht zurückgekehrt war ... Sie haben mir fürs ganze Leben den Sauerstoff abgedreht. Sie haben mir den Titel Meister des Sports aberkannt, alle Auslandsfahrten gesperrt, mir die Yacht weggenommen, das Meer ... Am schlimmsten war, daß sie mir das Meer genommen haben.«

Marxen Iwanowitsch kullerte eine Träne über die Backe, er versteckte das Gesicht im Taschentuch. Aaron wandte sich ab, starrte in eine Ecke des Zimmers. Wassili trommelte nervös mit den Fingern auf dem Tisch.

»Und nun hab ich vor ungefähr zwei Monaten einen Brief mit einer Einladung aus Tel Aviv erhalten, von einem Herrn Pincus Grinberg. Er lädt mich für acht Wochen zu sich ein ... Er hat mich nicht vergessen ... Dreißig Jahre sind vergangen, und er erinnert sich an mich. Er war so ein guter Junge ... Und ein gottbegnadeter Steuermann ...«

Marxen Iwanowitsch zog ein großes Kuvert mit schönen Marken aus dem Bücherregal. Wassili sah sich den Umschlag und die Einladung an und zeigte sie Aaron.

»Sie müssen fahren. Heute geht das viel leichter. Erst recht auf private Einladung ...«

»Zu teuer«, sagte Marxen Iwanowitsch traurig. »Viel zu teuer für mich. Der Paß kostet zweihundert, das Ticket hin und zurück – anderthalb Tausend, Umtausch in Valuta – zweitausend ...«

»Wir geben Ihnen das Geld!« sagte Aaron schnell. »Nicht, Wassja? Wir reißen uns am Riemen und verdienen es. Machen wir eben statt fünfzig sechzig Räder pro Tag! Wir verdienen es!«

»Danke, Aaron. Aber ich kann das Geld von euch nicht annehmen, weil ich es nicht zurückzahlen kann. Ich lebe vom Gehaltstag bis zur Auszahlung der Rente und vom Rentenzahltag bis zum Gehaltstag.«

»Das Geld ist uns schnuppe, Marxen Iwanowitsch!« Aaron sprang erregt auf.

»Mir aber nicht«, sagte Marxen Iwanowitsch ernst.

»Halt! Halt, halt, Männer!« rief Wassili. »Hört auf, euch in Edelmut zu überbieten! Ihr zieht ja eine regelrechte Seifenopfer ab! Mal hierher gehört, wie man in Odessa sagt! Machen wir's doch so: Marxen Iwanowitsch bestellt beim OWIR nur den Paß! Kein Ticket, keine Valuta! Und übernimmt das Kommando auf der Yacht, Route Sowjetunion–Israel. *Und übers Meer ziehn wir drei fort, heute hier und morgen dort* ... In Israel dann, während Marxen Iwanowitsch bei seinem Freund zu Besuch ist, verhökern wir unsere Yacht, streichen unsere Millionen ein und kaufen ihm das Rückflugticket nach Leningrad. Außerdem zahlen wir ihm Tagegeld für die Dauer der Seereise, in frei konvertierbarer Währung selbstverständlich. Dann kann Kapitän Murawitsch damit aufhören, an seiner dämlichen Weste herumzustrikken, kann ins teuerste Geschäft von Tel Aviv gehen und sich einen piekfeinen Pullover anschaffen! Und neue Jeans! Jeans, die alle feinen Pinkels vom Newskijprospekt vor Neid erblassen lassen! Und für Tee mit Törtchen bleibt auch noch was übrig! Na, was sagt ihr dazu?«

Aaron fuchtelte begeistert mit den Händen, starrte Wassili mit geradezu verliebten Augen an und schrie:

»Genial, du Saukerl! Ich verzeihe dir alles, du Schuft, sogar deine stinkenden Makkaroni! Ist er nicht ein Genie, Marxen Iwanowitsch?«

Murawitsch dachte einen Moment nach, kratzte sich im Genick und sagte:

»Das wird lustig... Ein wahnwitziges Abenteuer, aber lustig.«

Wie sie den Bauch der Opritschnik *füllten*

In der Schlange vor der Werkstatt tuschelten die Kunden:

»Wieso nehmen sie kein Geld? Nehmen sie überhaupt keins?«

»Schon, aber ungern...«

»Und die Preise haben sie hochgeschraubt! Was brauchen sie denn so?«

»Konserven. Alle Sorten.«

»Fischklein in Tomatensoße auch?«

»Ja. Aber Schmorfleisch ist besser. Chinesisches.«

Wie in jeder sowjetischen Schlange fand sich auch hier ein ehrenamtlicher Funktionär:

»Genossen! Genossen!... Angehörige der Kriegs- und Handelsflotte, Mitarbeiter der Baltischen Seeschiffahrt und der kartografischen Verwaltung der Kriegsmarine – außer der Reihe! Anweisung von Wassili Petrowisch!«

In der Werkstatt an der Montagebank hantierte Aaron schmutzig und verschwitzt mit dem Montiereisen. In einer Ecke ein ordentlich gestapelter Berg Konserven. Ebendort übergab ein schon etwas älterer Kapitän zur See Wassili schöne Seekarten.

»Also, Sie bekommen von mir für die Reparatur von fünf Rädern dreißig Rubel. Richtig?«

»Jawohl!« antwortete Wassili militärisch forsch.

»An Stelle dieser Summe gebe ich Ihnen, wie ausgemacht, zehn Kurskarten von Odessa bis Haifa. Da, sehen Sie, das Schwarze Meer, der Bosporus, das Marmarameer, die Dardanellen, das Ägäische Meer und das Mittelmeer... Mit allen Markierungen, allen Tiefen, militärischen Übungsgebieten, wo geschossen wird, Arbeitsbereichen von Unterseebooten und Überwasserschiffen sowohl unserer als auch der amerikanischen Flotte, mit Flugzeugrouten, Strömungen, Magnetabweichungen und so weiter und so fort...«

»Phantastisch!« sagte Wassili.

»Ich habe auch noch Seehandbücher vom Schwarzen Meer und vom Mittelmeer, aber die kosten weitaus mehr. Unter den Preis eines neuen *Moskwitsch*-Reifens kann ich da nicht gehen.«

»Natürlich nicht, Genosse Kapitän! Wir überlegen es uns und rufen an... Ach ja, was bedeuten diese Abkürzungen hier auf jeder Karte – FDG und SG?«

Der Kapitän zur See lächelte geringschätzig:

»Ganz einfach... FDG heißt: Für den Dienstgebrauch, und SG heißt: Streng geheim.«

Die *Opritschnik* besaß wieder eine heile Außenhaut, wo zuvor Löcher geklafft hatten, leuchteten die neu eingesetzten Planken.

Auf einem Klappstühlchen, unweit der Yacht, saß Marxen Iwanowitsch Murawitsch, strickte an seiner Weste, die nie fertig wurde, und erteilte Unterricht in Meteorologie. Vor ihm auf alten Balken hatten Aaron und Wassili es sich bequem gemacht und deklamierten im Chor:

»›Laufen die Möwen im Sand, sehnt sich der Seemann ans Land. Und solang die Möwe läuft am Strand, sei vor Sturm gewarnt...‹«

»Richtig«, sagte Murawitsch. »Weiter.«

»›Wenn Wolken sich zu Bergen türmen, wird's bald regnen und auch stürmen…‹«

»Prachtkerle! Jetzt nur Aaron. ›Wenn Lämmerwölkchen ziehn am Himmel droben…‹« begann Marxen Iwanowitsch und sah Aaron erwartungsvoll an…

»›… oder wilde Besen toben, laß nur Marssegel und Fock oben!‹« vollendete Aaron triumphierend.

»Kluges Köpfchen!« sagte Marxen Iwanowitsch. »Wassili, Achtung! Jetzt du! ›Wenn der Zeiger plötzlich sinkt, mach dich gefaßt auf Regen und Wind. Und wenn der Zeiger steigt…‹«

Wassili kam nicht gleich darauf, wie's weiterging.

»›… sich's Wetter von der besten Seite zeigt!‹« konnte Aaron nicht an sich halten.

»Du warst nicht gefragt!« empörte sich Wassili. »Denkst wohl, ich weiß es nicht?! Mistkerl!«

»Und warum stotterst du und kriegst das Maul nicht auf, Arschgeige!« giftete Aaron zurück.

»Kommt, Kinder, zankt euch nicht! Und nicht vorsagen, Aaron, Wassja weiß es selber«, mischte sich Murawitsch ein.

»Hallo, Marxen Iwanowitsch!« schrie plötzlich Fjodor Nikolajewitsch von der Yacht herüber. »Die Mahagoni- und Fichtenbretter reichen nicht. Wir bräuchten noch so Stücker zwanzig von beidem. Aber wenn's geht, ohne Astlöcher!«

»In Ordnung!« schrie Marxen Iwanowitsch zurück. Und zu Aaron und Wassili sagte er: »Tja, dann ist es wohl an der Zeit, daß wir zum großen Sammeln blasen und eines der mächtigsten Institute des Russischen Staates in die Handlung einführen – das Institut der Nachtwächter!«

Weiße nördliche Nacht auf dem Klubgelände. Am Hauptgebäude standen drei Dutzend Autos. Einige wenige ramponierte *Shigulis*, uralte *Moskwitschs* (darunter auch der von Aaron), in der Mehrzahl aber klapprige *Saporoshez* und sonstige Mißgeburten von fahrbaren Untersätzen...

An dem langen Tisch im Speiseraum des Yachtklubs saßen Leningrads Nachtwächter. Alle so um die sechzig. Viele mit Orden, Medaillen, Krücken. Solide, würdevolle Leute.

Das allgemeine Bild erinnerte an eine Sitzung des Politbüros oder eine Tagung des Präsidentenrates. Den Vorsitz führte Marxen Iwanowitsch Murawitsch. Links und rechts von ihm saßen Aaron und Wassili.

»In der von mir zusammengestellten Liste steht nur das Allernotwendigste«, sagte Marxen Iwanowitsch. »Bedauerlicherweise existiert davon nur ein einziges Exemplar...«

»No problem«, sagte einer der Wächter. »Ich gebe sie bei uns im Institut in den Xerox-Kopierer, und die Sache ist geritzt!«

»Danke, Nikolai Nikolajewitsch«, sagte Murawitsch mit einer leicht angedeuteten Verbeugung. »Also, gebraucht werden anderthalb Meter lange Bretter aus Mahagoniholz und abgelagerter Fichte. Wer von uns kann das Holz besorgen?«

»Wir«, sagte ein zweiter Wächter. »Wir haben gerade einen Exportauftrag für Flügel und Klaviere bekommen und...«

»Sehr gut, Pjotr Petrowitsch! Zumal wir uns selbst exportieren. Was wir ferner brauchen, Genossen, ist ein guter, moderner Dieselmotor...«

»Haben wir!« sagte ein dritter Wächter. »Seit einem

Jahr liegt bei uns im Hof ein norwegischer Dieselmotor herum. Er stammt von einem Rettungsboot und bringt fünfundzwanzig PS. Ich spreche mit unserem Stellvertreter, der vermacht mir das Ding im Ersatzteilverkauf für 'n Appel und 'n Ei. Starter und Generator davon sind allerdings schon geklaut worden...«

»Ein Starter von einem *Wolga* würde passen«, bemerkte ein vierter. »Das sind Kleinigkeiten. Kommt vorbei, wir deichseln das schon.«

»Ein KAMAZ-Generator – paßt auch genau!« griff ein fünfter Wärter die Idee auf. »Den organisiere ich für euch. Akkumulatoren auch.«

»Ausgezeichnet!« sagte Murawitsch. »Einen Anker für die Yacht treibe ich hier selber auf, aber die Ankerkette...«

»Die Dicke der Glieder und wieviel Meter?« rief jemand.

»Elf bis dreizehn Millimeter dick und mindestens hundert Meter lang.«

»Kein Problem!«

»Moment mal! Moment!« rief erregt ein krummgezogenes Männlein mit Krücken. »Ich hätte eine kleine Frage!«

Vermutlich war er als Querulant verschrien, denn alle Anwesenden legten sofort die Stirn in Falten und wiegten die Köpfe.

»Bitte sehr, Sergej Sergejewitsch«, sagte Murawitsch lächelnd.

»Darf man erfahren, verehrter Marxen Iwanowitsch, weshalb Sie sich so engagieren? Haben Sie ein persönliches Interesse?«

»Ach, Serjoga, du Streithammel! Man hat dich um Hilfe gerufen, aber du mit deiner stinkenden Bullenangewohnheit...« rief ein siebenter Wächter.

»Ich bin nicht dagegen zu helfen«, unterbrach ihn der Krumme böse, »ich schleppe alles aus meiner Firma ran, aber ich will wissen, welches persönliche Interesse er hat?!«

»Laß dich einpacken!« empfahl jemand.

»Ruhe, meine Freunde«, sagte Marxen Iwanowitsch leise. »Ich werde antworten. Aaron Moissejewitsch und Wassili Petrowitsch sind keine Seeleute. Sie können nicht mal schwimmen. Ihr möchtet doch sicher nicht, daß sie ertrinken, noch bevor sie unsere eigenen Gewässer verlassen haben... Deshalb werde ich das Kommando auf der Yacht übernehmen und mich bemühen, sie heil an ihren neuen Wohnort zu bringen. Dies wird meine letzte Fahrt im Leben sein...«

»Heißt das, Sie werden unsere Heimat ebenfalls verlassen?« gab sich Sergej Sergejewitsch immer noch nicht zufrieden.

»Nein. Ich fahre nur auf Besuch mit. Und zurück fliege ich. Sterben will ich zu Hause. Ich habe eine Einladung von meinem ehemaligen Steuermann bekommen.«

»Doch nicht von Petka Grinberg?!« rief einer von den Wächtern. »Du meine Güte! Der lebt noch?«

»Ja, der lebt noch, Alexej Alexejewitsch.«

»Gott sei Dank!!!«

»Sie erinnern sich an ihn?« fragte Marxen Iwanowitsch.

»Natürlich! Ich habe doch damals vom KGB aus Ihren Fall bearbeitet!«

Aaron und Wassili sahen sich erschrocken an, doch Marxen Iwanowitsch beruhigte sie:

»Keine Aufregung, Alexej Alexejewitsch ist längst aus dem KGB entlassen, wegen seines unausrottbaren Dranges zur Wahrheit. In seiner Eigenschaft als Wächter der Seilfabrik kann er uns sehr nützlich sein.«

Er sah zu dem Krummen hin und fragte:

»Sind Sie zufrieden, Sergej Sergejewitsch?«

»Jetzt – ja!« antwortete der streitlustig. »Weiter im Text. Was steht noch auf der Wunschliste?«

Wie schwierig es ist, in unserer Zeit krank zu sein

An der *Opritschnik*, deren Aussehen sich ungemein gemausert hatte, lehnte eine fünf Meter lange Leiter. Auf ihr stand Fjodor Nikolajewitsch, der Brigadier der Bootsbauer.

Der *Moskwitsch* stand unmittelbar an den Kielbökken, und Aaron holte aus Innenraum und Kofferraum eine Ankerkette, Akkumulatoren, einen Anker, schneeweiße Taue und Seile, Büchsen mit Spachtelmasse, Lacke…

Murawitsch reichte alles an Wassili weiter, Wassili alles an den Brigadier, und der an seinen Gehilfen oben an Bord der Yacht.

Als Marxen Iwanowitsch gerade den stattlichen Anker anheben wollte, rief Wassili besorgt:

»Nicht den Anker! Den hieven Aaron und ich nachher selber rauf!«

Aber Marxen Iwanowitsch holte tief Luft, hob unter Anstrengung den schwergewichtigen Anker an und keuchte:

»Solche Anker hab ich in meinem Leben schon viele geschleppt…«

Plötzlich jedoch stöhnte er auf, setzte den Anker ab und sank mit verwundertem, leerem Blick zu Boden.

Aaron begleitete den Notarzt in den Korridor.

»Er darf nicht schwer heben und tragen. Keinerlei nervliche Belastung, absolute Ruhe«, sagte der Arzt. »Wenn er lang genug liegen bleibt, wird er wieder aufstehen. Keine Erkältung, keine Feuchtigkeit. Eine kleine Lungenentzündung, ein Lungenödem – und er sieht die Radieschen von unten.«

»Und Medikamente?« fragte Aaron.

»Ist er Gebietssekretär? Marschall? ZK-Mitglied?«

»Er ist Wächter.«

»Für einen normalen sowjetischen Sterblichen gibt es keine Medikamente! Es ist uns sogar verboten, Rezepte für sie auszustellen«, sagte der Arzt gereizt.

»Ich beschaffe die Medikamente schon«, sagte Aaron selbstsicher.

Der Arzt zuckte die Schultern und schrieb gleich im Korridor auf seinem kleinen Koffer zwei Rezepte aus.

Aaron steckte ihm ungeschickt einen Fünfundzwanzigrubelschein zu.

»Was soll das?« fragte der Arzt angewidert.

»Halt ein Fünfundzwanziger...« flüsterte Aaron liebedienerisch.

Der Arzt schob ihm den Schein zwischen Hemd und Jacke:

»Stecken Sie sich das Geld an den Hut! Und schonen Sie den alten Mann, Sie Nappsülze! Sein Herz ist ziemlich angeschlagen...«

Als Aaron ins Zimmer zurückkam, bot sich ihm folgendes Bild:

Marxen Iwanowitsch lag im Bett und hielt die Fotokopie eines kleinen Büchleins in den Händen. Wassili hatte das gleiche Büchlein. In der Schüssel auf dem Hocker lagen Wattebäusche und leere Injektionsampullen.

»Slicha ani ljo medaber iwrit. Rak rusit...« stammelte Marxen Iwanowitsch, während er ins Buch sah.

»Ani rotze lischloach miwrak...« antwortete ihm Wassili.

»Was ist denn mit euch los, habt ihr nicht alle?!« fragte Aaron verdutzt.

»Wir lernen Iwrith«, sagte Murawitsch und sah Aaron dabei über den Brillenrand hinweg an. »Und mit dir pauke ich ab morgen Englisch. Okay?«

»Okay, okay... Wassja, du paßt auf Marxen Iwanowitsch auf, laß dich ja nicht von ihm bezirzen. Ich flitze mal schnell in eine Apotheke, die Nachtdienst hat...«

»Sie sind vielleicht gut!« sagte man Aaron in der ersten Apotheke. »Diese Medikamente haben wir schon seit einem Jahr nicht mehr!«

Der klapprige *Moskwitsch* brauste durchs nächtliche Leningrad.

In der zweiten Apotheke gab der Apotheker Aaron das Rezept zurück und sagte:

»Meine Mutter leidet an schwerer Angina Pectoris, und ich bin nicht in der Lage, ihr zu helfen! Und Sie... Nein, Menschen gibt es!«

In der dritten diensthabenden Apotheke sagte ein dikkes Weib mit durchtriebenem Blick:

»Sie wollen mich wohl auf den Arm nehmen. Wir wissen nicht einmal mehr, wie so etwas aussieht.«

»Und als es noch vorrätig war, wieviel hat es da gekostet?« fragte Aaron.

»Das hier sechsundzwanzig Kopeken, und das einen Rubel zweiundsiebzig.« Das Weib schob die Rezepte von sich weg.

Aaron legte fünfzig Rubel auf den Ladentisch und sagte:

»Stimmt so.«

Das Weib sah Aaron kurz in die Augen, dann steckte

sie sich den Schein seelenruhig in den Ausschnitt und holte zwei Päckchen unterm Ladentisch hervor.

Wie Wowik-Dur mit seinen Freunden in eine unangenehme Geschichte geriet

Langsam kämpfte sich Aaron durch die aufgerissene Zehnte Linie der Wassiljewinsel zu Marxen Iwanowitschs Haus durch. Tiefe Kanalisationsgräben zerfurchten fast die ganze Straße. Berge von ausgehobenem Erdreich türmten sich. Behutsam steuerte Aaron den Wagen durch dieses Tohuwabohu.

Plötzlich entdeckte er am größten und tiefsten Kanalgraben Wowik-Durs herrlichen schwarzen *Dewjatka*. Er versperrte die Durchfahrt.

Aaron mußte einige Meter davor anhalten.

Am *Dewjatka* war eine Schlägerei im Gange. Aaron sperrte die Augen auf und sah Riwa. Sie weinte, aus ihrer Nase lief Blut. Wowik-Dur versuchte sie in den Wagen zu zerren, doch Riwa widersetzte sich weinend. Auf der anderen Seite stießen zwei Freunde von Wowik-Dur die heulende Klawa in den Wagen. Ihr Kleid war zerrissen.

Ohne den Motor abzustellen, stieg Aaron aus seinem *Moskwitsch* und fragte, Riwa und Klawa keines Blickes würdigend:

»Was läuft hier, Wowik?«

»Aaron Moissejewitsch!« Wowik lachte laut. »Genosse Iwanow! König der Reifenmontierer! Ruhig, Jungs! Keine Angst, der gehört zu uns!«

Als Klawa und Riwa Aaron erkannten, wurden sie noch verängstigter. Aaron tat, als sähe er sie nicht.

»Was läuft hier, Wowik, frage ich dich?«

»Die Kühe stellen sich stur, wollen die Rechnung nicht begleichen!«

»Was schulden sie euch?« fragte Aaron.

»Bloß eine Liebesnacht, Papilein«, lachte einer aus der Clique.

»Vielleicht gefallt ihr ihnen nicht«, sagte Aaron.

»Aber es hat ihnen gefallen, mit uns in der Kneipe zu sitzen«, sagte ein zweiter.

»Wenn das so ist...« sagte Aaron nachdenklich.

Und plötzlich stieß er erst dem einen und dann dem anderen von Wowiks Kumpanen die Faust mit voller Wucht ins Gesicht. Wowik packte er bei den Haaren und rammte seine Visage schwungvoll gegen die Motorhaube des *Dewjatkas*.

Ein Kumpan von Wowik wollte sich wieder aufrappeln, doch Aaron trat ihm mitleidslos in den Bauch, dem anderen stellte er den Fuß auf die Kehle und sagte:

»Keine Bewegung, ihr Dreckskerle, oder ich mache Hackfleisch aus euch!« Er zog Wowik an den Haaren hoch und fragte: »Was zu Saufen da?«

Wowik, mit blutig geschlagenem Mund, nuschelte etwas, und zeigte auf den Rücksitz seines Wagens. Aaron holte von dort eine Flasche Kognak und eine große Flasche Wodka.

»Aufmachen!« sagte er zu Riwa.

Mit zitternden Händen öffnete sie beide Flaschen. Aaron nahm den Kognak und begann ihn gewaltsam in Wowiks aufgeschlagenen Mund zu schütten.

»Schluck, du Hundesohn, schluck! Damit kein Tröpfchen übrigbleibt! Damit du nachher, wenn dich die Bullen in die Mangel nehmen, sagen kannst, du warst stinkbesoffen und erinnerst dich an nichts...«

Wowik schluckte den Kognak mitsamt seinem Blut.

Aaron zwang ihn, die ganze Flasche auszutrinken. Dann machte er sich daran, Wowiks Kumpanen Wodka einzuflößen. Der erste versuchte aufzustehen, doch Aaron gab ihm erneut einen kräftigen Tritt in den Bauch und schüttete ihm die Hälfte der großen Flasche *Moskowskaja* in die Kehle.

Mit der anderen Hälfte füllte er den zweiten Ganoven ab. Kaum hatte der die letzten Tropfen intus, schleifte Aaron ihn in den *Dewjatka*. Den besinnungslosen anderen Kerl packte er neben ihn. Wowik hievte er hinters Lenkrad. Aaron stieg in seinen *Moskwitsch*, legte den Gang ein und gab Gas.

Der *Moskwitsch* fuhr scharf an, stieß kräftig gegen die hintere Stoßstange von Wowiks Luxusschlitten, der genau in den tiefen Kanalgraben rollte.

Man hörte ein Krachen, und ein paar Sekunden später, als sich die Staubwolke gelegt hatte, ragte aus dem Graben nur noch der prachtvolle Kofferraum des *Dewjatkas*.

Aaron stieg aus, begutachtete den Blechschaden seines Wagens, den zerdepperten Scheinwerfer... Erst dann warf er einen Blick in den Graben. Vorwurfsvoll schüttelte er den Kopf:

»Tsss, die müssen ganz schön voll gewesen sein, um in hellichter weißer Nacht im Graben zu landen! Da kann man nur hoffen, daß sie noch leben... Nein, diese jungen Leute heutzutage!«

Er sah zu Klawa und Riwa auf, die vor Entsetzen wie gelähmt waren, und sagte in völlig anderem Ton:

»Und ihr zwei Schlampen, was steht ihr da herum?! Marsch in den Wagen, ihr dämlichen Ziegen!«

Am frühen Morgen reparierte Aaron im Arbeitsanzug vor der Genossenschaftsgarage seinen *Moskwitsch*: Er richtete die Stoßstange, die Verblendung und setzte einen neuen Scheinwerfer ein.

Kunden waren noch nicht da, Wassili räumte die Werkstatt auf und unterhielt sich mit Aaron durch das offene Fenster:

»Wo bist du da bloß angeeckt, Aarontschik?«

»Wo, wo... Die halbe Stadt ist aufgebuddelt, die Lampen brennen nicht...«

»Marxen und ich haben eine Ewigkeit auf dich gewartet. Der Alte war schon am Einschlafen...«

»Zum Glück auch...« sagte Aaron. »Ach, Wassja, Wassja... Was ich dir noch sagen wollte... Eigentlich sind wir doch Scheißkerle...«

»Prost Mahlzeit! Wer hat dir denn das gesagt?«

»Das sage ich mir selber. Und dir auch«, antwortete Aaron, ohne die Arbeit zu unterbrechen. »Du willst mit deiner Frau Riwka nichts zu tun haben. Und du hast recht! Ich hab Klawka aus meinem Leben gestrichen... Und hab wohl auch recht... Aber Klawka ist doch deine jüngere Schwester, Wassja! Und Riwka ist meine jüngere Schwester! Aber wir, ihre älteren Brüder, scheren uns einen Dreck darum, wie sie da draußen zurechtkommen... Wer sich um sie kümmert. Sie sind doch Frauen. Jeder hergelaufene Schuft kann sie beleidigen. Das war es, weißt du, was ich loswerden wollte...«

Wassili war hellhörig geworden und kam mit dem Schrubber in der Hand aus der Werkstatt:

»Du hast sie gesehen?«

»Quatsch! Das sag ich nur so, ganz allgemein...«

»Mach mir nichts vor!« schrie Wassili, von Panik ergriffen. »Was ist mit Klawka?!«

»Woher soll ich das wissen?!« schrie Aaron zurück. »Sie ist deine Schwester – kümmere dich um sie! Ruf sie an – dir bricht kein Zacken aus der Krone!«

Wassili warf den Schrubber hin und lief in die Werkstatt. Einige Augenblicke später war seine besorgte Stimme zu hören:

»Klawka? Klawotschka! Grüß dich, meine Kleine! Ich bin's, Wassja!«

Aaron legte sich unter den Wagen und zog die Schrauben der Stoßstange fest...

Wie alles einem einzigen Ziel unterzuordnen ist

Abends, nachdem er die Seekarten auf dem Eßtisch ausgebreitet und sie an den Ecken mit Seehandbüchern und Nachschlagewerken beschwert hatte, ging Marxen Iwanowitsch liebevoll und etwas zitterig vor Aufregung an die Ausarbeitung der Route für die bevorstehende Fahrt der *Opritschnik* von Odessa übers Schwarze Meer zum Bosporus, durch das Marmarameer zu den Dardanellen und weiter durch das Ägäische Meer und das Mittelmeer bis nach Haifa – dem Tor nach Israel...

Wassili saß in der Küche, stellte mit dem Taschenrechner irgendwelche Berechnungen an und notierte sich seine Ergebnisse.

Aaron stand hinter Marxen Iwanowitsch und zählte, leise die Lippen bewegend, Valokordintropfen in ein Gläschen ab.

Allein die Tatsache, daß er wieder Bleistift, Lineal und Winkelmesser in die Hände nahm, versetzte Marxen Iwanowitsch in freudige Erregung:

»Herrgott! Noch vor kurzem hätte ich nicht mal im Traum daran gedacht, daß ich noch einmal eine Segelroute ausarbeiten und eine Yacht zum Auslaufen vorbereiten würde! Daß ich noch einmal in See stechen würde! Verdammt... Ich hatte schon gedacht, das Leben ist vorbei...«

Wassili, der Murawitschs letzten Satz in der Küche gehört hatte, rief:

»Diese Worte möchte ich nie wieder hören, Marxen Iwanowitsch! Das Leben fängt gerade erst an!«

»Okay, Wassja!« antwortete Murawitsch fröhlich und wandte sich zu Aaron um: »Achtung, Aaron! Wie heißt auf englisch...«

»Moment, Marxen Iwanowitsch... Ich bin beim Zählen...« Aaron beugte sich mit dem Gläschen und dem Valokordinfläschchen zum Licht: »Achtunddreißig, neununddreißg, vierzig! So, nun runter damit, Marxen Iwanowitsch... Und dann noch diese Tablette hier. Es ist Zeit.«

Murawitsch schluckte gehorsam Tropfen und Tablette und trank zwei Schluck Wasser aus einem Glas nach, das Aaron ihm reichte. Dann sagte er:

»Und nun, Aaron, auf englisch: Darf ich Ihren Anlegeplatz benutzen und Trinkwasser kaufen?«

Aaron richtete den Blick zur Zimmerdecke, dachte kurz nach und sagte mit gräßlichem, slawischem Akzent:

»Can I use your terminal and buy drink water?«

»Sehr gut!« lobte ihn Murawitsch. Und jetzt: Wieviel kosten sechs Stunden Liegegebühr und zweihundert Liter Trinkwasser?«

»How much cost six hours standing and two hundred liters of drink water?« sagte Aaron und verlangte dreist: »Und nun antworten *Sie* mir mal schön auf englisch!«

»Yes, Sir! Please!« lächelte Murawitsch. »Six hours standing cost... ach, weiß der Kuckuck, wieviel das jetzt kostet!... and two hundred liters drink water cost... Ich

habe keinen blassen Schimmer! Früher war das kosten-
los... May be, ten dollars...«

»Thank you very much, Sir. No problem!« sagte
Aaron.

»Ihr macht euch, Leute!« sagte Wassili, der mit einem
Blatt Papier in der Hand ins Zimmer trat, begeistert.
»Aaron, du bist einfach super!«

»Dachtest wohl, ich bin mit dem Finger gemacht worden?!«

»Aber nein... Womit du gemacht worden bist, kann
ich mir ungefähr vorstellen. Und nun, gentlemen... wie
heißt das doch gleich in eurem Englisch – I'm sorry.
Denn ich muß euch jetzt ein bißchen die Stimmung
vermasseln: Um mit unserer Yacht in See stechen zu
können, brauchen wir bloß noch die Kleinigkeit von einundzwanzigtausend normalen *hölzernen* sowjetischen
Rubelchen.«

»Oje...« stöhnten Aaron und Murawitsch wie aus
einem Munde.

»Und so läppert sich das zusammen«, Wassili sah auf
seine Notizen. »Die Bootsbauer – noch sieben Riesen?
Jawohl. Die Segel kosten acht, jawohl, daran wird nicht
gespart. Und vier Winschen zu anderthalb pro Stück –
macht zusammen sechs. Alles in allem – einundzwan-
zig.«

»Soviel Mäuse sind einfach nicht zu verdienen. Dazu
reicht die Zeit einfach nicht«, sagte Aaron. »Nicht mal
dann, wenn vor unserer Werkstatt 'ne Schlange wie
vorm Lenin-Mausoleum steht...«

»Herr im Himmel! Das sind aber auch Preise! Wahnsinn!« entsetzte sich Marxen Iwanowitsch und ließ den
Blick über seine abgeschabten Wände, die verblaßten Diplome und Urkunden und die mit Pokalen vollgestellten
Regale schweifen. »Und nichts, was man verkaufen

könnte! Die letzten zwei Silberpokale habe ich schon vor drei Jahren ins Kommissionsgeschäft gebracht! Und diese hier – alles Neusilber, wertloser Plunder... Dafür kriegst du drei Kopeken auf dem Trödelmarkt...«

»Das fehlte noch, daß Sie was verkaufen!« empörte sich Aaron. »Sie kommen hierher zurück, Sie werden hier noch hundert Jahre leben, Sie... Ach, Wassja!«

»Nur keine Panik!« sagte Wassili. »Und nichts übereilen! Sollten wir beide, Aaron... du und ich... sollten wir zwei wirklich nicht in der Lage sein, diese stinkenden einundzwanzigtausend aufzutreiben?! Genau genommen, schwimmen wir doch in Geld – Auto, Möbel, Wohnung...«

»Der Wagen ist einen Scheißdreck wert«, sagte Aaron. »Mehr als fünf Riesen bringt der nicht. Bei diesen Möbeln hier mußt du noch draufzahlen, damit sie einer nimmt. Und die Wohnung, die reißt sich der Staat untern Nagel, sobald wir Paß und Visum bekommen.«

»Dem Staat werden wir was scheißen! Entschuldigen Sie, Marxen Iwanowitsch. Überlaßt das nur mir, und uns bleibt auch noch genug Kies sowohl für den Transport der Yacht nach Odessa als auch für die Visa und sogar noch für Buttersemmeln!« erklärte Wassili lässig.

»All right, Wassja! Aber mit deinen Beschaffungsmachenschaften fängst du erst an, wenn wir die Pässe und die Ausreisegenehmigungen in der Tasche haben. Nicht wahr, Marxen Iwanowitsch?« sagte Aaron besonnen.

»Aber natürlich, natürlich, Aaron... Das wäre am vernünftigsten, denke ich, Wassja.«

Und endlich kam der Tag!

Eines schönen Abends kämpften sich, möchte man fast sagen, Wassili, Aaron und Marxen Iwanowitsch, zwar pitschnaß geschwitzt, abgerissen, zerknittert und zerknautscht und fix und fertig von der Schwüle und dem Gedränge, aber unheimlich glücklich, mit den Ausreisepapieren in den Händen durch die Tür des OWIR-Gebäudes nach draußen an die frische Luft.

Dort trat ein sehr altes jüdisches Ehepaar mit ebensolchen Papieren auf sie zu.

»Und was wird nun mit den Flugkarten?« fragte der alte Mann Murawitsch, als wären sie uralte Bekannte.

»Dort soll es ja drunter und drüber gehen, wie man hört«, sagte die alte Frau. »Wartelisten für anderthalb Jahre! In unserem Alter schaffen wir das nicht mehr...«

»Mit Flugkarten haben wir, ehrlich gesagt, nichts am Hut«, sagte Wassili.

»Dann wollen Sie nicht nach Israel?« fragte der Alte.

»Doch«, sagte Aaron.

»Und wie? Zu Fuß?« fragte die Alte ironisch.

»Nein, schwimmend«, sagte Wassili treuherzig.

Der alte Mann ging beleidigt davon. Als er sich in sicherer Entfernung glaubte, drehte er sich um und rief Wassili zu:

»*Schejgitz!*«

Aaron beschloß die Situation zu retten und schrie den alten Leuten nach:

»Warten Sie! Vielleicht können wir Sie mitnehmen und irgendwo absetzen...«

»Gott schütze uns vor Ihren Liebenswürdigkeiten«, sagte die Frau.

Als sie im Wagen saßen, fragte Wassili Aaron:

»Was heißt denn Schejgitz?«

»Woher soll ich das wissen?« fauchte Aaron ihn an. »Hab ich vielleicht das Cheder besucht? Ich bin in Leningrad geboren und aufgewachsen. Wahrscheinlich heißt es Arschloch. So wie der dich angesehen hat...«

»Nein, nein!« widersprach Marxen Iwanowitsch. »Schejgitz ist ein jiddisches Wort und heißt soviel wie Penner, Rowdy.«

»Woher wissen Sie denn das?!« staunte Aaron.

Marxen Iwanowitsch lachte:

»Weiß der Teufel... Ich erinnere mich nicht. Vielleicht von Petka Grinberg... Keine Ahnung.«

Wie man ein Segel erwirbt

Einen schweren Rucksack hinter sich herschleifend stieg Marxen Iwanowitsch mühsam aus der Straßenbahn. Er verschnaufte ein wenig, warf sich den Rucksack auf den Rücken, entfernte sich ein Stückchen von der Haltestelle und bog um die Ecke. Sofort sah er Aarons *Moskwitsch*, der vor dem Haus stand.

Murawitsch lächelte, ging zum Wagen, fuhr mit der Hand liebevoll über die Haube, als wäre er ein Familienmitglied, und betrat das Haus durch den Haupteingang.

Die Wohnungstür öffnete ihm Aaron, der sofort nach dem schweren Rucksack griff und ärgerlich brummte:

»Wie oft soll man Ihnen noch sagen, daß Sie nichts tragen sollen! Nein, diese Starrköpfigkeit! Konnten Sie nicht warten, bis ich Sie abhole?«

»Da drin sind ein Fernglas, ein Barometer, ein Kompaß, eine Schiffsuhr und einige Navigationsinstrumente...« sagte Marxen Iwanowitsch schuldbewußt. »Diverse Kleinigkeiten, die mir aus vergangenen Jahren geblieben sind. Lauter Dinge, die uns später auf dem Meer sehr nützlich sein werden... Und außerdem habe ich euch noch ein Büchlein als Geschenk mitgebracht...«

Marxen Iwanowitsch holte aus der großen Vortasche des Rucksacks ein dickes, blau eingebundenes Buch und reichte es Aaron. Aaron schlug es auf und las laut:

»*Handbuch des Yachtseglers... Bob Bond...*«

»Ein bemerkenswertes Büchlein!« sagte Marxen Iwanowitsch freudig. »Steht buchstäblich alles drin, was man über eine Yacht, übers Meer, über die Takelage wissen muß. Einfach sagenhaft! Und in so verständlicher, genauer Sprache geschrieben! Hier sind fast alle Situationen beschrieben, in die man eventuell geraten kann. Ein unentbehrliches Handbuch für euch!... Aber wo steckt Wassja?«

»Hier, Marxen Iwanowitsch. Hier bin ich!« rief Wassili aus dem Wohnzimmer. »Kommen Sie herein! Ich habe eine Überraschung für Sie!«

Marxen Iwanowitsch betrat das Zimmer und ächzte vor Staunen...

Die Wohnung war absolut leer. Keine Stühle, kein Tisch, kein Sofa, kein Schrank mehr... Aarons und Wassilis bescheidene Garderobe hing an Nägeln, die in die nackten Wände geschlagen waren.

In der Küche war außer dem fettverkrusteten Kochherd und achtlos in die Ecke geworfenen Pfannen und Töpfen auch nichts mehr. Nur ein japanischer Kalender von 1980 mit nackten Japanerinnen baumelte an der Tür.

»Mein Gott... Wo sind denn die Möbel?« fragte Marxen Iwanowitsch baff.

Wassili nahm Marxen Iwanowitsch bei der Hand, führte ihn in das zweite leere Zimmer und zeigte stolz auf vier am Boden liegende Winschen für die Yacht:

»Das hier sind die Möbel – gewesen!! Sie haben selbst gesagt, ohne die Winschen können wir nicht in See stechen!«

»Ja, schon... Natürlich...« Marxen Iwanowitsch hockte sich hin und sah sich die Winschen näher an. »Sehr, sehr gute Winschen, aber...«

»Da es im Lande nichts zu kaufen gibt und Möbel in den Geschäften das Dreifache kosten, sind wir unseren Plunder spielend losgeworden, kann ich Ihnen sagen!« schnitt ihm Wassili, wie besoffen vor lauter Geschäftstüchtigkeit, lautstark das Wort ab. »So kommt eine Kopeke zur anderen. Wir haben sogar einen Überschuß von vierhundert Mäusen!«

»Phantastisch...« flüsterte Marxen Iwanowitsch.

»Abwarten, das ist noch gar nichts!« versprach Wassili.

Im selben Moment klingelte es an der Wohnungstür.

»Wer kann das sein?« wunderte sich Aaron.

Wassili warf einen Blick auf seine Armbanduhr und sagte mit Bewunderung:

»Alle Achtung, ganz professionell, die Jungs! Und knallhart bis zum geht nicht mehr. Das sind die, die deine Wohnung gekauft haben.«

»Du hast die Wohnung verkauft?! Oh, Wassja, du verdammter Hund!!!«

»Für unsere Segel!!« schrie Wassili und lief zur Tür. »Womit willst du die sonst bezahlen?! Mit Küßchen? Oder hast du zehn Riesen in stiller Reserve? Scheißer!«

Murawitsch und Aaron sahen sich verdattert an.

Wassili öffnete, und in die Wohnung traten...

...die zwei Kumpane Wowik-Durs, die Aaron vor zehn Tagen nachts auf der Straße verdroschen hatte!

Einer hinkte und ging am Stock. Die Hälfte seiner Visage war blau, ein Auge total verschwiemelt.

Der andere hatte einen Arm in Gips, einen Kopfverband und eine geschwollene Oberlippe.

Ansonsten alles zunftmäßig – klotzige Fingerringe, dicke Goldketten an den dicken Hälsen.

Als Aaron sah, *wer* da kam, verschwand er wie ein geölter Blitz im Badezimmer, tastete unter dem Waschbecken nach einer großen, verstellbaren Schränkzange und ging damit bewaffnet und zu allem bereit wieder hinaus zu den Gästen.

Als erstes deckte er Marxen Iwanowitsch mit seinem Körper, schob Wassili zur Seite und fragte, während er die große Zange in die Luft warf und wieder auffing, ungut lächelnd:

»Was liegt an?«

Der mit dem Stöckchen und dem verschwiemelten Auge sagte gutmütig zu Aaron:

»Grüß dich! Irgendwo hab ich dich schon mal gesehen, aber wo?«

»Durchaus möglich«, sagte Aaron und packte die Zange fester.

»Na, hör mal, Aaron! Das sind Freunde von Wowik-Dur!« rief Wassili. »Hab ich dir das nicht erzählt? Wowik ist momentan im Krankenhaus, und die Jungs haben deine Wohnung gekauft... Es hat sie schwer erwischt! Wowik hat seinen *Dewjatka* zu Klump gefahren! Können von Glück sagen, daß sie noch leben...«

»Wie ist denn das passiert?« fragte Aaron grinsend und spielte mit der Zange.

»Wir haben in der Kneipe einen drauf gemacht und

wollten mit ein paar Pullen und 'n paar Tussis nach Hause fahren. Irgendwo auf der Wassiljewinsel sind wir dann im Straßengraben gelandet. Die Karre ist im Arsch. Wowik liegt im Ersten Medizinischen Institut immer noch im Trauma, und wir... Du, ich weiß nicht, irgendwo hab ich dich schon mal gesehen!« sagte Wowik-Durs Kumpan aufdringlich und starrte Aaron an.

»Schon möglich, wie gesagt...« Aaron ließ die Gäste nicht aus den Augen.

»Und wie geht's den Mädchen?« erkundigte sich Wassili aufrichtig interessiert.

»Als man uns morgens rausholte, waren die Weiber verschwunden«, sagte der eine. »Vielleicht haben die sich schon früher verdünnisiert.«

»An das Restaurant, zum Beispiel, erinnere ich mich, auch an die beiden Flittchen. Aber was weiter war... Totaler Filmriß... Entschuldigung, da muß ich passen!« sagte der zweite und lachte laut.

»Und Wowik, kann der sich erinnern?« fragte Aaron vorsichtig.

»Ich bitte dich! Der war total weggetreten! Aber lassen wir das. Kommen wir zur Sache.«

Der Lahme zog drei mit Banderolen versehene Päckchen Fünfzigrubelscheinchen aus der Tasche und hielt sie Wassili hin:

»Fünfzehn, wie besprochen.«

Der zweite, mit verbundenem Kopf und Gipsarm, holte die Dokumente raus und sagte zu Aaron:

»Halt mal. Das hier ist dein Wisch, und das meiner. Klar?«

Aaron sah die Unterlagen durch, schüttelte erstaunt den Kopf.

»Hm, ganz schön ausgebufft!«

»Wir haben alles erledigt, Papa!« Wowiks Spezis lach-

ten geschmeichelt. »Alle wollen leben – das Bezirks-
komitee, der Stadtsowjet, die Polente. Dein Kumpel
sagte, es eilt, und da haben wir uns beeilt. Irgendwelche
Probleme?«

»Nein«, sagte Aaron. »Ich will die Knete nur rasch
nachzählen.«

»Aaron! Ist doch nicht nötig...« Aarons Mißtrauen
war Wassili peinlich.

Doch Aarons Blick ließ ihn verstummen.

»Keine Bange, Aaron«, sagte der eine. »Das ist keine
Verlade. Du darfst uns nicht für taube Nüsse halten. Wir
sind Geschäftsleute. Du kennst uns nicht, wir kennen
dich nicht. Für dich die Knete, für uns die Bude, und weg
sind wir.«

Aaron musterte die zwei von ihm zusammengeschla-
genen Männer freundlich und sagte:

»Prima. Genau darum zähle ich nach – weil ihr mich
nicht kennt, und weil ich euch heute zum erstenmal sehe.
Halt mal, Marxen Iwanowitsch.«

Er reichte Murawitsch die Zange und wandte sich zu
Wassili:

»Her mit der Knete.«

Er riß die Banderolen von den drei Päckchen auf und
begann langsam zu zählen; dabei bewegte er die Lippen
genauso leise wie beim Abzählen von Marxen Iwanowitschs Herztropfen.

Wie Aaron das eine suchte und etwas
ganz anderes fand

Am nächsten Tag packten Aaron und Wassili ihre Werkzeuge ein und quittierten den Dienst in der Garage.

»Ich danke euch, Jungs. Solche Männer wie euch werde ich nicht so bald wiederfinden«, seufzte der Chef.

»Wir danken Ihnen«, sagte Aaron mit einer Verbeugung.

»Wenn wir nicht wegfahren würden...« sagte Wassili.

»Aber nicht doch! Nicht doch!« erregte sich der Chef, sah sich beunruhigt um und senkte die Stimme: »Fahren Sie! Jemand muß doch überleben!«

Und gerührt ging er in sein Kabuff.

Aaron packte die Werkzeuge in den Kofferraum und fragte Wassili:

»Hast du Geld dabei?«

»Ja. Wieso?«

»Gib mir dreihundert.«

»Wofür?«

»Ich brauch sie.«

»Das ist keine Antwort«, sagte Wassili und stieg in den Wagen.

»Gibst du mir die dreihundert oder muß ich sie aus dir herausprügeln?« Aaron fragte in einem Ton, daß Wassili ihm das Geld sofort gab.

»Bitte! Ich wollte nur wissen...« setzte er zu einer Erklärung an, aber Aaron steckte das Geld in die Jackentasche und sagte:

»Und jetzt raus aus dem Wagen!«

»Warum...«

»Darum. Du nimmst dir 'n Taxi. Los, hau ab.«

Wassili, der nichts begriff, stieg wieder aus. Aaron setzte sich hinters Steuer und fuhr weg...

Eine Viertelstunde später parkte er vor dem Haus, in dem Klawa und Riwa wohnten. Er ging die vertraute Treppe hinauf und klingelte an ihrer Wohnungstür.

Lange machte niemand auf. Dann waren schlurfende Schritte zu hören, schnappten zu Aarons Verwunderung diverse Schlösser, und schließlich öffnete sich die Tür so weit, wie die kurze und dicke Sicherheitskette es zuließ.

Durch den Spalt schob sich eine Altweibernase. Unten zwängten sich zwei schmuddelige Kinderschnäuzchen durch.

»Was wolln Se?« fragte die Frau böse.

Aaron glaubte, sich in der Türnummer geirrt zu haben, sah auf das emaillierte Schildchen und fragte verdutzt:

»Sind Klawa und Riwa nicht zu Hause?«

»Die sin weg. Jetze wohne ich hier. Ich kann Sie de Ausweis zeigen...« Die alte Frau fing an zu weinen. »Siebzehn Jahre stand ich uff der Warteliste! Un die Rente – zum Heulen... Jeder, der will, kann sich über unsereins lustig mache... Nichts zu esse da für de Enkelkinner, aber das schert die 'n Dreck...«

»Wen meinen Sie?« fragte Aaron.

»Wen, wen... Meine Kinner! Nich mehr riechen tun die sich! Abgezwitschert sind se, meine Schwiegertöchter, zu de Huren. Da finde die mal einer... Aber das sag mal den Enkelchen, die wolln was zu Futtern... O Gott! Bloß rasch sterben! Wanka, meinen Jüngsten, haben se umgebracht... Aber das Militärkommissariat bringt's nich fertig, die zwanzig Rubel für ihn zu schicke!«

»Wo haben sie ihn umgebracht?« fragte Aaron sanft durch den Spalt.

»Na bei der Schießerei zwische dene Armenier un

dene... Wie heißen se gleich?... Sirbeischanern
doch...«

»Na, und Riwka und Klawka, wo sind die?«

»Weggefahrn, sag ich doch!«

»Für länger?«

»Für immer.«

»Wohin?«

»Wer soll das wisse... Mag sin, zu de Jidden. Dohin
fahrn doch jetz alle. De Jidden, de Russen, de Nichrus-
sen...«

Aaron schwieg, wie erschlagen von dieser Nachricht.
Die alte Frau fragte ihn:

»Soll ich Ihne vielleicht doch de Ausweis zeige?«

»Nein, nicht nötig...« sagte Aaron. »Nichts ist nötig.«

»Un du selber, von wo bist du denne? Doch nich von
der kommunalen Wohnungsverwaltung?«

Aaron holte die dreihundert Rubel heraus, reichte sie
der alten Frau durch den Spalt:

»Da, nimm. Vom Militärkommissariat. Eine Nach-
zahlung für Wanka...«

»Gütiger Himmel!« schrie die Alte dünn auf,
schnappte das Geld und schlug die Tür zu.

Wie die Opritschnik zum Heim wurde

Es war sehr früh am Morgen...

Lackglänzend stand die völlig überholte, siebzehn
Meter lange *Opritschnik* auf den Kielblöcken im Hinterhof des Yachtclubs; zwar fehlte ihr noch der Mast, doch
wie sie so dastand – mit polierter Antriebsschraube, gi-

gantischem Kiel, matt schimmernden, kupfergefaßten Bullaugen und straffgezogenen Strecktauen –, weckte sie die unbändigsten Visionen: von fernen Meeren und unbekannten Ländern, vom Beginn eines neuen, wundervollen Lebens voller Wind, Wellen, salzigen Wasserspritzern und dem Geraune vieler verschiedener Sprachen an fremden Küsten, von süß duftenden, die Sinne betäubenden tropischen Blumen und schokoladenbraunen, glutäugigen Frauen mit verheißungsvollem Lächeln, schmalen Taillen und dennoch schwungvoll ausladenden Hüften...

Nur drei Dinge bremsten den Flug der Phantasie in lockende Fernen ein wenig: Aarons alter, rostiger *Moskwitsch*, der neben den Kielblöcken stand; die zwischen den Strecktauen gezogene Leine mit Aarons und Wassilis gewaschener Wäsche und ein gewöhnlicher Zinkeimer, der genau dort am Yachtboden befestigt war, wo der Kiel begann.

In der sonnigen Stille war deutlich zu hören, wie jemand im Innern der Yacht herumstampfte, wie ein Schott knarrte und zuschlug, wie ein Riegel knackte und ein eindeutiges Plätschern folgte.

Sodann hörte man das typische Geräusch einer Wasserspülung, und kurz darauf ergoß sich »alles« durch das offene Klosettrohr in den darunterhängenden ganz gewöhnlichen Haushaltszinkeimer.

»Wassja! Heute hast du Latrinendienst«, sagte Aaron mit noch vom Schlaf belegter Stimme.

Keine Antwort... An Deck erschien in Unterhosen und in der Morgenkühle bibbernd Wassili. Er breitete dreimal die Arme seitlich aus, ging zweimal in die Hocke, eine Art angedeuteter Frühsport, räkelte sich gähnend, schlang die mageren Arme um sich und erstarrte, den Blick nach vorn über die Nase der Yacht ge-

richtet, so als dehnte sich vor seinen Augen die unermeßliche Weite des Ozeans...

Aus der Kajüte tauchte Aarons Zottelkopf:

»Hörst du mich, Wassja?!«

Wassili kam zu sich und antwortete gereizt:

»Ja doch, ich hör dich! Kümmer du dich lieber ums
Essen, Marxen wird bald aufkreuzen...«

Um die *Opritschnik* herum hatten sich die Bootsbauer
mit Fjodor Nikolajewitsch an der Spitze, Funktionäre
vom Yachtclub, Marxen Iwanowitsch sowie Aaron und
Wassili zusammengefunden.

Auf dem Boden waren die neuen, riesigen, weiß blin-
kenden Segel ausgebreitet. Man ging um sie herum und
stieß Laute des Entzückens aus:

»Mann, das sind Segel!«

»Das ist kein verdichtetes Lawsan. Das ist Dacron,
Dacron! Hundertzwanzig Quadratmeter echtes Dacron.«

»Marxen Iwanowitsch! Darf man eine indiskrete
Frage stellen? Wieviel haben unsere Werkstätten dafür
verlangt?«

»Traue ich mich gar nicht zu sagen, Leute... Zehntau-
send!«

»Donnerwetter, das ist ja so gut wie geschenkt! Für
zehn haben sie's nur gemacht, weil Sie es sind, Marxen
Iwanowitsch! Einigen Genossenschaften haben sie für
hundert Quadratmeter sechzehn abgeknöpft!«

»Tja, Genossenschaften. Aber meine Leute sind Prole-
ten...« Marxen Iwanowitsch deutete mit dem Kopf auf
Aaron und Wassili.

Wassili führte Aaron an der Hand um die Segel herum
und flüsterte ihm zu:

»Sieh mal, Aarontschik... Was haben wir dafür schon

84

aufgegeben — eine beschissene Bude mit zwei Zimmern, das eine elf, das andere vierzehn Quadratmeter, wobei das größere auch noch ein Durchgangszimmer war... Außerdem in einem ziemlich verkommenen Bezirk, mit Aussicht auf 'ne Müllkippe. Bekommen haben wir dafür hundertzwanzig Quadratmeter herrlichstes Segeltuch mit Aussicht auf ein völlig neues Leben! Und fünftausend sind noch übrig!«

»Was beschwatzt du mich wie ein Weib?! Bin ich vielleicht dagegen?«

»Ich beschwatze dich nicht, ich will einfach nicht, daß du mit 'ner sauren Flappe rumläufst...«

»Solange wir Fjodor Nikolajewitsch und seinen Leuten die siebentausend nicht geben können, werde ich keine andere Flappe haben!«

»Aha! Daher weht der Wind!« seufzte Wassili erleichtert auf. »Fjodor Nikolajewitsch! Dürfte ich Sie einen Moment sprechen?«

»Sehr schöne, sehr solide Segel. Mit solchen Segeln — bis ans Ende der Welt!« rief Fjodor Nikolajewitsch beim Näherkommen.

»Wollten Sie Aaron Moissejewitsch nicht einen Vorschlag machen?« sagte Wassili einschmeichelnd.

»Tja, Aaron Moissejewitsch... Was heißt hier Vorschlag! Wie sich Wassili immer so ausdrückt! Im Grunde eine kinderleichte Sache. Ihr schuldet mir siebentausend. Du gibst mir deinen *Moskwitsch*, Aaron Moissejewitsch, und wir sind quitt. Mit meinen Leuten rechne ich selber ab. Einverstanden?«

»Und wer zahlt die sieben Prozent Kommissionsgebühren an den Staat?« fragte Aaron.

»Der Staat kann am Daumen lutschen«, sagte Fjodor Nikolajewitsch. »Der schröpft uns schon genug! Wir fahren nachher gleich zu meiner Tochter, die ist Notarin, und dort läßt du auf meinen Namen eine Vollmacht mit Verkaufsrecht ausstellen, und das nicht für fünfzig Rubel, wie für eine fremde Person, sondern für zweieinhalb, wie für einen nahen Verwandten. Der Staat kriegt nichts! Die sieben Prozent verjubeln wir heute abend lieber! Marxen Iwanowitsch nehmen wir mit, und dann hoch die Pötte!«

Wie die Luftstreitkräfte heute der Sache des Friedens dienen

»...als Kostja in Odessa weilte, standen alle Kutscher stramm, wenn er in die Kneipe kam«, schmetterte ein Kerl wie ein Baum in weißen Lackschuhen und weißem Anzug mit roter Fliege.

Das Orchester des Restaurants dröhnte ohrenbetäubend.

Fjodor Nikolajewitsch, Marxen Iwanowitsch, Aaron und Wassili hatten sich in Schale geworfen. Sie saßen an einem Tisch und tranken Wodka, bis auf Marxen. Vor ihm stand eine Hundertgrammkaraffe mit Kognak. Er nippte vorsichtig aus einem winzigen Gläschen und sagte:

»Nein, nein und noch einmal nein! Absolut unsinnig! Was glaubt ihr denn?! Das ist doch nicht irgendeine Jolle. Das ist eine große Hochseeyacht! Wenn der Zug in eine Kurve geht, ragen Bug und Heck zu weit nach draußen! Und in den Kielblöcken ist sie vier Meter hoch – wißt ihr, was das heißt? Wie wollt ihr mit ihr durch die Tunnels kommen? Vergeßt die Bahn! Es geht nur mit einem Schleppkahn über den Wolga-Ostsee-Kanal! Sag es ihnen, Fedja...«

Fjodor Nikolajewitsch schluckte vor Überraschung, kippte sich ein großes Glas Wodka in den Mund, schnupperte an einer Brotkruste und sagte fast nüchtern:

»Moissejitsch, Wassili, ihr seid doch keine kleinen Kinder. Ihr müßt doch selber wissen, daß eure Pandora Übergröße hat und für den Transport nur der Wolga-Ostsee-Kanal in Frage kommt!«

»Aber Sie haben doch selbst gesagt, daß man auf einem Lastkahn fast einen ganzen Monat braucht!« stöhnte Wassili.

Fjodor Nikolajewitsch wollte Wassili gerade antworten, als sich ein Kellner mit einer Schale frischer Tomaten, Grünzeug, Lachs und körnigem Kaviar an ihm vorbeizwängte.

Dem Brigadier entfuhr ein Laut des Staunens, und er packte den Kellner von hinten am Frack.

»Vorhin hast du gesagt, ihr hättet keine Tomaten und keinen Kaviar. Und was ist das?!«

»Tomaten und Kaviar nur gegen Valuta! Lassen Sie mich sofort los, sonst rufe ich die Miliz«, blaffte der Kellner.

»Oh, Scheiße... Weit haben wir's gebracht. Schöne Perestroika...« konnte Fjodor Nikolajewitsch nur sagen.

An einem Nachbartisch saßen drei Militärflieger – ein Oberstleutnant, ein Major und ein Hauptmann. Sie tranken aus großen Weingläsern ein Gemisch aus Champagner und Kognak und beglotzten mit glasigen und wollüstigen Blicken die Frauen. Der Oberstleutnant steckte von Zeit zu Zeit dem Hauptmann einen Fünfundzwanzigrubelschein zu und sagte heiser zu ihm:

»Bring's hin. Er soll noch was über Odessa singen!«

Der schneeweiß gekleidete Sänger nahm den Schein mit der Geschicklichkeit eines Taschenspielers entgegen, gab dem Orchester einen Wink, wartete vier Anfangstakte ab und sang:

»Nebel umhüllt mein trautes Odessa, golden schimmern die Lichter...«

Was immer der Kerl auch sang, getanzt wurde nur Foxtrott.

»Na und, kommen wir eben einen Monat später in Odessa an!« schrie Marxen Iwanowitsch. »Wassja! Iß einen Happen! Aaron! Wo hast du deine Augen? Leg Wassja Schinken auf... So viele Jahre habt ihr auf diesen Augenblick gewartet, da werdet ihr wohl auch noch einen Monat überstehen können. Ist doch halb so schlimm. Auf dem Lastkahn könnt ihr euch erholen, neue Kräfte sammeln, und in Odessa seid ihr dann für alles gewappnet...«

»Was hör ich da?« krächzte der Oberstleutnant und kam, sein volles Glas in der Hand, schwankend zu Marxen Iwanowitsch herüber. »Nein, wirklich, was hör ich da immerzu? Odessa, Odessa...! Hier, in dieser Stadt der drei Revolutionen... verflucht soll sie sein... hier, in dieser... Verzeihung... beschissenen Wiege der Revolution wird über meine geliebte Heimatstadt Odessa gesprochen?! Gestatten, daß ich mich vorstelle – Oberstleutnant Nitschiporuk, Militärflieger erster Klasse.«

Der Oberstleutnant versuchte, die Hacken zusammenzuschlagen, verlor jedoch das Gleichgewicht, und wenn Aaron ihn nicht rechtzeitig aufgefangen hätte, wäre er hingefallen und hätte den Streitkräften Schande gemacht.

»Es ist besser, Sie setzen sich, Genosse Oberstleutnant«, sagte Aaron.

»Sag einfach Ljocha zu mir«, krächzte Nitschiporuk.

In dieser Nacht stand der *Moskwitsch* wieder dicht neben der *Opritschnik*. Aber jetzt schlief in ihm der mit allen Rechten des neuen Besitzers ausgestattete, sturzbetrunkene Fjodor Nikolajewitsch, und im Takt seines glucksenden, rasselnden Schnarchens erzitterte irgend etwas in dem alten Wagen und klirrte rhythmisch...

In der schon recht wohnlichen Kajüte der *Opritschnik* saßen Aaron, Wassili, der Oberstleutnant Ljocha, der Major Arkascha und der Hauptmann Mitja bei voller elektrischer Festbeleuchtung (die Lampe hatten sie vom Laternenmast nebenan geklaut) und machten noch tüchtig einen drauf.

An der Spitze der Tafel saß, lächelnd und als einziger nüchtern, Marxen Iwanowitsch Murawitsch und trank glühend heißen Tee aus einem großen Steingutbecher, den er mit beiden Händen umklammert hielt.

»Geht nicht, Ljocha! Du kapierst hier einfach was nicht!« schrie Wassili. »Allein *lang* ist sie siebzehn Meter!!!«

Die drei Flieger wieherten als Antwort geradezu beleidigend.

»Und hoch ist sie, die Kielblöcke mitgerechnet, *vier*!« fügte Aaron hinzu, was die Vertreter der Luftstreitkräfte zu noch ausgelassenerem Gelächter veranlaßte.

»Oh, ich sterbe gleich vor Lachen!« japste Ljocha. »Mitja! Schenk nach!«

»Und daß sie dreizehn Tonnen wiegt, geht wenigstens das in deinen Schädel rein?!« schrie Wassili verzweifelt.

»Dazu kommen noch zentnerweise Konserven, Grütze, Werkzeuge... Nicht zu vergessen unsere persönlichen Klamotten!«

»Och, och...«, Ljocha krümmte sich vor Lachen. »Nein, Jungs, habt ihr das gehört? Wenn ich jetzt nicht sofort noch was trinke, weiß ich nicht, was passiert!«

»Wassja! Aarontschik!« schrie Hauptmann Mitja

weinend vor Lachen. »Ihr beiden auf der Bühne – und Mischa Shwanetzki kann einpacken! Stimmt's, Arkascha?!«

»Einfach Spitze!« bestätigte der Major. »Die beiden stechen jeden Komiker der Welt aus, Kommandeur!«

»Du sagst es!« krächzte Oberstleutnant Ljocha.

Aaron und Wassili waren fassungslos. Auch Marxen Iwanowitsch war ein wenig befremdet.

»Mal langsam, Jungs... Ljocha, Mitja! Das ist doch nicht euer Ernst?« fragte Marxen Iwanowitsch.

»Nein, Marxen Iwanowitsch«, Oberstleutnant Ljocha schüttelte den Kopf, »bis jetzt nicht. Bis jetzt war das astreines Odessaer Gequassel. Aber jetzt mal Ruhe!«

Am Tisch wurde es still.

»Sind alle Gläser gefüllt?« fragte Ljocha mit einem prüfenden Blick über die Back und gab sich selbst die Antwort: »Jawohl. Dann wollen wir mal versuchen, drei Minuten ernst zu sein. Also, meine Crew besteht aus acht Mann. Erstklassige Jungs! Wo die anderen fünf jetzt stecken, juckt mich nicht. Hauptsache, sie erscheinen auf die Minute pünktlich auf dem Stützpunkt beim Flugzeug. Wenn ich was Falsches sage, sollen mich Arkascha, mein Kopilot, und Mitja, mein Navigationsoffizier, korrigieren. Ich habe nichts dagegen. Einige Jahre lang bin ich mit meinen Jungs jeden Tag nach Afghanistan geflogen. Wir haben lebendige Soldaten hingebracht und tote zurückgeholt. Dafür haben wir Valutaschecks von der Außenhandelsbank und Orden bekommen... Jetzt ist alles anders. Jetzt haben wir die Perestroika, haben wir Schwerter zu Pflügen umgeschmiedet. Jetzt transportieren wir stille, friedliche Frachten. Obwohl, was kann stiller und friedlicher sein, als zweihundert Särge mit toten jungen Männern? Vielleicht dieses zweistöckige, zerlegte Haus mit Bädern und Toiletten, mit insgesamt acht

Zimmern und einer Garage für zwei Wagen, das wir heute von Odessa nach Leningrad gebracht haben, von unserem Spitzbuben von General in Odessa für euren Spitzbuben von General in Leningrad, damit sie euren nicht beschuldigen, er habe seine Dienststellung ausgenutzt, um sich eine Datsche zu bauen. Und wißt ihr, unter welchem Slogan unser Flug läuft – Die Sowjetarmee hilft der Volkswirtschaft! Da wollen wir doch mal sehen, ob wir nach all dem Schrott nicht auch euer beschissenes kleines Schifflein... siebzehn Meter lang!... dreizehn Tonnen schwer!... ha, daß ich nicht lache!... mitsamt all eurem Krempel in unseren Flieger reinstopfen können und ob ihr drei Stunden später nicht unser herrliches Odessa erblickt, von wo aus ihr dann eurem Schicksal entgegensegelt... Nur keine Aufregung, Aarontschik, Wassja... Sie dürfen auch nicht nervös werden, Marxen Iwanowitsch, ich flehe Sie an. Wenn wir eure Yacht in unser Fliegerchen verladen haben, ist immer noch ausreichend Platz für einige Pullmanwagen.«

Wie die Yacht am Himmel schwebte

Nein, der betrunkene Oberstleutnant Ljocha hatte nicht übertrieben! Major Arkascha und Hauptmann Mitja hatten Aaron und Wassili zu Recht ausgelacht!

Als die *Opritschnik* in ihren Kielblöcken, auf so was wie einem Riesenschlitten installiert, von einer Zugmaschine über eine Rampe in den gigantischen Bauch von Ljochas Flugzeug gezogen wurde, schien es, als verschlänge ein sagenhafter Wal mit weit geöffnetem Maul eine kleine, furchtsame Sardine!

Solche unglaublichen Flugzeuge mit traurig herabhängenden Flügelenden, mit vier zyklopischen Triebwerken dicht über dem Boden, hatten Aaron und Wassili und auch Marxen Iwanowitsch noch nie gesehen.

Sie standen mit offenen Mündern, und Ljocha Nitschiporuk, der Kommandant dieser phantastischen Flugmaschine, nun nicht mehr in Ausgehuniform, sondern in Lederjacke und absolut nüchtern und sauber rasiert, griente und sagte:

»Kein Flugapparat, ein Wunder, nicht wahr, Marxen Iwanowitsch?!«

Und Marxen Iwanowitsch konnte, sprachlos vor Begeisterung, als Antwort nur die Arme ausbreiten...

Dann heulte das ungeheuerliche, bis zur Häßlichkeit dickbäuchige Kind supermoderner Flugtechnik mit allen Motoren auf, rollte ein kurzes Stück über die Startbahn und stieg plötzlich steil in den grauen Leningrader Himmel auf, wobei es von Sekunde zu Sekunde an Eleganz, Schnelligkeit und Schönheit gewann...

Im Cockpit, im linken Kommandantensitz, saß Oberstleutnant Ljocha Nitschiporuk hinterm Steuer, unnahbar streng und aufs äußerste konzentriert.

Rechts von ihm saß der Zweite Pilot Major Arkascha. Irgendwo weiter unten der Navigationsoffizier Hauptmann Mitja.

Und hinter dem Kommandanten und dem Zweiten Piloten – der Funker, Techniker, Schützen, Ingenieure... Alle mit Kopfhörern und Kehlkopfmikrofonen.

»Navigationsoffizier!« röchelte Nitschiporuk ins Mikro.

»Jawohl, Kommandant!« antwortete Mitja sofort.

»Wir borgen uns einen Militärtransporter, stell eine

Verbindung zur Basis der schweren Hubschrauber her, mit Oberst Kasanzew!«

»Zu Befehl, Kommandant!«

»Wenn er dran ist, soll er auf unseren Kanal gehen. Er weiß schon. Verstanden, Navigationsoffizier?«

»Jawohl, Kommandant!«

Der Zweite Pilot grinste verständnisvoll. Nitschiporuk zwinkerte ihm zu:

»Ich verzichte darauf, daß meine Gespräche mit Grischa Kasanzew aufgezeichnet werden! Ich meine alle...«

In dem riesigen, bebenden Rumpf des Flugzeugs nahm die festverankerte Yacht bestenfalls ein Drittel des Raumes ein, und Marxen Iwanowitsch, Aaron und Wassili, die auf einer Klappbank saßen, wirkten wie unglückliche kleine Wesen, die man in eine gigantische eiserne Kiste gesperrt hatte.

Marxen Iwanowitsch strickte an seiner endlosen Weste, Aaron döste vor sich hin und Wassili überprüfte geschäftig die Reisepapiere:

»Die Pässe – eins, zwei, drei. Alle da. Die Valutabescheinigung... Die paar Kröten – lächerlich! Ist auch da... Die Bootspapiere... Sind da... Die Registertonnenbescheinigung? Aha, da ist sie! Gott sei Dank! Marxen Iwanowitsch... Haben Sie Ihre Einladung dabei?«

»Ja, Wassja.«

»Beide Exemplare?«

»Ja, beide. Reg dich nicht auf.«

Sie bemerkten nicht, daß Nitschiporuk zu ihnen kam.

»Na, wie geht's, Männer? Nicht zu drückend, nicht zu eng?« krächzte er.

Aaron schreckte aus dem Schlaf, riß die Augen auf:

»Alles okay, Kommandant. Setz dich, quatschen wir ein bißchen...«

»Geht nicht«, lächelte Ljocha. »Keine Zeit zum Herumsitzen.«

Und plötzlich dröhnte durch das ganze riesige Flugzeug die verzerrte Stimme des Navigationsoffiziers Mitja, der auf Lautsprecher umgeschaltet hatte:

»Kommandant! Ich habe Oberst Kasanzew dran!«

Ljocha drückte auf einen Knopf über Wassilis Kopf, und krächzte in ein kleines Gitter:

»Verstanden. Ich komme.« Er ließ den Knopf los und sagte: »Ich will mit einem Kumpel von mir, auch ein Afghanistankämpfer, über euer Boot reden. Er ist ein alter Fuchs, dem kann keiner das Wasser reichen! Hat in Odessa alles unter Kontrolle.« Dann ging er nach vorn.

Aaron sah ihm gedankenvoll nach und sagte:

»Solche Menschen verläßt man nicht gern...«

Ljocha saß inzwischen schon wieder in seinem Kommandantensitz, drückte das Mikro fest an die Kehle und sagte:

»Siebzehn Meter lang, dreieinhalb breit... Die Höhe vom untersten Punkt des Kiels bis zur oberen Schnittkante der Kajüte – drei, dreieinhalb... Dreizehn Tonnen... Überleg du dort inzwischen, wie du die Kiste anseilen kannst, wir hier gehen am Stützpunkt runter... Sag ich dir gleich... Navigator! Die errechnete Landezeit?«

»Elf Uhr zwanzig, Kommandant!«

»Hast du gehört, Grischa? Elf Uhr zwanzig! Und setz dich mit Njomka Bljufstein in Verbindung! Sag ihm, er soll seine Jungs vom Yachtclub zusammentrommeln und meine Kumpels direkt auf dem Wasser in Empfang nehmen! Den Mast aufstellen, den Motor probelaufen lassen. Verstanden? Grischa! Wann krieg ich von dir die Flasche Kognak? Was heißt hier – wieso?! Ganz schön unverschämt! Wer hat denn auf den *Schwarzmeerma-trosen* gesetzt?! Ach so, der Papst! Na, weißt du, Gri-scha! Eher beiß ich mir in den Arsch, ehe ich noch mal mit dir trinke... Navigationsoffizier!« brüllte Nitschi-poruk wütend. »Warum ist die Verbindung weg?!«

»Ich kann nichts dafür, Kommandant!« schrie Mitja. »Oberst Kasanzew hat Sie verflucht und selber abge-schaltet!«

Vier Stunden später standen irgendwo bei Odessa auf einem staubigen Militärflugplatz, nicht weit von einigen anderen Flugmonstern wie dem von Ljocha Nitschi-poruk, der nun überflüssig gewordene riesige Transport-schlitten und die Yachtkielblöcke auf dem schmutzig-gelben Erdboden herum.

Daneben standen Ljocha Nitschiporuk und seine Crew und noch etwa ein halbes Dutzend Militärs, und sie alle sahen, die Augen mit den Händen gegen die Sonne abgeschirmt, in den südlich blauen Himmel...

...wo die Yacht *Opritschnik* schwebte, sorgfältig fest-gemacht an einem riesigen, schweren Kampfhubschrau-ber mit zwei Rotoren.

Im Hubschraubercockpit am Steuerknüppel saß ein Oberst in einem Militärhemd mit Schulterstücken, ge-musterten Importshorts und Angeberturnschuhen. Seine Schirmmütze und die Hosen lagen über der Lehne des Pilotensitzes.

Er trug einen schneeweißen Kunststoffhelm mit mon-tiertem Sprechfunkzubehör und hochgeklapptem schwarzen Sonnenschutzvisier. Seitlich angebracht war ein kleiner Bügel mit Mikrofon, in das der Oberst sprach:

»Nein, kannst du dir das vorstellen, Njomka?! Er

hatte Moskau noch nicht überflogen, war gerade erst aufgestiegen, da holte er mich schon an die Strippe und verlangte den verdammten Kognak von mir! Na, du weißt doch! *Schwarzmeermatrose – Spartak* und so! Wahnsinn! Dieser Ljocha ist ein ganz Ausgebuffter! Kennst doch das Lied: *Flohen zwei Banditen aus dem Odessaer Knast...* Einer von denen, glaub mir, Njomka, ist Ljocha Nitschiporuk! Womit hab ich das nur verdient?!«

Im Yachtclub des Odessaer Militärbezirks, ganz am Ende einer langen, weit ins Meer hinausreichenden Mole, stand auf einem wackligen Tischchen ein tragbares Armeefunkgerät. Daneben auf einem Klappstühlchen saß ein nur mit Badehose bekleideter Mann mit einem goldenen Davidsstern um den Hals und mit dem gleichen Helm auf dem Kopf wie der Hubschrauberkommandant. Dieser Mann war Njomka Bljufstein.

Um ihn herum standen einige Männer. Längsseits war ein Kutter vertäut.

»Na, hör mal, Grischa!« sagte Njomka mit dem unverkennbar jüdisch gefärbten Südodessaer Schwarzmeerakzent. »Ihr zwei habt euch doch gesucht und gefunden!«

»Ich und der?!« dröhnte Grischas empörte Stimme aus dem aufgedrehten Lautsprecher. »Im Vergleich zu Ljocha bin ich ein Waisenknabe! Ljocha ist doch ein ausgemachter Gangster!!!«

»Erzähl mir doch nichts!« sagte Njomka. »Dann muß es wohl ein anderer Major Bljufstein als ich gewesen sein, der elf Jahre lang zusammen mit dir geflogen ist?!«

Der riesige Armeehubschrauber flog in geringer Höhe.

Unter ihm hing an vier Trossen die dreizehn Tonnen

schwere *Opritschnik*. Vor dem Hintergrund des blauen Himmels, des sich nähernden Schwarzen Meeres, der kleinen weißen Häuschen am Ufer und dem dunkelgrünen Wasser war das ein wunderbarer, ein phantastischer Anblick.

»Grischa, vom Meer her ist leichter Wind aufgekommen!« sagte Njomka Bljufstein ins Mikrofon. »Du gehst ein wenig früher runter als besprochen. Setz die Yacht etwa zweihundert Meter vom Klub entfernt ab. Wir kommen mit dem Kutter hin und bugsieren sie ans Ufer.«

»Euern Kutter brauchen wir nicht, steck ihn dir sonstwohin!« dröhnte Grischas Stimme aus dem Lautsprecher. »Ich lasse sie runter, schieße die Trossen ab, und die können ihren Motor anschmeißen und selber dort festmachen, wo du sie haben willst!«

»Was? Die sind da oben bei dir in der Yacht?!« Njomka sprang entsetzt auf, und die um ihn herumstehenden Männer griffen sich fassungslos an den Kopf.

»Was ist dabei?« sagte Oberst Kasanzew mit Blick zum Horizont und steuerte den Hubschrauber in Richtung Meer. »He, Njomka! Tu nicht so scheinheilig! Erinnerst du dich nicht mehr, wie wir beide Verwundete aus Dshelal-Abad ausgeflogen haben? In angehängten Containern und auf den Abstützstreben des Chassis? Bloß damals waren es zusammengeschossene junge Kerle, heute sind es normale, gesunde Männer!«

Marxen Iwanowitsch, Aaron und Wassili saßen in der verschlossenen Kajüte der am Himmel fliegenden Yacht.

»Er ging an Deck, doch das war weg, worauf sein Blick sich trübte…« sang Wassili.

Er war schrecklich aufgeregt, lief ständig von einem Bullauge zum anderen, griff zum Fernglas, sah selbst hindurch, reichte es dann Aaron und Marxen Iwanowitsch, damit auch sie sich an dem ergötzen konnten, was ihn in solche Begeisterung versetzte.

Marxen Iwanowitsch lächelte nervös, die Stricknadeln in seinen Händen blitzten nur so:

»Mein Gott! Heute morgen waren wir noch in Leningrad, und jetzt fliegen wir in der eigenen Yacht! Wir fliegen! Das glaubt uns kein Mensch! Ach, Wassja! Ach, Aaron! Was hab ich mit euch für ein Glück! Wie im Märchen!«

»Ich hab unwahrscheinlichen Hunger, ich kann mir nicht helfen...« sagte Aaron verzagt. »Hörst du Wassja! Mach doch irgendeine Büchse auf...«

»Auf gar keinen Fall! Die Konserven sind für unterwegs auf See. Halte durch, Aaron! Reiß dich zusammen!« sagte Wassili. »Mach autogenes Training, wiederhole dir immer wieder: ›Ich bin satt... Mein Magen ist voll... Angenehme Mattigkeit durchströmt meinen Körper... Ich möchte nichts essen...‹«

»Du kannst mich mal mit deinem Training...« maulte Aaron träge. »Wir hängen hier in der Luft... Und wenn was passiert... Dann gute Nacht und schöne Grüße aus dem Jenseits...«

»Aaron, betrachte diese märchenhafte Situation doch wie ein Geschenk des Himmels und genieße sie«, riet ihm Marxen Iwanowitsch.

»Ich kann eine Situation nicht genießen, Marxen Iwanowitsch, wenn ich überhaupt keine Kontrolle habe«, sagte Aaron mit Nachdruck. »Das mag ich ganz und gar nicht.«

Der Hubschrauber mit der Yacht »unterm Arm« zog eine Schleife über dem Yachtklub und verharrte dann in der Luft, etwa einhundertfünfzig Meter von der Stelle entfernt, wo Njomka mit seiner Funkanlage und seinen Waffenbrüdern Stellung bezogen hatte.

Wegen des Pfeifens der Rotoren und dem Gebrüll der Motoren ist nichts zu hören. Man kann nur sehen, daß Bljufstein Verbindung mit dem Hubschrauber hält. Jetzt wird ernste, professionelle Arbeit geleistet...

Im Hubschrauber ist man ebenfalls nicht mehr zu Späßchen aufgelegt: Den versteinerten Gesichtern von Kasanzew und seinem Zweiten Piloten ist anzusehen, welche Anstrengungen es kostet, die gewaltige Maschine im Stillstand zu halten, zumal an ihr noch ein dreizehn Tonnen schweres Pendel in Gestalt der *Opritschnik* hängt.

Die Hubschraubertechniker an den Seilwinden erstarren...

Der Bordingenieur beobachtet aufmerksam die Anzeigen seiner Geräte...

Oberst Kasanzew spricht mit...

...dem ehemaligen Major Bljufstein... Njomka sitzt längst nicht mehr auf seinem Klappstühlchen; er steht angespannt am äußersten Rand der Mole. Hinter ihm, in unruhiger Erwartung, die ganze Yachtklubgesellschaft.

Aber da hebt Bljufstein die Hand, sagt etwas ins Mikro und winkt entschieden mit der Hand nach unten...

Kasanzew sieht Bljufsteins nach unten abwinkende Handbewegung und gibt einen Befehl...

Der Ingenieur drückt auf seinem Pult irgendwelche Knöpfe und gibt ebenfalls einen Befehl...

Die Techniker beobachten die Yacht durch die breiten Seilwindenluken und schalten ihre Aggregate ein...

Langsam senken sich die vier Strahltrossen nach unten und...

...für Kasanzew wird es noch schwieriger, den Hubschrauber unbeweglich zu halten...

Endlich setzt die Yacht flach auf dem Wasser auf und beginnt, vom starken Luftstrom der Hubschrauberrotoren gepeitscht, im aufgerauhten Meer zu schaukeln.

Von dreizehn Tonnen zusätzlichem Gewicht befreit, vermindert der Hubschrauber die Umdrehungsgeschwindigkeit der Motoren, und man hört Njomka Bljufstein ins Mikro schreien:

»Super, Grischa!«

»Das kostet euch 'n halben Liter!« antwortet ihm Kasanzew und befiehlt: »Trossen abschießen!«

Njomka sieht deutlich, wie sich die riesigen Schlingen lösen, in denen die Yacht hängt, wie die Enden ins Wasser klatschen, wie sie von den Winden nach oben gezogen werden und im Bauch des Hubschraubers verschwinden...

In der Kajüte der *Opritschnik* erhob sich Marxen Iwanowitsch, warf unachtsam sein Strickzeug hin und sagte feierlich:

»Gestatten Sie, daß ich Ihnen, Aaron Moissejewitsch, und Ihnen, Wassili Petrowitsch, gratuliere! Sie befinden sich auf dem Meer!«

Ergriffen von der Erhabenheit des Augenblicks richteten sich Aaron und Wassili kerzengerade auf.

Der Hubschrauber drehte eine Runde über dem Yachtklub, und aus dem Lautsprecher der Bodenstation erklang zum letztenmal Kasanzews Stimme:

»Njomka! Spurtet zum Landeplatz für Importwaren, laßt euch einen anständigen Imbiß einfallen. Die Leute müssen doch zünftig empfangen werden! Alles übrige bringen ich und Ljocha mit! Hast du verstanden? Kommen!«

»Alles verstanden! Ende!« antwortete Bljufstein.

Der Hubschrauber drehte ab.

Der erschöpfte Bljufstein nahm den Helm vom Kopf, zum Vorschein kam eine gebräunte Glatze mit einem Kranz roter Haare. Er wischte sich den Schweiß vom Gesicht, griff nach dem Megaphon und schrie mit donnernder Stimme:

»He, ihr da auf der Yacht! Schafft ihr es, selber anzulegen und festzumachen oder braucht ihr Hilfe?«

Marxen Iwanowitsch, Aaron und Wassili standen schon an Deck und winkten dankend dem Hubschrauber nach.

Als sie Bljufsteins Frage hörten, verzog Marxen Iwanowitsch verdrossen das Gesicht und sagte:

»Einen so zu beleidigen... nach all dem...« Und plötzlich befahl er mit metallischer Stimme: »Iwanow! Motor anlassen!«

Aaron flitzte zum Steuerpult, betätigte einen Kippschalter, dann einen zweiten, drückte den Starterknopf. Der Motor fauchte und tuckerte los.

»Rabinowitsch!« bellte Marxen Iwanowitsch. »Zum Vorschiff!«

Wie ein geölter Blitz sauste Wassili zum Bug der Yacht, ergriff das Ende des Haltetaus, stand wie erstarrt, den Blick ergeben auf Kapitän Murawitsch gerichtet.

Der packte das Steuerrad, als hätte es für ihn die dreißig Jahre Zwangspause nicht gegeben, als hätte man ihn nicht gewaltsam vom Meer ferngehalten...

Marxen Iwanowitsch gab Gas und steuerte die *Opritschnik* zügig und sicher zum Pier.

Bljufstein und seine Kameraden beobachteten in

stummer Bewunderung, wie die *Opritschnik* in weitem, exakt berechnetem Bogen zur Anlegestelle fuhr.

»Ein prima Steuermann!« sagte Njomka hingerissen.

Wie Njomka zurückblieb

Die Sonne war erst halb ins Meer getaucht, da war die *Opritschnik* schon vollständig »gerüstet« – mit Mast und Großbaum, mit überzogenem Vor- und Achterstagen, mit Bug- und Heckwanten, mit Quersaling und Toppwanten...

Auf allen vier Winschen waren die notwendigen »Enden« und Fallen aufgeschossen. Das Großsegel war gerefft und festgeschlagen, das kleinere Stagsegel lag in einem Segelsack auf dem Bug der Yacht. Aus dem Sack ragte der Hals des Stagsegels, damit es jederzeit gesetzt werden konnte.

Ganz in der Nähe, unter einer ausladenden Kastanie, an einem langen Tisch mit Flaschen und Speisen saßen Marxen Iwanowitsch Murawitsch, Aaron Iwanow, Wassili Rabinowitsch, Ljocha Nitschiporuk, Major Arkascha, Hauptmann Mitja, Major a. D. Njomka Bljufstein und sein Freund Grischa Kasanzew.

Alle Militärangehörigen trugen Zivil. Auffällige sommerliche Importsachen, allerdings nach eigenem Geschmack leicht abgewandelt, wie in Odessa üblich.

Gleich hier, auf dem Klubgelände, standen Nitschiporuks und Kasanzews weiße *Wolgas*, und Arkaschas, Mitjas und Njomkas *Shigulis*.

Die Autos glichen ein wenig ihren Besitzern; sie wetteiferten geradezu in der Fülle ausländischer Aufkleber,

Beulen, nackter Püppchen an der Windschutzscheibe. Die Räder der Wagen zierten luxuriöse Radkappen mit dem Firmenzeichen von Mercedes, hergestellt von den Genossenschaftlern in der Kleinen Arnautskaja Straße, wo sämtliche Odessaer *Importwaren* produziert wurden – von *Levi-Strauss-Jeans* bis hin zum *Chanel Nr. 5* ...

Nach dem geplünderten Tisch und Marxen Iwanowitschs müdem Gesicht zu urteilen, ging die Tafelrunde ihrem Ende zu.

Der schwer betrunkene Grischa Kasanzew stupste Bljufstein mit dem Finger an und schrie:

»Und diese Nappsülze hier, dieser verdammte Wichser... Entschuldigung, Marxen Iwanowitsch... stellt einen Antrag auf Entlassung aus der Armee... Aus Sehnsucht nach seiner historischen Heimat, wissen sie...«

»Dabei haben wir immer zu ihm gesagt: Warte noch, Njomka!« warf Ljocha, an Aaron und Wassili gewandt, ein. »Da wird sich bald was ändern! Die werden ein Gesetz verabschieden oder was weiß ich... Und posaune um Himmels willen nicht an allen Ecken aus, daß du 'ne Tante in Amerika hast! Vergiß nicht, wo du dienst, womit du fliegst!«

»Und was ist jetzt?« wandte sich Wassili an Bljufstein.

»Nichts«, sagte der rothaarige Njomka Bljufstein lächelnd. »Abgelehnt.«

»Jetzt sitzt er da. Ohne Rang, ohne Treueprämie für langjährige Dienste, ohne Pension!« sagte Kasanzew böse. »Hat er dafür an der Militärakademie das Rote Diplom gemacht?! An Frau und Kinder hätte er auch denken müssen...«

»Wirklich, Major, da haben Sie übertrieben«, sagte Arkascha betrübt.

»Das hätte irgendwie in aller Stille gedeichselt werden müssen. Ohne offiziellen Abschied«, sagte Mitja.

»Siehst du!« rief Nitschiporuk. »Sogar dieser Grünschnabel kapiert das! Aber nicht Njomka! Der geht mit dem Kopf durch die Wand...«

»Und immer mit dem Maul vornweg!« fügte Kasanzew hinzu. »Jetzt fahren alle, nur er sitzt in Odessa fest! Er wird hier bald zu einer einmaligen Figur werden! Wie der Herzog Richelieu! Man wird Eintritt bezahlen müssen, um ihn besichtigen zu können! Der einzige Jude in Odessa! Kommen Sie, Herrschaften, sehen Sie ihn sich an – Njomka Bljufstein, Ingenieur-Major der Reserve!«

Der einzige, der lachte, war Njomka Bljufstein.

Murawitsch war todmüde und lächelte mitfühlend.

Wassili umarmte Bljufstein traurig.

Aaron schüttelte bekümmert den Kopf und leerte ein Glas Wodka.

»Und was es gekostet hat, um ihn hier unterzubringen!« sagte Grischa. »Ljocha und ich sind kaum noch zum Schlafen gekommen!«

»Einen Monat lang haben wir mit unseren Arschgeigen von Vorgesetzten wie die Löcher gesoffen«, erklärte Ljocha. »Eine Zisterne Kognak haben wir in die reingeschüttet!«

»Nun reicht's aber... ihr steht mir bis hier«, sagte Njomka und fuhr sich mit der Handkante über die Kehle.

»Nun hört euch diesen Sack an – ihm reicht's!« empörte sich Kasanzew.

»Tja...« sagte Nitschiporuk enttäuscht. »Wenn schon ein Jude so dusselig ist, dann gute Nacht! Dann ist nichts zu retten...«

»Worauf gründete sich Ihre Hoffnung denn, Njomka?« fragte Marxen Iwanowitsch.

»Auf die Perestroika, ehrlich gesagt«, antwortete Bljufstein nachdenklich. »Falls es bis dahin nicht zu ein paar kleinen Pogromen kommen würde, wollte ich das Gesetz über die freie Ausreise abwarten... Wenn schon die Berliner Mauer gefallen ist, dachte ich...«

Marxen Iwanowitsch sah Bljufstein fest in die Augen und sagte leise, aber entschieden:

»Der Fall der Berliner Mauer, Njomka, hat mit unserer Perestroika genauso wenig zu tun wie der Zusammenbruch der kommunistischen Regime in Polen, Ungarn und in der Tschechoslowakei. Das ist von selber gelaufen. Wir haben einfach nicht den Versuch unternommen, den Gang der Dinge mit Gewalt aufzuhalten, so wie wir mit Afghanistan nicht fertig werden konnten. Sonst hätten wir es doch getan!«

»Trotzdem, die Perestroika ist schon eine tolle Sache! Allein Glasnost ist schon viel wert... Eine sagenhafte Errungenschaft!« sagte Grischa Kasanzew.

»Aber leider auch die einzige«, bemerkte Murawitsch.

»Entschuldigen Sie, Marxen Iwanowitsch, es hat sich doch sehr viel verändert«, sagte Ljocha Nitschiporuk entschieden.

Murawitsch nickte bereitwillig:

»Natürlich, natürlich, Ljocha... Aber die Menschen wollen auch Essen, Kleidung, Wohnungen... Seht euch doch um, Jungs. Noch nie hatten wir's so schwer wie jetzt. Arm waren wir schon immer, aber jetzt sind wir bettelarm. Und kein Lichtschimmer am Horizont. Immer nur Geschwafel und Geraufe um die Macht...«

»Ach ja, irgendwie blicke ich da nicht ganz durch...!« sagte Ljocha Nitschiporuk. »Wer von euch geht eigentlich für immer, und wer kommt zurück?«

»Ich komme zurück«, sagte Murawitsch lachend. »Ich möchte sehr gerne noch die kommenden besseren Zeiten erleben...«

Wie der Kapitän allen Regeln zuwider als erster das Boot verließ

Am andern Morgen, als sich die Sonne gerade erst am Horizont zeigte, stand Aaron schon am Gasherd in der Kombüse und bereitete das Frühstück.

Säuselnd plätscherte das Wasser gegen die Bordwand der *Opritschnik*, der Tag begann ruhig und friedlich, das Meer war glatt und klar.

Noch verschlafen kroch Wassili ins Cockpit und sagte halblaut zu Aaron:

»Haben die Idioten das Klo eng gemacht! Wie du dich da mit deinem dicken Hintern überhaupt umdrehen kannst, ist mir schleierhaft.«

»Pssst, du Stiesel... Marxen schläft noch... Mein Gott, hat uns Njomka viel zu essen dagelassen!« sagte Aaron leise.

»Njomka tut mir leid...« seufzte Wassili. »Wenn er die Ausreisegenehmigung hätte, könnte er mitfahren.«

»Hätte – könnte!« äffte Aaron ihn nach. »Hätte die Großmutter Eier, wäre sie nicht die Großmutter, sondern der Großvater! Du vergißt, daß er Frau und Kinder und eine alte Mutter hat!«

»Haben wir vielleicht nicht genug Platz, oder was?!« widersprach Wassili. »Ich, zum Beispiel, hab Kinder gern!«

»Leise, Mensch! Wie oft soll ich dir noch sagen, daß Marxen noch schläft!«

»Ach was, es ist sowieso Zeit zum Wecken.« Wassili kroch entschlossen in die Kajüte und sagte leise im Singsang: »Marxen Iwanowitsch! Hallo! Marxen Iwanowitsch! Es ist strahlender Sonnenschein, und die Gegend ist so herrlich! Aufstehen, Marxen Iwanowitsch... Marxen...«

Und dann gellte Wassilis wildes Geschrei:

»Aaron!!! Komm her, Aaron!!!«

Aaron stürzte in die Kajüte, riß im Laufen die Teller herunter.

Wassili preßte sich mit dem Rücken gegen die Wand, die die Messe von der Koje trennte, in der Marxen Iwanowitsch schlief, starrte wie ein Irrsinniger dorthin, fuchtelte schluchzend mit zitternden Händen und stammelte leise und abgehackt:

»Was ist, Aaron? Was ist da passiert, Aaron! Aaron!«

Aaron sah in die Koje, in die Wassili angstvoll zeigte, und erblickte...

... den toten Marxen Iwanowitsch Murawitsch...

Seine Augen waren offen, das Leid war in ihnen für immer erstarrt. Die auf den Boden herabhängende linke Hand war im letzten Schmerz verkrampft. Und unter den verkrümmten Fingern, ganz nahe und doch nicht greifbar, rollte vom sanften Schaukeln ein offenes kleines Tablettenröhrchen hin und her. Die winzigen weißen Nitroglyzerin-Tabletten knirschten unter Aarons Füßen.

»O mein Gott...« stöhnte Aaron. »Und wir besoffenen Schweine haben gepennt, als es passierte...«

Er griff sich mit beiden Händen an den Kopf, wiegte sich hin und her und sank vor dem toten Marxen Iwanowitsch auf die Knie...

Beim Begräbnis trugen Ljocha, Grischa, Arkascha und Mitja Uniform. Die Mützen in den Händen, starrten sie auf das schon zugeschaufelte Grab und kämpften schniefend gegen die Tränen.

Njomka Bljufstein, im ernsten schwarzen Anzug,

starrte mit leerem, irgendwie der Welt entrücktem Blick über das niedrige, spärliche Friedhofsgebüsch...

Wassili, klein und schmächtig, weinte an der Brust des großen und stämmigen Aaron. Die eigenen Tränen nicht beachtend, strich Aaron Wassili über den Kopf und flüsterte ihm unentwegt irgend etwas zu...

...Dann gingen sie schweigend zusammen durch die Reihen noch frischer, nur flüchtig eingefriedeter Gräber ohne Grabsteine mit verwelkten und verfaulten Blumen, mit glanzlosen, ausgeblichenen schwarzen Schleifen, von denen die Goldschrift bröckelte.

Draußen vor dem Friedhof standen Ljochas und Grischas *Wolgas*.

»Steigt ein, Freunde«, sagte Ljocha und öffnete den Schlag.

»Wir gehen zu Fuß zurück, Ljocha«, sagte Aaron.

Kasanzew schüttelte seufzend den Kopf:

»Weißt du auch, wie weit das ist?«

»Weiß ich nicht«, antwortete Aaron. »Wassja und ich gehen aber trotzdem zu Fuß.«

»Habt ihr wenigstens Geld dabei?« fragte Ljocha.

»Was?« fragte Wassili zurück.

»Ich frage, ob ihr Geld dabei habt?«

»Ach so, Geld...« Wassili zog die Nase hoch, wischte sich die Tränen ab. »Natürlich haben wir Geld...«

Er griff hastig in die Innentasche seiner Jacke und zog ein mit Banderole versehenes Päckchen Fünfundzwanzigrubelscheine heraus, das er Ljocha reichte.

»Da nimm, Ljocha... Es sind fünftausend... Nimm. Wir werden fort sein, setzt ihr ihm ein Denkmal...«

Ljocha schob Wassilis Hand mit dem Päckchen weg:

»Bist du noch zu retten, Wassja... Das können wir immer noch selber!«

»Nimm, Ljocha«, sagte Aaron schroff. »Es ist richtig so. Und wenn es nicht reicht, legt was dazu.«

»Und wie kommt ihr zurecht?« fragte Njomka.

»Seit gestern sind sie für uns zu nichts mehr nutze«, antwortete Aaron.

Er legte den Arm um Wassili und führte ihn am Friedhofszaun entlang, dann über das staubige, schmutzige, von der Sonne durchglühte Brachland bis zur Chaussee, auf der sie noch lange gehen mußten, ehe sie die berühmte Stadt erreichten, die die besten Schriftsteller Rußlands in den zwanziger Jahren so wundervoll besungen hatten.

Wie sie endgültig in See stachen

Am breiten Fenster im Chefbüro der Zollabfertigung standen Ljocha Nitschiporuk, Grischa Kasanzew, Njomka Bljufstein und der Chef selbst.

Ljocha und Grischa trugen alte, verwaschene Jeans, Zivilhemden und gleiche Turnschuhe. Njomka hatte Sandalen an, eine Uniformhose mit hellblauen Biesen, ein beigefarbenes, sommerlich kurzärmeliges Uniformhemd mit den Spuren von Schulterstücken.

Durchs Fenster war die *Opritschnik* gut zu sehen, sie war mit alten Autoplanen abgedeckt und mit Haltetauen am Kai festgemacht.

Zu sehen war auch, wie der Offizier der Grenztruppen, ein Sprechfunkgerät über der Schulter, Aarons und Wassilis Ausweispapiere kontrollierte.

»Ihre Steuermannspatente sind natürlich gekauft. Hier gehst du am besten auch nicht zur Kartenlegerin«, sagte der Chef vom Zoll ungerührt.

»Verdammt, irgendwas müßt ihr den Leuten doch immer anhängen!« sagte Ljocha wütend.

»Ich bitte dich!« sagte der Zollchef. »Wenn du gesehen hättest, wie die zum Anlegeplatz kamen! Die hätten beinahe halb Odessa mit ihrer Kiste demoliert! Und ihre RT-Bescheinigung ist auch gefälscht. Da bedarf es keiner Expertise.«

»Und ihre Yacht ist gestohlen, hm?!« empörte sich Grischa Kasanzew.

»Nein. Die gehört ihnen, und sie werden damit absaufen, kaum daß sie zehn Meilen von unserem Ufer fort sind.«

»Hüte deine böse Zunge!« sagte Njomka. »Danke, daß du sie nicht auch noch wie einen Birnbaum geschüttelt hast!«

»Warum sollte ich? Die sind doch arm wie Kirchenmäuse. Ihr glaubt, wir vom Zoll sind Wölfe. Oder Vampire. Aber wir filzen nur in drei Fällen: Erstens: wenn wir Hinweise bekommen. Woher, könnt ihr euch sicher denken. Zweitens: Wenn wir sehen, der Kunde ist ein Stück Scheiße, dem muß man ein bißchen die Stimmung verderben. Und drittens: wenn der Kunde von selber so bibbert, daß ihm alles herauspurzelt. Eure zwei Trottel brauchten wir nicht zu filzen. Sollen sie fahren. Wir sind schließlich keine Unmenschen. Manchmal drückt man eben ein Auge zu. Oder denkt ihr, ich hätte nicht gesehen, daß sie Seekarten und Lotsenhandbücher vom Verteidigungsministerium haben, noch dazu mit Stempel *Für den Dienstgebrauch?* Ich hab sie nicht gefragt, woher sie die haben! Oder ein anderes Beispiel – die Rettungswesten…«

»Wie kann man Nichtschwimmer ohne Rettungswesten lossegeln lassen?« platzte Njomka heraus.

»Klar, ohne Westen kommen sie nicht weit«, bestätigte der Zöllner. »Aber du hättest zumindest auf die Idee kommen können, Njomka, die Inventarnummer eures Klubs in diesen Westen unkenntlich zu machen. Oder das aufblasbare Gummiboot... In der Bescheinigung für Rettungsschwimmittel ist es nicht angeführt, und auf einmal taucht es auf. Wieso und woher, Njomka?«

»Ist ja gut, Iwan! Du bist wie eine Klette«, unterbrach ihn Kasanzew. »Aber ihnen auf Wiedersehen sagen dürfen wir doch, oder?! Wir haben uns extra in Zivil geworfen, um kein Aufsehen durch die Schulterklappen zu erregen.«

»Verschwörer!« grinste Iwan. »Wartet. Ich frage mal nach, ob die Grenzer mit ihnen schon fertig sind.«

Er griff nach dem Walkie-Talkie, drückte auf einen Knopf und fragte:

»Na, was ist mit diesen Selbstmördern auf der Yacht – alles in Ordnung?«

Aus dem Walkie-Talkie kam es nachdenklich:

»Im Prinzip – ja... Bloß ich weiß nicht, ob wir sie fahren lassen sollen oder nicht. Die Scheißer ertrinken doch! Auf so 'ner Riesenyacht werden mindestens sechs Mann gebraucht, und die sind zu zweit... Außerdem haben sie von Tuten und Blasen keine Ahnung! Der sichere Untergang! Irgendwie tun die Jungs mir leid, Iwan Sergejewitsch.«

»Bei dir piept's wohl?!« sagte Iwan. »Du stehst Wache an den Grenzen unserer unermeßlichen Mutter Heimat – also hab dich gefälligst nicht so, tu deine Pflicht! Ist ja ein Ding – der hat Mitleid!«

Er legte das Sprechfunkgerät auf den Tisch, setzte die Uniformmütze auf und sagte:

»Dann mal los, Leute... Schwenkt zum Abschied die Pfoten. Und quasselt nichts Überflüssiges – bei uns hier ist jeder zweite ein Spitzel. Bringt mich nicht in Schwulitäten.«

Sie waren schon draußen, da fragte er Bljufstein beim Abschließen der Tür:

»Und wann filzen wir dich, Njomka?«

Lange standen sie am Kai, drei Meter von der Bordwand der *Opritschnik* entfernt; Wassili und Aaron waren im Cockpit ihrer Yacht. Sie waren alle ein wenig betreten, das Gespräch hatte sich, wie gewöhnlich in solchen Situationen, hingeschleppt und war dann ganz erloschen.

In der Nähe der Yacht lungerten zwei junge Grenzsoldaten herum, die mit wachsamen Blicken sowohl die Männer auf dem Kai als auch die Abreisenden verschlangen.

Der Chef der Zollstation und der Leiter der Grenzabteilung, beide mit Sprechfunkgerät über der Schulter, unterhielten sich abseits.

»Seht nach dem Grab«, sagte Aaron.

»Selbstverständlich«, krächzte Ljocha.

»Und denkt an den Grabstein...« sagte Wassili.

»Klar, haben wir euch doch versprochen!« sagte Grischa Kasanzew leicht gereizt.

»Mit dem Grabstein könnt ihr euch Zeit lassen«, mahnte Aaron zur Vorsicht. »Die Erde muß sich erst setzen, im Frühling dann...«

»Wissen wir doch alles! Sagt lieber, wie ihr euch so fühlt...«

»Ganz normal.«

»Bei Nebel holt die Segel ein, geht vor Anker und blast das Nebelhorn!« rief Njomka. »Ich hab es in die Bankkiste gesteckt...«

»Machen wir. Lebt wohl, Jungs«, sagte Aaron endlich. »Es wird Zeit...«

»Tja, was soll ich noch sagen, Jungs«, sagte Wassili mit kläglicher Stimme. »Mir fehlen einfach die Worte... Bis bald, Njomka!«

Bljufstein zuckte traurig die Schultern.

Aaron warf den Motor an. Ljocha und Grischa machten zwei Haltetaue von den Pollern los und warfen sie an Bord, das dritte, das Hecktau, schafften sie nicht mehr...

Die Yacht legte vom Kai ab, das Hecktau straffte sich...

»Halt!« schrie Njomka, doch es war schon zu spät...

Aaron gab Gas, das Wasser am Heck schäumte und brodelte, und die Yacht begann sich mit dem Bug ins Meer zu drehen... Das schlecht befestigte Tauende glitt von der Bordklampe und wickelte sich um den Heckflaggenstock, an dem träge die Staatsflagge der Sowjetunion flatterte.

Die befreite Yacht schoß vorwärts, der Flaggenstock brach laut krachend ab und flog zusammen mit der roten Fahne, der goldenen Sichel und dem goldenen Hammer ins Wasser...

Ohne Flagge, ohne Flaggenstock, ein Stück Tauende am Poller des Odessaer Landestegs zurücklassend, fuhr die *Opritschnik*, die jetzt keinem Staat mehr angehörte, hinaus aufs offene Meer...

»Lieber Gott...« seufzte Njomka Bljufstein. »Hoffentlich kommen sie durch!«

2. Teil:

»I go to Haifa!«

Wie Bob Bond hilfreich die Hand reichte

Schon war kein Ufer mehr zu sehen – vorn nicht, seitlich nicht, hinten nicht. Nur Wasser, Wasser und nochmals Wasser...

Kleine Wellen mit Schaumnacken rollten heran, eine nach der anderen, immer im gleichen Abstand, immer im gleichen Zeittakt...

Später versiegten ihre Kräfte, die schaumigen Nacken verliefen sich als Bläschen im schwarzen Wasser, und das Meer gebar neue beharrliche Wellen, doch auch sie starben bald dahin, um abermals neugeborenen Platz zu machen...

Die *Opritschnik* schaukelte im Wasser. Der Motor war verstummt. Deutlich war das Plätschern der vorzeitig sterbenden Wellen zu hören, sie zerschellten an der Bordwand aus edlem Mahagoniholz.

Aaron und Wassili hatten das im schwachen Wind flatternde Stagsegel unter titanenhafter Anstrengung gesetzt. Beide sahen genauso abgekämpft aus wie am Ende ihres Arbeitstages in der Reifenwerkstatt.

Jetzt setzten sie das Großsegel. Eigentlich machte es Aaron. Wassili hielt Bob Bonds *Handbuch des Yachtseglers* in den Händen, das Marxen Iwanowitsch ihnen noch in Leningrad geschenkt hatte, und las laut vor:

»*Ein Matrose dreht das Sicherheitsseil einmal um die Seilwinde herum und zieht...* Aaron! Dreh das Seil einmal herum!«

Aaron legte das Sicherheitsseil gehorsam um die Seilwinde.

»...*und zieht das Großsegel mit den Händen*... Na, los, Aaron, zieh schon!«

Unter Anstrengung begann Aaron das Großsegel hochzuziehen.

»...*und zieht einen großen Teil des Segels mit den Händen hoch, bis es zu schwer wird*... Wird es dir zu schwer, Aaron?«

»Was dachtest du denn, du Arsch?!« keuchte Aaron vor Überanstrengung.

»Gut. Das muß auch so sein. Weiter im Text! *Dann wird das Sicherheitsseil noch einige Male um die Seilwinde gelegt*... Warte. Das mache ich selber.« Wassili wickelte das Sicherheitsseil um die Seilwinde und vertiefte sich erneut in das Buch: »...*und mit Hilfe eines anderen Mannschaftsmitglieds*... Da muß ich ran... Warte...«

Aarons Kräfte versagten unter der Last des Segels, das er mit ausgestreckten Armen hochhielt:

»Wassja! Lies schneller, Hundesohn! Ich kann nicht mehr!«

»Früh übt sich, wer ein Meister werden will«, sagte Wassili seelenruhig und vertiefte sich erneut in das Buch. »*Jetzt drehen wir die Seilwinde!*«

Er drehte die Kurbel. Das Segel kroch tatsächlich nach oben und befreite Aaron von seiner gewaltigen Last.

Die Winde ließ sich immer schwerer drehen, und Wassili schrie in seiner Verzweiflung:

»Aaron! Rasch, nimm du das Buch! Mit einer Hand kann ich nicht kurbeln. Na mach schon!«

»Wirf es aufs Deck!«

»Dann rutscht es über Bord! Nimm du das Buch, lies vor, was weiter zu tun ist!«

Aaron nahm Wassili das *Handbuch des Yachtseglers* ab. Wassili drehte die Winde nun mit zwei Händen. Aaron las laut vor:

»*Der an der Winde Arbeitende muß auf das Vorliek achten, damit es sich nicht unnötig spannt...* Wassja! Achtest du auf das Vorliek? Damit es sich nicht spannt...«

»Damit sich was nicht spannt?!«

»Das Vorliek! Kapierst du nicht?!«

»Vorliek – was ist das?«

»Scheiße, wenn ich das wüßte...«

»Laß, zerreiß dir nicht den Kopf... Das kriegen wir nachher schon raus!«

Wie das erste Wendemanöver ausging

Zum erstenmal nach fünfundvierzigjähriger Pause fuhr die *Opritschnik* gemächlich mit eigenen Segeln...

Das Stagsegel flatterte nicht mehr hilflos, das Großsegel bauschte sich geschmeidig vorm Wind, alles, was straffgezogen sein mußte, war, so gut es ging, straffgezogen, und Aaron stand am Steuerrad und sang leise vor sich hin:

»*Ich bin Matro-o-ose und fesch von Kopf bis Fu-u-uß, bin zwanzig Lenze alt, komm, Mädel, zier dich nicht und gib mir einen Ku-u-uß...*«

Wassili saß in der Kajüte, vor sich auf der Back das erste Kartenblatt des Schwarzmeerbeckens. Wie es aussah, lief alles bestens und erstaunlich glatt, bis Wassili auf einmal schrie:

»Aarontschik! Der Kurs?!«

Aaron sah auf den Kompaß und antwortete forsch:
»Normal!«

Wassili seufzte, nahm die Karte und ging ins Cockpit. Mit leisem Vorwurf sagte er zu Aaron:

»Aarontschik, wenn ich nach dem Kurs frage, mußt du auf den Kompaß gucken und mir sagen, welchen Kurs wir halten und wohin wir...«

»Hab ich doch gemacht«, Aaron zuckte die Schultern. »Wir fahren genau in die Richtung, in die der Zeiger zeigt.«

»Sag mal, hast du sie noch alle?!« fragte Wassili leise und schloß die Augen vor Entrüstung. »Unser Kurs ist einhundertdreiundneunzig Grad! Und du richtest dich nach dem Zeiger?! Der Zeiger zeigt doch immer nach Norden! Auf Null! Du dämlicher Hund!«

Wassili warf die Karte hin, stieg auf das Kajütdach und schrie:

»Wie der Partisanenmatrose Sheleznjak! ›*Er legte in Odessa ab und kam in Cherson an*‹... Wozu die ganze endlose Chose mit dem OWIR, wozu all die Querelen mit den Vorladungen, den Ausweispapieren und pipapo, wenn wir nach zwei Stunden wieder in der geliebten sowjetischen Heimat sind... Tag, Ljocha! Hallo, Grischa! Grüß dich, Njomka!«

Entmutigt griff Aaron, eine Hand am Steuerrad, nach der Karte, sah sich den Kurs an, den noch Marxen Iwanowitsch festgelegt hatte, und schüttelte niedergeschlagen den Kopf:

»Und ich Rindvieh richte mich stur nach dem Zeiger... Macht nichts, Wassja! Keine Sorge! Das haben wir gleich!«

Er riß das Steuerrad herum. Die Yacht kippte von einer Seite auf die andere, zornig schlugen die Segel, und der Großbaum, der hundert Quadratmeter Segeltuch trug, flog in Sekundenschnelle von rechts nach links und fegte Wassili vom Kajütdach.

»Aaro-o-n!« tönte ein gellender Schrei, und Aaron sah, wie Wassili, krampfhaft an den Großbaum geklammert, über dem Wasser baumelte.

»Halte dich, Wassja! Halte dich!« schrie Aaron.

Er ließ das Steuerrad los, griff nach dem Großschot und zog das riesige Segel zur Mitte der Yacht, wobei er Wassili unablässig zuschrie:

»Halte dich, Wassja, halte dich, du lieber, guter...«

Die steuerlose Yacht begann immer stärker zu schlingern. Das nasse Schot rutschte in Aarons kräftigen Händen, verbrannte ihm die Haut, doch er ließ das dicke Nylonseil nicht los und zog es beständig zu sich heran, immer gegen den Wind, der in das riesige Segel blies.

Als Wassilis Beine endlich über der Yacht hingen, schrie Aaron:

»Laß die Stange los! Verdammt noch mal, laß los! Hörst du nicht?«

Wassili lockerte die verkrampften Finger, ließ sich auf das Kajütdach fallen und rutschte hinunter ins Cockpit vor Aarons Füße.

Erschöpft sank Aaron auf Wassili; die blutig gescheuerten Hände schüttelte er im Wind, um so den Schmerz zu lindern.

Gegen Abend wurde es kühler.

Die *Opritschnik* hielt den Kurs einhundertdreiundneunzig Grad, was auf dem Kompaß zu erkennen war, den Aaron jetzt so gut wie nie mehr aus den Augen ließ.

Er trug eine der orangefarbenen Rettungswesten mit der Aufschrift *Odessaer Militärbezirk* auf dem Rücken. Die auf dem Steuerrad liegenden Hände waren verbunden.

Aus der Kombüse kroch Wassili ins Cockpit. Er hatte seine orangefarbene Weste ebenfalls angelegt. In den Händen hielt er Murawitschs großen Becher mit heißem Tee.

Er reichte den Becher Aaron und übernahm das Steuer. Aaron umfaßte den Becher mit beiden Händen und setzte sich, um den Tee gleich hier im Cockpit zu trinken.

»Tut's sehr weh?« fragte Wassili.

»Es geht. Aber die Binden trocknen an, und nachher müssen wir sie abreißen.«

»Wir weichen sie ab, hab keine Angst«, beruhigte ihn Wassili und sagte, das lange vorher geführte Gespräch wieder aufnehmend: »Selbst wenn wir unsere Yacht nicht für zwölf, sondern nur für zehn Millionen Dollar abstoßen, ist das nicht übel! Dann kaufen wir uns ein großes Haus und ziehen ein solides Geschäft auf...«

»Ach, es tut mir so leid um Marxen Iwanowitsch...« seufzte Aaron. »Wie würde er sich für uns freuen!«

Bei der Erwähnung von Murawitschs Namen atmete Wassili schneller, er schniefte und blinzelte. Nach einer Weile des Schweigens holte er tief Luft und sagte heiser:

»Wenn das nicht passiert wäre, hätte ich Marxen Iwanowitsch überredet, auch in Israel zu bleiben, das schwöre ich dir! Wir hätten die zehn Millionen durch drei geteilt. Wärst du etwa dagegen gewesen?«

»Ich nicht, aber Marxen... Das hätte der nie gemacht! Der war ein echter russischer Intellektueller. Und das sind knallharte Jungs. Die kippen nicht um.«

»Was du nicht sagst!« ereiferte sich Wassili. »Womöglich noch einer von neunzehnhundertsiebzehn... All diese Schriftsteller, Maler, Musiker!«

»Nun vereinfache mal nicht, Wassja«, sagte Aaron. »Ich meine die echten, die gewaltsam rausgeworfen wurden. Die so in die Enge getrieben wurden, daß ihnen nichts anderes übrigblieb – entweder die Schlinge oder der Westen. Und die alle nur zu gern wieder zurückgekehrt wären.«

Zweimal schlug das schlaff gewordene Großsegel, das Stagsegel begann leicht zu flattern.

Aaron erhob sich, betrachtete besorgt das Segelwerk, warf einen Blick auf den Kompaß, dann auf den Horizont und sagte:

»Achte auf den Kurs, Wassja! Die Yacht torkelt herum wie eine betrunkene Hure auf dem Tanzboden.«

Die erste Hälfte der Nacht stand Aaron am Steuerrad. Angestrengt blickte er in die undurchdringliche Schwärze, achtete auf den Kompaß, der von unten schwach beleuchtet war. Von Zeit zu Zeit fielen ihm vor Erschöpfung die Augen zu, doch er überwand sich, riß erschrocken die Augen auf, überzeugte sich, daß er nicht vom Kurs abgewichen war, und starrte von neuem in die Finsternis der Schwarzmeernacht...

Wassili schlief währenddessen in der Kajüte. Es war kein erholsamer Schlaf, kein beruhigender Zustand und schon gar kein Regenerationsprozeß. Sein Schlafen erinnerte an nervenaufreibende Schwerarbeit. Er schnarchte, und plötzlich wurde sein Schnarchen von irgendwelchen Zuckungen unterbrochen; Wassili schmatzte mit den Lippen, gab ein dünnes Winseln von sich, riß kurz die irre blickenden Augen auf, hob den Kopf an, ließ ihn wieder fallen, warf sich stöhnend auf die andere Seite und begann aufs neue zu schnarchen. Er produzierte ganze Koloraturen von Schnarchern, eine wahre Schnarchpolyphonie, die man seinem schwächlichen Körper niemals zugetraut hätte.

Wie sich Sonnenaufgang und Sonnenfinsternis vollziehen

Im Morgengrauen stand Wassili wieder am Ruder. Unausgeschlafen, mit roten, geschwollenen Augen und grauen Bartstoppeln blickte er in den dünnen, grauen Morgennebel, lauschte auf das gleichmäßige Knarren der Takelage, das Plätschern des Wassers an der Bordwand und krümmte sich vor Feuchte und Kälte.

Er hatte sich, wie die Musiker eines Militärorchesters, ein aus Draht zurechtgebogenes Lesepult um den Hals gehängt, auf dem statt Noten Bob Bonds aufgeschlagenes *Handbuch des Yachtseglers* lag. Ab und an nahm Wassili eine Hand vom Ruder, befeuchtete mit der Zunge den Zeigefinger, blätterte eine Seite um, las sich ein und führte dann, entsprechend den Anweisungen des gescheiten Bob, irgendwelche Manöver durch.

In der Kajüte schlief jetzt Aaron. Er schlief ruhig, atmete tief und gleichmäßig. Den einen kräftigen, behaarten Arm hatte er unter den Kopf gelegt, der andere, mit der blauen, stümperhaft gemachten Tätowierung *Liebe Mutter, ich vergesse dich nicht* hing von der schmalen Koje auf den Boden herunter. Aaron schlief so, wie er zu Hause immer schlief, als hätte er nicht tausend Meter tiefes Salzwasser unter sich, sondern ein x-beliebiges durchgelegenes Sofa im ersten Stock eines Betonwohnsilos der *Chruschtschow-Ära*.

Der Nebel sank, legte sich auf das ruhige, glatte Wasser. Auf der Backbordseite färbte sich der Himmel zunehmend rosiger und plötzlich...

...erschien am Horizont ein schmaler, funkelnder Streifen! Von Osten schoß der erste feuriggelbe Sonnen-

•

strahl übers Wasser, schlug gegen die linke Bordwand der *Opritschnik*, vergoldete die Mastspitze und füllte das Segel mit Morgenlicht.

Überwältigt von dem noch nie gesehenen Schauspiel mochte Wassili den Sonnenaufgang nicht allein genießen und rief leise:

»Aaron! Aarontschik! Wach auf! Sieh dir das an!«

Verschlafen kroch Aaron aus der Kajüte. Er sah den Sonnenaufgang, erstarrte. Mit heiserer Stimme sagte er:

»Sterben...«

»Wie?« Wassili hatte nicht verstanden.

Aaron schüttelte den Kopf, schluckte den Kloß im Hals:

»Ich meine, da hätten wir beide alt werden und sterben können, ohne das je gesehen zu haben...«

Feierlich stieg die Sonne am Horizont empor. Aaron sagte ergriffen:

»Ich danke dir, Wassja...«

Wassili drängte zu ihm, wollte ihn umarmen, doch das Lesepult mit dem Handbuch hinderte ihn daran.

»Halt mal das Ruder«, bat er.

Aaron hielt mit einer Hand das Ruder. Wassili nahm das Lesepult mit dem rettenden Bond von der Brust und umarmte Aaron:

»Ich bin dir ja so dankbar, Aarontschik!«

Umschlungen standen sie da und beobachteten die aufgehende Sonne, außerstande, den Blick von der funkelnden Scheibe loszureißen, die jetzt schon zur Hälfte aus dem Wasser ragte.

Plötzlich tauchte zwischen den vor Begeisterung verstummten beiden Männern und der aufgehenden Sonne ein riesiges, schwarzes Ungeheuer aus dem Wasser. Es verdeckte einen großen Teil der Sonne, so daß die *Opritschnik* sich im Schatten des Ungeheuers befand.

»Na Prost! So ein Scheißding hat uns gerade noch gefehlt!« rief Aaron.

»Ein U-Boot...«, sagte Wassili aus irgendeinem Grund im Flüsterton. »Genauso eins, wie ich im Fernsehen gesehen hab!«

Im selben Augenblick dröhnte durch einen starken Lautsprecher ein langer Satz in englischer Sprache vom U-Boot herüber.

»Was hat er gesagt?« fragte Wassili.

»Woher soll ich das wissen?« fuhr Aaron ihn an.

»Aber du hast doch Englisch gelernt?«

»Das war Englisch?«

»Hebräisch jedenfalls nicht! Auf See wird nur englisch gesprochen.«

Der Satz wurde wiederholt, diesmal mit drohendem Unterton.

Da brüllte Aaron, so laut er konnte:

»I go to Haifa!!! I go to Haifa, du Arschgeige!«

Im Turm des U-Bootes sagte ein Mann in Zivil zum Kommandanten des Bootes, einem Fregattenkapitän:

»Ich hab Ihnen doch gesagt, daß sie das sind!«

»Mit gefällt die Sache nicht, sie steht mir bis hier!« Der Fregattenkapitän fuhr sich mit der Handkante über die Kehle. »Ein Militärschiff kann jedes beliebige andere Boot anhalten und durchsuchen, sofern Verdacht auf Handel mit Menschen, Rauschgiften oder auf Piraterie besteht. Bestätigt sich der Verdacht aber nicht, bekomme ich ziemliche Schwierigkeiten! Zumal wir uns schon längst in neutralen Gewässern befinden.«

»Sie bekommen noch viel größere Schwierigkeiten, wenn Sie meine Anweisungen nicht befolgen!« schnauzte der Zivilist den U-Boot-Kommandanten an. »Hier geht es um die Sicherheit unseres Landes und...«

»Schon gut, schon gut…« unterbrach ihn der Kommandant verächtlich.

…und auf einmal vernahmen Wassili und Aaron aus dem Lautsprecher vertraute russische Worte im vertrauten Befehlston:
»Ich fordere Sie auf, die Fahrt zu stoppen, beizudrehen, die Segel zu bergen und Dokumente und Schiff zur Kontrolle vorzubereiten!«

Wie wichtig es ist, zu verstehen, daß dies unsere Leute sind

Die Sonne stand schon längst im Zenit, doch die *Opritschnik* schaukelte noch immer mit irgendwie auf die Schnelle gerefften Segeln auf dem Wasser.

Im Cockpit der Yacht, am verschlossenen Schott zur Kajüte, standen zwei Matrosen mit Maschinenpistolen. Auf dem Vordeck hatte ein dritter bewaffneter Matrose Stellung bezogen.

Auf dem U-Boot sah der gereizte Fregattenkapitän auf die Uhr und sagte zu seinen beiden Gehilfen, einem Korvettenkapitän und einem Kapitänleutnant:
»Warum haben sie ausgerechnet uns für diese Sauerei ausgesucht?! Noch dazu in neutralen Gewässern!«

In der schwülen Kajüte der *Opritschnik*, Bullaugen und Schott waren geschlossen, saß der Mann in Zivil an der Back, als wäre er hier zu Hause. Vor ihm lagen die Papiere der *Opritschnik* und ihrer Eigner.

Am anderen Backende standen, erschöpft vom dreistündigen Verhör, mit finsteren Gesichtern Wassili Rabinowitsch und Aaron Iwanow. Die Luft war zum Ersticken. Aaron und Wassili fuhren sich immer wieder mit der Zunge über die ausgetrockneten Lippen.

»Wir verlieren Zeit!« sagte der Mann in Zivil ärgerlich. »Ich will von Ihnen wahrhaftig nur ein paar Kleinigkeiten wissen, Aaron Moissejewitsch und Wassili Petrowitsch: welche Summe und in welcher Währung haben Sie Oberstleutnant Nitschiporuk, Oberst Kasanzew und Major a. D. Bljufstein für den Transport Ihrer Yacht von Leningrad nach Odessa bezahlt?«

In Erwartung einer Antwort hielt der Mann Aaron und Wassili das Diktiergerät vor den Mund.

»Wir haben niemandem etwas gezahlt«, sagte Aaron heiser und sah den Mann in Zivil haßerfüllt an.

»Von diesen Antworten habe ich schon eine ganze Kassette voll«, sagte der Mann in Zivil. »Welche Versprechungen haben Sie ihnen gemacht, daß sich Nitschiporuk veranlaßt sah, Ihre Yacht in ein Transportflugzeug der Luftstreitkräfte zu verladen, daß Kasanzew mit einem schweren Hubschrauber aufstieg und Sie und die Yacht auf dem Sportgelände des Militärbezirks ablieferte? Was haben sie von Ihnen bekommen, damit sie dieses Risiko auf sich nahmen?«

»Nichts! Gar nichts. Sie haben es so gemacht, aus Freundschaft...« seufzte Wassili.

»Vielleicht sollten Sie ihnen eine Bitte erfüllen? Vielleicht sollten Sie jemandem etwas übergeben? Oder mitteilen? Na, los, reden Sie schon!«

»Nein«, sagte Aaron.

»Ich halte es durchaus für möglich, daß Sie beide völlig ahnungslos sind. Ich möchte aber wissen, warum Nitschiporuk, Kasanzew und Bljufstein es getan haben. Zumal Bljufstein Verwandte in Amerika hat...«

»An ganz normale menschliche Beziehungen glauben Sie wohl nicht?« fragte Wassili müde.

»Nein!« Der Mann in Zivil grinste breit. »An die glaube ich nicht, Wassili Petrowitsch. Diesen Luxus erlauben mir mein Pflichtgefühl und mein Beruf nicht. Obwohl mir nichts Menschliches fremd ist. Sie möchten etwas trinken... Ich möchte das auch! Sehen Sie, wir haben sogar dieselben Wünsche!«

Er nahm den Teekessel vom Tisch, schüttelte ihn, um zu sehen, ob Wasser darin war, und fügte hinzu:

»Ich werde jetzt trinken, aber Sie dürfen es erst, wenn Sie meine Fragen beantwortet haben.«

Er drehte sich zum Geschirrbord um und griff nach Marxen Iwanowitschs großem Becher.

»Stell sofort den Becher wieder hin!« zischte Aaron plötzlich halblaut.

Der Mann in Ziviel erstarrte für den Bruchteil einer Sekunde, beschloß jedoch, die Situation nicht anzuheizen:

»Was ist los mit Ihnen, Aaron Moissejewitsch? Ich sage *Sie* zu Ihnen, und Sie duzen mich... Nicht gerade fein.«

Er betrachtete den Becher von allen Seiten, entdeckte nichts Verdächtiges daran und stellte ihn auf seinen Platz zurück. Er goß sich Wasser in ein Glas und sah Aaron und Wassili unverwandt an, während er genüßlich trank:

»Vielleicht haben Sie beide irgendeinen Auftrag von Bljufstein, Kasanzew und Nitschiporuk erhalten?«

»Was haben wir?« fragte Wassili irgendwie seltsam überrascht zurück, und Aaron begriff, daß seinem Freund soeben eine Idee gekommen war.

»Ich frage Sie, ob Sie irgendeinen Auftrag von...« Der Mann in Zivil konnte seinen Satz nicht beenden, weil

Wassili erleichtert aufseufzte und sich, ohne um Erlaubnis zu fragen, lässig und ungeniert auf die Polsterbank ihm gegenüber setzte.

In lockerem Ton sagte er zu Aaron:

»Setz dich, Aarontschik. Stehen macht nicht klüger.«

Er zog Aaron gewaltsam neben sich auf die Bank und trat ihm unbemerkt auf den Fuß. Erst dann sagte er lächelnd zu dem Mann in Zivil:

»Und Sie, Kollege, schalten das Diktiergerät ab und legen es beiseite. So, jawohl... Und nehmen Sie die Matrosen vom Kajüt-Schott weg. Den Behutsamen behütet auch Gott.«

Über das Gesicht des Mannes in Zivil huschte ein Schatten von Besorgnis und Unverständnis. Man sah, daß er unsicher wurde.

»Los, schicken Sie sie weg, schicken Sie sie weg«, wiederholte Wassili. »Wir sind hier unter uns.«

Er goß sich und Aaron Wasser in Gläser.

Der Mann in Zivil sah zum Kajüt-Schott hinaus und gab Order:

»Sofort zum Bug der Yacht! Und weiter die Augen offenhalten!«

Er kehrte an die Back zurück und starrte Wassili und Aaron mit unverhohlener Erregung an. Wassili trat unterm Tisch weiter auf Aarons Fuß, lachte leise und sagte:

»Daran erkenne ich unsere geliebte Firma! Da predigen wir nun seit wer weiß wie vielen Jahren Ordnung, Zusammenwirken, elementare Informiertheit aller Abteilungen und Unterabteilungen, und trotzdem weiß bis heute die eine Hand nicht, was die andere tut! Schade, daß Andropow nicht mehr da ist. Der hätte für Ordnung gesorgt.«

»Was reden Sie da?« Der Mann in Zivil spitzte die Ohren.

»Ihr Vor- und Vatersname?« fragte Wassili forsch.

»Felix Sergejewitsch...« antwortete der Mann in Zivil verdutzt.

»Was meinen Sie, Aaron Moissejewitsch? Wir werden mit Felix Sergejewitsch doch nicht Katz und Maus spielen?« fragte Wassili leise und trat Aaron unter dem Tisch noch kräftiger auf den Fuß.

»Würde ich nicht riskieren, Wassili Petrowitsch«, antwortete Aaron.

Felix Sergejewitsch war jetzt im höchsten Grade verwirrt. Er zog Krawatte und Jackett zurecht.

»Die Tatsache, daß Sie die Geschichte unserer Zufalls-Bekanntschaft mit Nitschiporuks Crew in einem Leningrader Restaurant nicht geglaubt haben, macht Ihnen Ehre!« sagte Wassili gönnerhaft. »Es ist immer angenehm, wenn man es mit einem Profi zu tun hat. Sie haben völlig recht, Felix Sergejewitsch, niemand steigt einfach so mit einem riesigen Militärflugzeug in die Luft, um die Yacht irgendwelcher armseligen Emigranten zu transportieren! Da hat Sie Ihre Intuition nicht getrogen! Zumal diese Yacht dann auch noch an einen schweren Transporthubschrauber angehängt wurde! Ganz davon zu schweigen, daß sie auf Kosten Ihres Militärbezirks ausgerüstet wurde...«

Wassili erhob sich und breitete vor Felix Sergejewitsch die Schwimmwesten mit dem Aufdruck *Odessaer Militärbezirk* und der Inventarnummer des Yachtklubs aus.

»Daß diese Buchstaben und Ziffern noch hier zu sehen sind, ist natürlich ein Versäumnis der örtlichen Organe, aber... ehe wir den Bosporus erreichen, sind sie verschwunden. Und einen Auftrag haben wir selbstverständlich auch! Hier lagen Sie ebenfalls richtig! Mehr noch, Felix... Entschuldigung, mir ist Ihr Vatersname entfallen...«

»Sergejewitsch«, sagte der Mann in Zivil schnell.

»Mehr noch, wie gesagt, verehrter Felix Sergejewitsch, dieser Auftrag ist von höchster Wichtigkeit! Wir
sollen nach Israel gehen, das Bürgerrecht erlangen, diese
Yacht verkaufen, ein großes Haus kaufen, ein solides
Unternehmen gründen und im fremden Milieu Fuß fassen! Und dort... Alles klar, Felix Sergejewitsch?«

»Jawohl, Wassili Petrowitsch, aber...«

»Sie werden verstehen, Felix Sergejewitsch, *alles* kann
ich Ihnen nicht sagen.«

»Ich verstehe, aber es ist doch merkwürdig... Man
hätte uns doch...«

»Da ist gar nichts merkwürdig«, unterbrach ihn
Aaron. »Das hätte alles nicht zu sein brauchen.«

Er rekelte sich auf der Polsterbank, schlug ein Bein
über das andere und sagte, während er den völlig konfu-
sen Felix Sergejewitsch mit Blicken durchbohrte:

»Und lassen Sie die Finger von Nitschiporuk, Kasanzew und Bljufstein! Das sind UNSERE LEUTE!«

»Zu Befehl, Aaron Moissejewitsch...«

»Und noch etwas, Felix Sergejewitsch. Wehe, wenn
auch nur eine einzige lebende Seele, Ihre unmittelbaren
Vorgesetzten eingeschlossen, die wahre Lage der Dinge
erfährt...« sagte Wassili.

»Dann beneide ich dich nicht, Junge!« fügte Aaron
hinzu.

»Nein, nein. Wo denken Sie hin! Wie könnte ich...«
Felix Sergejewitsch war völlig am Boden zerstört.

»Und hören Sie endlich auf, Bljufsteins Ausreise zu
verzögern!« sagte Wassili jetzt besonders streng. »Unser
Mann verläßt unter skandalösen Umständen die Armee,
stellt einen Ausreiseantrag, und Sie bremsen die Sache!
Damit vereiteln Sie den legalen Grenzübertritt unseres
Mannes! Habt ihr dort bei euch denn alle den Verstand

verloren?! Noch dazu, wo er eine Tante in Amerika hat! Ist doch die Gelegenheit!«

Der Kompaß zeigt einhundertdreiundneunzig Grad an. Die Segel sind mit frischem Wind gefüllt, und die *Opritschnik* schießt, Seemeile auf Seemeile hinter sich lassend, nur so über das spiegelglatte Schwarze Meer...

Es geht auf den Abend zu, und die Sonne beleuchtet jetzt die rechte Bordwand der Yacht, taucht die Segel in zartes, orangefarbenes Licht.

Wassili steht müde am Ruder, hält das Boot mühsam auf Kurs, und Aaron wirtschaftet in der Kombüse. Er öffnet Konservenbüchsen, stellt den Teekessel auf den Gaskocher. Er bereitet das Abendessen vor.

»Was hat dich bloß darauf gebracht?!« schrie er aus der Kombüse und lachte wiehernd.

»Seine Frage, ob wir nicht einen Auftrag hätten!« kam es schallend zurück.

»Arroganter Hund! Weißt du, was du für mich bist, Wassja?! Ein noch nicht ausgelesenes Buch! Jeder Tag – eine neue Seite!«

»Stell du mal dein Licht nicht unter den Scheffel, du bist auch nicht von schlechten Eltern!« schrie Wassili und äffte Aaron nach: ›Und lassen Sie die Finger von Nitschiporuk, Kasanzew und Bljufstein! Das sind UNSERE LEUTE!‹«

»Was sollte ich denn machen? Du lügst ihm die Hucke voll, und ich – haben mich meine Eltern vielleicht mit dem Finger gemacht?«

»Aaron, wir haben doch längst geklärt, womit sie dich gemacht haben, übe du lieber englisch, irgendwie gefällt mir deine Aussprache nicht besonders.«

In der Nacht stand Aaron am Ruder. Unentwegt

starrte er abwechselnd in die Schwärze der südlichen Nacht und auf den Kompaß. Das Schott zur Kajüte war offen. Dort an der Back, unter der kleinen Lampe, saß Wassili und schrieb etwas in ein großes Geschäftsbuch. Daneben lagen Karte, Lineal, Winkelmesser...

»Wassili! Du verschwendest Strom!« sagte Aaron. »Wenn was passiert, streikt dann der Motor. Was kritzelst du da eigentlich?«

»Ich führe das Logbuch. Das hat Marxen befohlen...« Wassili sah auf Marxen Iwanowitschs Foto an der Wand. »In Israel, Aarontschik, an den langen Winterabenden werden wir es uns laut vorlesen...«

»In Israel gibt es keinen Winter«, versetzte Aaron mit vollem Ernst. »Hau dich lieber aufs Ohr. In anderthalb Stunden mußt du auf Wache.«

»Möchte wissen, wo wir jetzt sind«, sagte Wassili und vertiefte sich in die Karte.

»Weiß der Teufel«, warf Aaron leichtfertig hin.

»Marxen sagte, die Yacht schafft etwa hundert Meilen pro Tag. Wenn es von Odessa zum Bosporus dreihundertsechsundzwanzig Meilen sind... und wir sind schon zwei Tage unterwegs... dann hieße das, wir befinden uns jetzt...«

»Vergiß nicht: Felix Sergejewitsch, dieser Arsch, hat uns einen halben Tag gekostet.«

»Das hab ich berücksichtigt.« Wassili legte das Lineal an die Karte, rechnete nach, murmelte, sachte die Lippen bewegend: »Irgendwo in der Nähe von Rumänien... Etwa hundert Kilometer von Konstanza...«

»Ach, geh!« staunte Aaron. »Das hieße ja, wir wären schon über die Grenze?!«

»Klar.«

Aaron drehte den Kopf zur Seite, schaute in die schwarze Nacht:

»Oh, Scheiße! Ausgerechnet jetzt ist nichts zu sehen! Wassja, komm! Machen wir 'n Abstecher nach Rumänien!«

Wassili streckte sich auf der Polsterbank aus, zog die Decke über sich und sagte:

»Um Gottes willen! Bloß kein Land des sozialistischen Lagers beziehungsweise des RGW anlaufen! Wenn die erfahren, woher wir kommen, schneiden sie uns die Eier ab. Bestenfalls! Und schlechtestenfalls...«

»Aber was haben wir damit zu tun?!« schrie Aaron.

»Aarontschik, wir beide haben gut fünfzig Jahre im Lande der Sowjets gelebt und sind, ob wir wollen oder nicht, bis zu einem gewissen Grade für alles mit verantwortlich – für Ungarn, für die Tschechoslowakei, für Afghanistan, und überhaupt, für alles, für alles...« sagte Wassili schon schläfrig und knipste das Licht in der Kajüte aus.

Wie offenherzig es sich in hundert Meter Tiefe plaudern läßt

Tief unter der Wasseroberfläche fuhr das Unterseeboot.

Kein Sonnenstrahl drang in die düstere Schwarzmeertiefe, und die Silhouette des Bootes ließ sich in der ägyptischen Finsternis nur erahnen.

In allen Teilen des Bootes arbeiteten ausgelaugte Menschen, wie Sträflinge in einem Bergwerk. Stumpfer Blick, müde, verschwitzte Gesichter, weit geöffnete Münder. Jeder ist an seinem Platz: an seinem Pult, seinem Aggregat, seinem Bildschirm... Leise, knappe Befehle, kurze Antworten.

In der kleinen, engen Kabine des U-Boot-Kommandanten sagt der sehr betrunkene Fregattenkapitän zu dem nicht sehr betrunkenen Mann in Zivil:

»Bei uns auf dem Boot, Felix Edmundowitsch...«

»Sergejewitsch«, korrigierte der Mann in Zivil den Kommandanten.

»Pardon... Bei uns auf dem Boot, Felix Sergejewitsch, ist Alkohol strengstens verboten! Aber für Sie, Felix Edmundowitsch...«

»Sergejewitsch«, korrigierte Felix Sergejewitsch den Kommandanten erneut.

»Sergejewitsch... Edmundowitsch... Wo ist da der Unterschied? Alle sind Felixe Edmundowitsche! Na, komm, Edmundytsch, trinken wir auf das Seelenheil der da... auf der Yacht... die du verhört hast...«

Felix Sergejewitsch erhob sein Glas, lächelte spöttisch:

»Warum auf ihr Seelenheil... Das sind ernsthafte, erfahrene Leute...«

Der Kommandant lachte schallend, erhob ebenfalls das Glas:

»Erfahren?! Ich hab gesehen, wie sie beigedreht, wie sie die Segel geborgen haben.«

»Vielleicht war es Absicht?«

»Ich bitte dich! Die sind doch schon so gut wie tot. Na, dann Prost!«

»Auf ihren Erfolg – mit Vergnügen!« sagte Felix Sergejewitsch weihevoll, blickte mit leicht umflorten Augen irgendwohin in die Ferne und leerte langsam sein Glas.

Auch der U-Boot-Kommandant hatte vor, sein Glas zu leeren, doch da bemerkte er den noch immer weihevollen Ausdruck in Felix Sergejewitschs Gesicht, und ihm ging ein Licht auf! Er stellte das Glas auf den Tisch zurück und fragte erschüttert:

»Dann sind das also... IHRE LEUTE?!«

Felix Sergejewitsch lächelte hochmütig und schwieg beredt.

Der U-Boot-Kommandant begann vor Wut zu kochen und schrie:

»Wir riskieren in jeder Minute unser Leben, und ihr?! Auf unsere Kosten! Oh, wenn ich das gewußt hätte! Ich hätte sie noch vor dem Auftauchen so zusammengeballert, daß sie nicht mal eine Rauchfahne hinterlassen hätten? Ihr Schweinehunde treibt euch auf der ganzen Welt herum, trübt überall das Wasser und begeht alle möglichen Gemeinheiten, und wir sollen es ausbaden, wie?!«

Felix Sergejewitsch holte gelassen sein Diktiergerät aus der Tasche, schaltete es ein und legte es unbemerkt unter eine Serviette auf den Tisch.

»In einem solchen Ton möchte ich mich nicht unterhalten«, sagte er würdevoll.

»Halten Sie das Maul!« schnauzte ihn der Kommandant an, griff nach einer der Flaschen und stellte sie schwungvoll genau an die Stelle auf den Tisch zurück, wo unter der Serviette das eingeschaltete Diktiergerät lag. Die Splitter flogen nach allen Seiten. »Halten Sie den Mund! Hier auf dem Boot bin ich Zar und Gott und oberster Kriegsherr! In einer einzigen Sekunde kann ich, ich ganz allein, ohne aufzutauchen, mit meiner beschissenen alten Kiste den dritten Weltkrieg entfesseln! Gegen die Atomsprengladung, die ich an Bord habe, ist Tschernobyl geradezu ein Paradies! Hast du gehört, Edmundytsch, du Scheißkerl?!«

Felix Sergejewitsch war ernsthaft erschrocken:

»Ich hatte nicht die Absicht, Sie zu beleidigen... Ich habe Achtung vor Ihrer tagtäglichen Tapferkeit, ich schenke allem, was Sie sagen, allergrößte Aufmerksamkeit...« Er warf unbemerkt einen Blick unter die Serviette auf die traurigen Überreste des Diktiergerätes. »O Gott, bewahre mir wenigstens...«

»Genau«, sagte der Kommandant, der sich allmählich wieder faßte, und kippte das große Glas in einem Zug hinunter. »Genau: Gott bewahre dich!« wiederholte er. »Sonst befehle ich, ins Logbuch einzutragen, daß du in Ausübung deiner Pflicht ums Leben gekommen bist... und dann Gute Nacht, Felix Edmundowitsch! Verstanden, du abgefuckter James Bond?!«

Wie auf offenem Meer eine Lektion in Humanismus erteilt wird

Die *Opritschnik* schaukelte träge im Wasser. Im schwachen Wind zappelte das halb gereffte Stagsegel. Vom Großsegel keine Spur. Vom Mast hingen die Reste irgendwelcher Leinen, und überhaupt machte die Yacht einen mitgenommenen Eindruck.

Nicht viel besser sahen die Segler selbst aus: angegraute, schon fast eine Woche alte Stoppelbärte in den Gesichtern, aus Mangel an Schlaf tiefliegende Augen, die orangefarbenen Rettungswesten auf dem nackten Körper, von Schoten und Trossen blutig gescheuerte Hände.

Wassili saß auf dem Kajütdach und flickte das Großsegel mit einer dicken Zigeunernadel. Neben ihm lag, aufgeschlagen und mit der großen Schränkzange beschwert, Bob Bonds *Handbuch des Yachtseglers*.

Nach ein paar Stichen sah Wassili ins Buch und las laut für sich:

»...*anschließend von der Rückseite einen Steppstich nach Punkt S*... So, das hätten wir. Und weiter? *Nach-*

138

*dem Sie die Nadel aus Punkt S herausgezogen haben,
wiederholen Sie den Steppstich so oft wie nötig...*«

Wassili starrte stumpfsinnig auf das Segel, guckte wieder ins Buch und empörte sich:

»Aber *wie* oft es nötig ist, davon steht hier kein Wort! Mein lieber Bob, eine schöne Anleitung, die du da verzapft hast!«

»Wassja!« schrie Aaron aus dem Maschinenraum. »Was hackst du auf Bob herum? Er schrieb ein *Handbuch für Yachtsegler*, und keine Anleitung für Vollidioten!«

Mit bis zu den Ellbogen ölverschmierten Armen kontrollierte Aaron die Kraftstoffeinspritzung des Motors: Er spülte die auseinandergenommenen Düsen, blies die feinen Öffnungen durch, putzte sie mit einem dünnen Draht, rieb sie mit sauberen Lappen ab, die sofort vor Schmutz starrten...

»Sehr witzig!« sagte Wassili beleidigt. »Nimm die Nadel und näh selber.«

»Und du siehst den Motor durch, ja? Es genügt, daß du statt Dieselöl Süßwasser in den Kraftstofftank gekippt hast! Und ich kann mich jetzt abrackern. Aber nur ja nicht das Maul aufmachen und fragen!«

»Kann ich was dafür, wenn du den Kanister daneben stellst?!«

»Hättest eben nachsehen müssen, Schlamper! Jetzt haben wir kein Wasser und keinen Treibstoff!«

»Ach, ein Schlamper bin ich also?! Und wer hat in der Nacht das Großsegel zerrissen? Ich vielleicht?!«

»Es ist von selber gerissen!«

»Es ist gerissen, weil du nicht rechtzeitig gerefft hast!«

»Arschloch!« schrie Aaron. »Wie kann ich, wenn ich am Ruder stehe, allein in der Dunkelheit reffen und du wie ein toter Sack pennst?!«

Wassili griff sich theatralisch an den Kopf:

»O mein Gott! Wie das die Kosmonauten da oben ein halbes Jahr lang zu zweit aushalten, ist mir ein Rätsel!«

»Sehr einfach«, sagte Aaron. »Wenn der eine Kosmonaut zum anderen sagt, er soll Dieselöl in den Motor schütten, dann schüttet er Dieselöl rein und kein Süßwasser!«

»Du kannst mich mal mit deinem Dieselöl! Ich hab die Schnauze endgültig voll, Scheißkerl!« brüllte Wassili wutentbrannt und griff nach der schweren Schränkzange...

Wer weiß, wie diese Nervenschlacht ausgegangen wäre, wenn nicht plötzlich das anwachsende kraftvolle Heulen von Motoren zu hören gewesen wäre und Aaron und Wassili nicht gesehen hätten, daß ein Boot, vermutlich ein modernes Torpedoschnellboot, auf sie zugerast kam.

Das Boot war etwa doppelt so groß wie die *Opritschnik*. Als es ganz dicht herangekommen war und sogar um die *Opritschnik* herumfuhr, ohne die mächtigen Motoren zu drosseln, fing die arme hölzerne Yacht so sehr an zu schaukeln, daß Aaron und Wassili wie durch ein Wunder nicht von Bord geschleudert wurden!

Die Motoren des Torpedobootes heulten noch stärker, das Wasser am Heck quoll zu einem weißen Schaumpilz auf, und das Boot stand wie angeschmiedet.

»Das nenne ich ein Wendegetriebe!« sagte Aaron hingerissen.

Die schweren, großkalibrigen Maschinengewehre des Bootes drehten sich sofort in Richtung *Opritschnik*, und von Bord kam ein kurzer Befehl auf englisch.

»Verdammter Mist! Sind wir denn mit Honig eingepinselt, daß alle auf uns fliegen?!« schimpfte Aaron und schrie aus voller Brust: »I go to Haifa!«

Die Antwort war das Rattern eines Maschinengewehrs, dessen kurzer Feuerstoß an der Bordwand der *Opritschnik* eine Furche ins Wasser riß.

Eine andere Stimme schrie denselben Satz durchs Megaphon, diesmal auf deutsch.

»I go to Haifa!« brüllte Aaron erneut.

Und wieder ein Feuerstoß aus dem Maschinengewehr.

Eine dritte Stimme wiederholte den Befehl auf rumänisch.

»I go...« hatte Aaron gerade zum Schreien angesetzt, als das Maschinengewehr wieder eine Salve abgab, und eine vierte Stimme den Befehl auf tschechisch wiederholte.

Jetzt schrie Aaron in seiner Verzweiflung alles heraus, was er in Leningrad noch geschafft hatte zu lernen:

»Can I use your terminal and buy drink water? Yes, Sir, please, you can use our terminal and buy drink water! I'm sorry! I'm very glad to see you! How much cost six hours standing, two hundred liters of drink water? I go to Haifa! All right! Bye - bye!«

Auf dem Torpedoboot entstand Verwirrung. Dann schrie eine fünfte Stimme den Befehl auf polnisch...

»I go to Haifa...« flüsterte Aaron stupide vor sich hin.

»Hm«, sagte Wassili, der das Maschinengewehr nicht aus den Augen ließ. »Wie heißt es so schön – *Alles im Arsch, Iwan Zarewitsch, schwing dich auf deinen grauen Wolf und sieh zu, wo du bleibst*... Ich hab dir gesagt – lerne Englisch!« Und er kniff in Erwartung der nächsten MG-Garbe die Augen zusammen.

Doch diesmal schwiegen die Maschinengewehre. Statt dessen gab eine sechste Stimme den Befehl auf bulgarisch durch.

Wassili und Aaron zuckten hilflos, aber ausdrucksstark die Schultern und breiteten die Arme aus.

Und dann tönte es vom Torpedoboot plötzlich auf russisch:

»Alle mit dem Gesicht nach unten auf den Boden legen! Hände hinter dem Kopf falten! Bei Nichtbefolgung eröffne ich das Feuer!«

»Ich hab's doch gewußt...« knurrte Aaron und ließ sich auf den Boden fallen. »Leg dich hin, Wassja! Sonst schießt der Hund wirklich noch...«

Kaum hatte sich Wassili neben Aaron aufs Deck geworfen, klangen vom Torpedoboot dreimal hintereinander Pausenzeichen herüber – die Anfangstakte der einst populären Melodie *Stalin und Mao hören uns...*, und am höchsten Punkt des Bootes, über der Radaranlage, wurde eine große, schwarze Flagge gehißt!

»Aarontschik, du hast doch als Kind *Die Schatzinsel* gelesen?«

»Klar.«

»Jetzt wirst du gleich echte Piraten sehen...«

Zuerst spielte sich auch wirklich alles wie in einem solide gemachten Piratenfilm ab.

Die *Opritschnik* wurde am Torpedoboot festgemacht, so wie vor drei Tagen am Unterseeboot.

Aaron und Wassili wurden auf die Füße gestellt und mit abgerissenen Stücken ihrer eigenen Leinen an den eigenen Mast gebunden. Auf den Mund bekamen sie ein breites Klebeband.

Und um sie herum standen drei bis an die Zähne bewaffnete Mordskerle, die in ihrer körperlichen Entwicklung dem legendären Schwarzenegger nicht nachstanden, und lachten wiehernd. Sie trugen schwarze, kurzärmlige Overalls und schwarze Schirmmützen, vorn mit einer großen, gelben Hieroglyphe drauf. Am Gürtel hatte jeder ein großes Messer.

Plötzlich brach das Gelächter der Schwarzenegger ab. Sie standen stramm und starrten mit ein wenig furchtsamer Ergebenheit zum Kajüteneingang...

Im Türrahmen stand, die Brauen staunend hochgezogen, ein kleiner, sehr magerer und sehr alter Chinese in einem knallgelben Overall mit langen Ärmeln und ebenso knallgelber Schirmmütze mit einem schwarzen chinesischen Schriftzeichen. Eine Waffe trug er nicht.

In der einen Hand hatte er Aarons und Wassilis Papiere, in der anderen — die zweihundertsechzig Dollar, die sie in einer sowjetischen Bank getauscht hatten.

Er sah aus dem Cockpit zu seinen Gefangenen hinauf und fragte in ausgezeichnetem Russisch:

»Ist das alles, worüber Sie verfügen?«

Wassili und Aaron muhten mit verklebten Mündern und nickten bejahend...

Der Chinese verzog das Gesicht und gab seinen Männern ein Zeichen, die Gefangenen zu befreien. Sofort band einer sie vom Mast los, und die zwei anderen rissen ihnen eilig die Klebestreifen ab.

Aaron und Wassili stießen einstimmig einen wilden Schmerzensschrei aus! Wo der Klebestreifen gesessen hatte, war von ihrem fünf Tage alten Stoppelbart keine Spur mehr... die Stoppeln saßen auf der Innenseite der Klebestreifen. Die drei baumstarken Piraten konnten sich nur mühsam das Lachen verkneifen.

Der Chinese schüttelte vorwurfsvoll den Kopf und streckte das zarte, dürre Händchen aus, in denen er Aarons und Wassilis sauer verdiente Dollars hielt:

»Ich werde meine Frage noch einmal wiederholen, denken Sie gut nach, ehe Sie antworten. Wir sind im Besitz von Geräten, die fehlerfrei Gold, Platin, Brillanten anzeigen, wo immer und in welcher Form diese auch versteckt sind: ob als Nägel, die in die Wand geschlagen wurden, ob als ein in das Montageschema der Funkstation eingelötetes Teil, oder ob sie im Kiel der Yacht oder in der Takelage versteckt sind... Falls wir etwas entdekken, wird dieser Bereich mit einer Elektronensäge herausgeschnitten, und die Yacht samt ihrer Crew wird mit Napalmflammenwerfern beschossen und geht in Flammen auf. Zu Ihrer Information: alle vorherigen Boote verbrannten in sechs bis acht Minuten.«

»O Scheiße... Was für ne Technik!« staunte Aaron.

Der Chinese lächelte geschmeichelt:

»Natürlich hängt das von der Konstruktion des Bootes und von seiner Wasserverdrängung ab. Also, ich wiederhole meine Frage: Ist das alles, was Sie haben?«

Der Chinese schüttelte leicht gereizt das dünne Päckchen Dollarnoten.

»Ja!« sagte Wassili mit schmerzverzerrtem Gesicht und rieb sich das enthaarte Quadrat darin.

»Mehr Valuta kriegt man bei uns nicht«, bestätigte Aaron finster.

»Das hat man Ihnen als Tagessatz gegeben?« hakte der Chinese ungläubig nach.

»Nein, fürs ganze restliche Leben«, erklärte ihm Wassili. »Und wie steht es mit Proviant, Kraftstoff, Ersatzteilen, Lotsengeld, Liegeplatzgebühren, mit dem Aufladen der Akkus, dem Kauf von Trinkwasser?«

»Wen juckt denn das bei uns?« knurrte Aaron.

Die Piraten zogen lange Gesichter. Der alte Chinese zog entrüstet die Luft durch die Nase ein und schloß die Augen.

Mit Hilfe einer dicken Leine und eines spitzzahnigen Enterhakens wälzte sich der vierte Pirat aus dem Wasser über die Bordwand der Yacht. Er hatte einen leichten Taucheranzug an, ein Tauchgerät auf dem Rücken und irgendein Gerät in den Händen.

Der Chinese öffnete die Augen, sah ihn fragend an. Der Mann schüttelte verneinend den Kopf. Die Piraten tauschten Blicke... In diesem Augenblick kam, mit vor den Mund gehaltener Hand und stöhnend, ein fünfter Pirat aus der Kajüte: Er riß den alten Chinesen im Vorbeilaufen beinahe um und rannte nach Backbord. Dort beugte er sich über die Reling und übergab sich.

Nach ihm kam ein sechster Pirat aus der Kajüte. Er hatte ein ebensolches Gerät in den Händen wie der Taucher und schüttelte ebenfalls verneinend den Kopf.

»Hab schon verstanden, Stasiek«, sagte der alte Chinese. »Was ist mit Klaus?«

Er zeigte auf den sich übergebenden Piraten. Der Pirat Stasiek wollte vermutlich gerade auf chinesisch antworten, doch der Alte lächelte und sagte:

»Kannst russisch sprechen. Ein bißchen Praxis schadet dir nicht. Also, was ist mit Klaus?«

»Er hat irgendwas in der Kombüse gegessen. Wollte wissen, womit sich Russen auf dem Meer ernähren...« sagte Stasiek mit leichtem Akzent.

»Wie unvorsichtig.« Der alte Chinese hob den Blick zum Himmel und schüttelte gramvoll den Kopf.

Die Piraten sahen Aaron und Wassili voller Entsetzen und Mitleid an.

»Was kann er dort gefressen haben?« fragte Wassili Aaron im Flüsterton.

»Nichts Besonderes! Graupenpamps und Fischklein in Tomatensoße... Absolut frisch. Erst heute aufgemacht«, flüsterte Aaron zurück.

»Hättest es wenigstens mit einer Zwiebel anmachen sollen! Sind doch Ausländer!«

»Wer konnte das denn ahnen! Bei uns fressen das zweihundertachtzig Millionen und sind froh drüber, und der muß, wie du siehst, gleich davon kotzen, der Affe!«

Der alte Chinese blickte zum leeren Horizont, und nach einer Weile des Schweigens verkündete er schließlich, wozu er sich entschlossen hatte.

»Also...«, sagte er leise. »Wir werden diese Kaperung als Lehr- und Übungsmanöver betrachten. Das Objekt der Kaperung ist wegen Defekten an Motor und Takelwerk nicht manövrierfähig. Diesen Umstand machen wir uns zunutze und führen eine in unserem Beruf äußerst seltene Übung auf ihm durch: umfassende Hilfeleistung für das Objekt oder eine *Lektion in Humanismus*. Während der Dauer der *Lektion* sprechen wir nur in der Sprache des Objekts!«

Schon nach zehn Minuten hatte ein Pirat meisterhaft das Segel geflickt.

Ein zweiter wechselte rasch und gewandt die zerrissenen Leinen und Sicherheitsseile aus.

Ein dritter half Aaron den Motor zusammenzubauen.

Ein vierter brütete in der Kajüte angestrengt über der Karte und berechnete für die *Opritschnik* den Kurs zum Bosporus.

Ein fünfter spülte gewissenhaft den Berg Geschirr in der Kombüse.

Ein sechster flitzte zwischen Piratenboot und Yacht hin und her und schleppte irgendwelche Lebensmittel und Mineralwasserflaschen auf die *Opritschnik*.

Im Cockpit saßen der alte Chinese und Wassili. Weltmännisch tranken sie heißen chinesischen Tee aus schwarzen chinesischen Täßchen, aßen winzige Plätzchen von schwarzlackierten chinesischen Tellerchen.

Der Chinese betrachtete das aus der ausländischen Sportillustrierten ausgeschnittene Foto, welches Wassili und Aaron zum Kauf der *Opritschnik* bewegt hatte.

»Der Preis hier ist, wie bei jeder Werbung, Effekthascherei, aber... Wenn Sie Ihre Yacht umrüsten und restaurieren...«

»Wir haben sie schon für zwanzigtausend restauriert!« eiferte sich Wassili.

»Zwanzigtausend – was?« erkundigte sich der Chinese freundlich.

»Rubel!«

»Die Restaurierung, die ich meine, kostet keine zwanzig, sondern zweitausend. Und keine Rubel, sondern Dollar. Dann können Sie für Ihre Yacht so an die acht Millionen bekommen. Potentiell gesehen sind Sie demnach sehr reiche Leute! Falls Sie es mit dem Verkauf nicht zu eilig haben. Aber der Gedanke – großartig! Die Yacht ist sehr, sehr gut... Glauben Sie mir, ich habe Erfahrung: In fünfunddreißig Jahren ehrlicher Arbeit auf den Meeren der Welt habe ich mehr als hundertfünfzig solcher Yachten versenkt und kann Ihre Erwerbung gebührend einschätzen.«

Der letzte Satz des alten Chinesen ließ Wassili leicht erschauern, doch er riß sich zusammen und sagte nach einem eleganten Schluck aus dem Täßchen:

»Danke für die netten Worte... Aber ich habe nicht gewußt, daß sich Ihre Tätigkeit auch auf das Schwarze Meer erstreckt.«

»Ja, ein vergleichsweise junges Unternehmen... Ich würde sagen, eine frühe Frucht UNSERER Perestroika«, erklärte der Chinese lächelnd. »Nachdem man sich bei uns in Taiwan dazu entschlossen hatte, zumindest eine Gruppe Piraten im Schwarzen Meer operieren zu lassen, schlug man vor, mich im Range eines Kapitäns als Ausbilder an ihre Spitze zu setzen. Oder, wie man heute sagt, als Cheftrainer. Um ehrlich zu sein, ich hatte keine Lust, die heimatlichen Gefilde zu verlassen. Die Familie, das Alter... Und doch! Die neue Aufgabe war ungemein verlockend, denn meiner Natur nach bin ich ein suchender, ein schöpferischer Mensch. Ich konnte einfach nicht ablehnen. Und ich habe es nicht bereut. Das Kollektiv ist prachtvoll, absolut international, alles Vertreter ehemaliger sozialistischer Länder. Durch und durch gestählte Leute. Wir haben einen Ungarn dabei, einen Polen, einen Tschechen, einen Rumänen, einen Ostdeutschen, sogar einen Bulgaren...«

»Aber keine Russen?«

»Anfangs hatten wir auch einen Russen und sogar einen Nordkoreaner. Aber sie erwiesen sich als so orthodox, daß wir sie... Sie verstehen...« Der alte Chinese lächelte und zeigte mit dem Daumen nach unten.

»Und wieso können sie alle Russisch?«

»Nun, erstens, waren sie alle gezwungen, Ihre Sprache in der Schule zu lernen. Und dann war es, wie Sie sich erinnern werden, groß in Mode, Ausländer zum Studium in die Sowjetunion einzuladen. Fast alle sind Absolventen sowjetischer Institute.«

»Interessant... Und Sie... Entschuldigung, ich kenne Ihren Vor- und Vatersnamen nicht...« Wassili nippte mit vornehm abgespreiztem schmutzigem kleinem Finger Tee aus dem Täßchen.

»Schi Go-sün«, sagte der Chinese und deutete eine leichte Verbeugung an.

»Sehr angenehm! Und Sie – woher können Sie unsere Sprache?«

»Auch von dort. Bloß viele Jahre früher. In den fünfziger Jahren, als die zwei großen Völker wie im Rausch *Russen und Chinesen sind Brüder nun auf immerdar...* sangen. Ich habe an der philosophischen Fakultät der Moskauer Universität studiert und Examen gemacht. Ich war ein sehr guter Student.«

»Das merkt man«, pflichtete Wassili aufrichtig bei.

Aus der Kajüte kam der Pirat mit der Karte in den Händen. Er sagte respektvoll etwas auf chinesisch, unterbrach sich mitten im Wort selbst und spuckte aus:

»Menschenskinder, mir brummt vielleicht der Schädel!«

»Mach weiter, Jiří, nur nicht nervös werden«, sagte der Chinese zu ihm.

Jiří zeigte Wassili die Karte, tippte mit dem Finger darauf:

»Sieh her, Wassja. Hier ist euer Standort. Jetzt am Bosporus ändert sich euer Kurs. Der neue Kurs ist einhundertvierzehn Grad! Und denkt immer an die magnetische Mißweisung! Sie beträgt hier drei und vier Zehntel Grad. Der Leuchtturm von Rumeli liegt rechter Hand. Und lies unbedingt das Seehandbuch! Haltet euch streng an den Kurs. Hierher dürft ihr keinesfalls – das ist ein militärisches Übungs- und Schießgebiet. Da machen sie euch sofort den Garaus. Entweder eure Leute oder die Türken. Und weiter richtet ihr euch immer nach eurer Kursbestimmung. Hast du die selbst gemacht?«

»Nein«, gestand Wassili. »Ein Freund von uns. Aber er ist gestorben...«

»Tut mir leid«, sagte Jiří. »Eine äußerst exakte Kursberechnung. Die Arbeit eines Profis.«

»Danke, Jiří! Vielen, vielen Dank!«

»Keine Ursache...« sagte Jiří und beklagte sich bei dem Chinesen: »Ihre Navigationsinstrumente stammen allerdings aus Magellans und Cooks Zeiten.«

»Ich habe es gesehen«, sagte der Chinese traurig lächelnd. »Sehr mutige Männer.«

Aus der Kombüse schaute ein weiterer Pirat heraus. Er ließ beim Lächeln seine weißen Zähne blitzen und zwinkerte Wassili zu:

»In der Kombüse ist alles okay! Seid nicht so faul und

spült das Geschirr immer sofort nach dem Essen, das formt den Charakter.«

Er sprang von der Yacht hinüber auf das Torpedoboot und verschwand.

»Sympathischer Typ!« sagte Wassili erfreut zu dem Chinesen.

»Sehr sympathisch!« bestätigte der alte Chinese. »Gestern haben wir einen französischen Schoner gekapert, da hat er ganz munter die halbe Mannschaft abgeknallt, so daß keiner Zeit hatte, sie zu bemitleiden!«

Diese Mitteilung ließ Wassili vorübergehend zur Salzsäule erstarren.

Eine Stunde später fuhren das Piratenboot und die *Opritschnik* – mit frisch geflickten Segeln – etwa eine halbe Meile auf gleichem Kurs nebeneinander her.

Jeder ein schwarzes Piratenmützchen mit gelbem Schriftzeichen auf dem Kopf und ein Piratenmesser am Gürtel beobachteten Wassili und Aaron abwechselnd die ihnen fröhlich und freundschaftlich zum Abschied zuwinkenden Piraten durchs Fernglas.

Dann dippte man auf dem Piratenboot zum Gruß die schwarze Flagge, und ließ dreimal die Anfangsmelodie des Liedes *Stalin und Mao hören uns...* erklingen. Kurz darauf heulten die gigantischen Motoren auf, und das Boot entschwand ihren Blicken...

Wassili stand am Ruder und sah auf die auseinanderlaufende Kielwasserspur des verschwindenden Piratenbootes. Er seufzte tief und sagte:

»Weiß der Teufel, was besser ist! In der Welt ist alles so relativ...«

Aaron verstand, in welchem Zustand der Freund war. Er zog unter dem Hemd eine große Flasche *Bacardi* hervor, entkorkte sie und reichte sie Wassili:

»Da, nimm einen Schluck... Ist jetzt genau das Richtige.«

Wassili griff nach der Flasche, setzte sie an und nahm einen gehörigen Schluck. Er wunderte sich über die Stärke des Getränks, warf einen erstaunten Blick auf das Etikett und gab Aaron die Flasche zurück:

»Woher?«

»Hat mir der Rumäne Michaj geschenkt...« Aaron setzte die Flasche ebenfalls an. »Mein lieber Scholli, verdammt starkes Gesöff! Er und Klaus, der Deutsche, haben die ganze Zeit versucht, mich für ihre Truppe anzuwerben. Sie brauchen aus Gründen der Ausgewogenheit sehr dringend einen Juden. Und zwar einen russischen Juden!«

»Na, und du?« fragte Wassili eifersüchtig und feindselig. »Wärst gerne gegangen! *Juden-Pirat* – wie stolz das klingt!«

»Du bist ein Idiot, Wassja, dir wächst die Dummheit förmlich aus den Ohren!« sagte Aaron gekränkt. »Wie kannst du gemeiner Schuft bloß denken, daß ich dich im Stich lasse?! Hast du kein Gewissen? Ach, Wassja, Wassja... Man sollte dir eine Abreibung verpassen...«

»Schon gut«, Wassili lächelte Aaron dankbar zu. »Her mit der Pulle, ich brauch noch 'n paar Gramm!«

Aaron nahm noch einen kräftigen Schluck aus der Flasche, ehe er sie, betrübt den Kopf schüttelnd, Wassili gab:

»War wirklich nicht nötig, so was zu sagen!«

Wie man mit einer Klarinette durch den
Bosporus kommt

An der nördlichen Einfahrt in den Bosporus befand sich die *Opritschnik* in Gesellschaft der unterschiedlichsten Schiffe, von Fischkuttern bis hin zu großen Tankern.

Rechter Hand war Kap Rumeli ausgezeichnet zu sehen, umrahmt von hohen, steilen Felsen, ein altes, zerstörtes Fort, ein Leuchtturm und eine kleine Ortschaft mit den hochragenden Masten einer Radiostation.

Links – das niedrige, kaum sichtbare Kap Anadoli, auch mit Leuchtturm, Signalmast und einem großen, weißen Gebäude neben einem Minarett...

Je tiefer die Yacht in die Meerenge hineinfuhr, desto größer wurde die Anzahl der mit ihr hineinfahrenden und der ihr entgegenkommenden Schiffe.

Aaron stand am Ruder, Wassili las im Seehandbuch, verglich es mit der Karte.

»Aaron! Es wird Zeit, auf Motorkraft überzugehen... Da ist Rumeli, dort Anadoli...« Wassili sah sicherheitshalber noch einmal ins Handbuch. »Stimmt. Die Segel müssen geborgen werden!«

»Warte noch etwas damit, Wassja!...« Aaron sah sich besorgt um und registrierte erschrocken die vielen Schiffe ringsum. »Was wir an Treibstoff haben, trägt die Katze auf dem Schwanz weg! Wir müssen so lange wie möglich mit Segeln fahren...«

»Merkst du, daß sich die Strömung verstärkt hat?«

»Und ob ich das merke! Trotzdem! Und wenn's nur noch ein paar Meilen sind...«

»Das darfst du nicht, Aarontschik!« Wassili tauchte in die Kajüte ab und kam mit Bob Bonds *Handbuch des Yachtseglers* zurück. »Hör zu, was Bond schreibt...«

»Hau bloß ab mit deinem Bond!« kreischte Aaron mit weinerlicher Stimme, nachdem er gerade noch im letzten Moment einem Kutter hatte ausweichen können, der unverschämt dicht herangekommen war. »Der interessiert mich jetzt nicht im geringsten!«

»Die einzigen drei Menschen, denen wir vertrauen konnten, haben uns eingebleut: Meerengen sind nur mit Motorkraft zu passieren!« schrie Wassili.

»Du machst mich ganz meschugge! Was denn für drei Menschen?«

»Da fragst du noch?! Undankbarer Kerl! Bob Bond!« Wassili schüttelte der Überzeugungskraft halber das *Handbuch* vor Aarons Nase. »Herr Schi Go-sün! Und vor allem – Marxen Iwanowitsch!«

Die Erwähnung von Marxen Murawitsch tat ihre Wirkung: Aaron band das Ruder mit zwei Stricken fest und machte sich mit den Worten: »Na schön! Eins zu Null für dich!« daran, die Schoten des Großsegels zu fieren. »Übernimm du die Winsch!«

Erstaunlicherweise bargen sie die Segel zu beider Zufriedenheit rasch und geschickt.

»Wirst du mit dem Verstauen allein fertig?« fragte Aaron.

»Blöde Frage!« Ächzend und stöhnend begann Wassili das Segel auf das Giek zu legen.

Aaron band das Steuerrad los und versuchte, den Motor anzuwerfen, doch der nieste nur, schluchzte mit einem Zylinder und sprang nicht an.

Durch die Strömung begann sich die Yacht quer zur Meerenge zu drehen, und schon ertönte achtern das panische Hupen irgendeines Dampferchens.

»He, was ist!« schrie Wassili.

Aaron wollte antworten, doch da heulte der Motor plötzlich auf, tuckerte los und trieb die Yacht vorwärts.

Aaron seufzte erleichtert auf, er änderte die Fahrtrichtung der Yacht und rief Wassili zu:

»Leg das Stagsegel mit dem oberen Ende nach außen! Sonst suchen wir nachher wieder stundenlang nach dem Ende des Sicherheitsseils!«

Mit seinem schwarzen Piratenmützchen, dessen Schirm seitlich zum Ohr hin verrutscht war, und klatschnaß vor Überanstrengung, schrie Wassili zurück:

»Guck du lieber nach vorn, Aarontschik, und befasse dich mit deinem verdammten Motor! Und bete, daß dein Treibstoff reicht!«

»Wieso meiner?!« versetzte Aaron zornig. »Du Schuft! Du Schejgitz! Wenn du die Kanister nicht verwechselt hättest...!«

An der schmalsten Stelle des Bosporus, am Kap Aschian mit seiner prächtigen alten, weißtürmigen Festung, wo sich die Schiffe und Boote sowohl in der einen als auch in der anderen Richtung im Schneckentempo vorwärts bewegten...

...nahm ein großer, schmutziger türkischer Schoner die *Opritschnik*, deren Segel geborgen waren und deren Motor schwieg, ins Schlepptau.

Am Heck des Schoners saß, mit über Bord baumelnden Beinen, ein Türke mittleren Alters und spielte speziell für die *Opritschnik* auf seiner Klarinette.

»*Kalinka, kalinka, kalinka moja...*« klang es über den Bosporus.

Drei weitere Türken, ebenso schmutzig und pittoresk wie ihr Schoner, hatten es sich neben dem Musikanten bequem gemacht und klatschten im Takt der Melodie in die Hände.

Manchmal riefen sie Aaron und Wassili etwas auf türkisch zu, worauf Aaron zurückrief:

»I'm not unterstand! Thank you very much! I go to Haifa!«

Die Türken lachten verständnisvoll, und der Klarinettenbläser spielte jetzt den Schlager *Kein Laut zu hören im Garten, alles ist still*...

Aaron saß im Cockpit, sah verschämt auf die links und rechts vorbeifahrenden Schiffe und brummte:

»Einfach peinlich vor den Leuten... Alle fahren mit eigener Kraft, nur uns muß man ziehen wie arme Schlukker...«

Wassili stand am Ruder und versuchte ihn zu trösten:

»Mach dir nichts draus! Was ist schon passiert – der Kraftstoff ist ausgegangen, na und?! Ist doch kein Beinbruch! Kann jedem passieren.«

»Naja, und überhaupt...« sagte Aaron verschlossen und starrte auf den Gitterboden des Cockpits.

Wassili sah Aaron eindringlich an und begriff, daß ihn etwas anderes noch mehr bedrückte als die Tatsache, vor aller Augen am Schlepptau zu hängen.

»So darfst du nicht denken!« sagte er sanft. »Wir schieben doch jetzt den reinsten Lenz... Zum erstenmal haben wir Zeit, nach links und rechts zu gucken. Sieh doch, die herrliche alte Festung da drüben... So was hast du noch nie im Leben gesehen!«

Ohne den Blick zu heben, sagte Aaron entschieden:

»Unsere Peter-Pauls-Festung ist keinen Deut schlechter...«

Fast schmerzte ihm das Herz, so groß war plötzlich Wassilis Mitleid mit Aaron, mit sich selber, mit dem toten Marxen und mit Njomka Bljufstein, mit Klawka und Riwka, die sie für immer verloren hatten. Am liebsten hätte er das blöde Steuerrad sausenlassen, sich rücklings auf das Gitter des Cockpits gelegt, in den fremden Himmel gestarrt und vor Heimweh geheult...

Doch er lächelte nur bitter:

»Die Peter-Pauls-Festung ist schon seit zwei Wochen nicht mehr *unsere Petropawlowka,* Aarontschik... Sieh zu, daß du dich möglichst bald an diesen Gedanken gewöhnst. Dann wirst du alles übrige weniger schmerzhaft empfinden.«

Der Klarinettenspieler auf dem Schleppschoner spielte jetzt *Schwarze Augen*... Die Klänge der alten russischen Zigeunerromanze füllten die schmalste Stelle des Bosporus zwischen den türkischen Bergen mit Musik und entführten die Yacht *Opritschnik* und ihre Crew, zwei nicht mehr ganz junge Männer, die zum erstenmal das Meer sahen und nicht schwimmen konnten, in ein ganz, ganz anderes Leben...

Wie sich herausstellte, daß Ship-Chandler *kein Name, sondern ein Beruf ist*

Unweit der Brücke von Galata, gegenüber der märchenhaft schönen Sultan-Achmed-Moschee mit den gen Himmel gerichteten sechs funkelnden Minaretten und nicht weit von dem alten Sultanspalast, an der Anlegestelle Arnautköy, wo Yachten, Kutter und diverse andere kleine Boote vor Anker gehen, lag, leicht schaukelnd und mehr schlecht als recht vertäut, auch die *Opritschnik.*

An der Anlegestelle hielten vier, mit verschiedenfarbigen englischen Aufschriften versehene Wagen. Auf dem ersten stand – *Einwanderungspolizei,* auf dem zweiten – *Hygienekontrolle,* auf dem dritten – *Türkischer Zolldienst.* Der vierte, ein kleiner Lieferwagen, trug die Aufschrift *Ship-Chandler Jacek Sztur. Istambul-Galataserail.* Sowie die Nummern von Telefon, Telefax und Telex...

Aaron und Wassili erstarrten förmlich vor Schreck auf Deck der *Opritschnik.*

Sich gegenseitig ins Wort fallend, begannen von der Anlegestelle drei Vertreter der türkischen Behörden in widerwärtigem Englisch auf sie einzuschreien. Sie schüttelten wütend Aarons und Wassilis Papiere, fuchtelten drohend mit den Armen, rollten die Augen, verspritzten zornerfüllt ihre Spucke und trampelten vor Entrüstung sogar mit den Füßen.

Ein kleiner, dicker Mann mit Hängeschnauz wiederholte, was die drei türkischen Beamten jeweils sagten, und zwar mit ihrer Intonation und mit ihren Gesten; er rollte genauso die Augen, fuchtelte genauso mit den Händen und trampelte genauso mit den Füßen. Der einzige Unterschied zwischen ihnen bestand darin, daß er alles auf russisch brüllte, allerdings mit deutlichem polnischen Akzent.

Beinahe synchron übersetzte er, was der Polizist, der Zöllner und der Hygienekontrolleur sagten, ließ jedoch keine Möglichkeit aus, die Sätze mit russischen Flüchen auszuschmücken und in völlig normalem Tonfall etwas von sich aus einzuflechten. Das hörte sich beispielsweise so an:

»Warum haben Sie sich nicht über Kanal sechzehn mit der Hafenleitung in Verbindung gesetzt?« brüllte der Polizist von der Einwanderungsbehörde auf englisch, wie es in allen Häfen der Welt üblich ist.

»Warum habt ihr euch, verdammte Scheiße auch, nicht über Funk im Hafen angemeldet?!« schrie der bärtige Dickwanst im absolut gleichen Tonfall des Polizisten auf russisch.

»Aus welchem Grunde haben Sie keinen Lotsen genommen?« brüllte der Zollbeamte.

»Warum habt ihr Arschlöcher keinen Lotsen genommen?« gab der Dicke wieder.

Da keiner der drei Amtsvertreter wirklich Wert auf Aarons und Wassilis Antworten legte, hagelte es die Fragen nur so:

»Wo ist Ihre Flagge?«

»Was ist das für eine Zolldeklaration?«

»Wo ist Ihre Hygienebescheinigung?«

»Wo ist Ihr Schiffsbuch?«

»Wo ist Ihre Tabak- und Proviantliste?«

»Warum haben Sie keine Deratisationsbescheinigung?«

Nach dieser Frage überwand Aaron endlich seine Angst. Er zuckte die Schultern und schrie zurück:

»Was ist *das* denn?«

»Weiß kein Schwein«, sagte der Bärtige unbekümmert. »Ich bin schon sieben Jahre hier, höre jeden Tag von dieser beschissenen Bescheinigung und hab sie noch nie gesehen.«

»Außerdem haben Sie überhaupt kein Visum!!!« kreischte der Polizist und schüttelte Aarons und Wassilis Ausweispapiere.

»Außerdem haben Sie überhaupt kein Visum!« wiederholte der bärtige Dickwanst ebenso kreischend auf russisch und fügte mit absolut ruhiger Stimme erst polnisch, dann russisch hinzu: »To jest nic groźniego! Ist nichts Schlimmes.«

»O Gott, was sollen wir bloß machen?« fragte Wassili ratlos.

»Jedem fünf Dollar geben«, sagte der Dicke.

»Vielleicht lieber mehr, hm?« fragte Aaron besorgt.

»Verdirb du mir hier nicht die Preise«, sagte der dicke

Bartmensch abgeklärt. »Du segelst weiter, aber ich muß bleiben und weiter hier leben... Fix, Jungs, her mit dem Fünfer für jeden.«

Der Polizist, der Zollbeamte und der Hygienekontrolleur fuhren fort, mit den Füßen zu trampeln und zu schreien, ohne daß der Dicke übersetzte.

Als Wassili jedoch mit zitternder Hand das Geld aus der Tasche zog, trat auf dem Anlegekai absolute Stille ein.

»Wir haben nur zwanziger...«, sagte Wassili verwirrt.

»Gib her.« Der Dicke streckte die Hand über die Bordwand der Yacht.

Wassili gab ihm zwanzig Dollar. Der Dicke steckte den Schein in seine Brieftasche und holte aus seiner Hosentasche ein Päckchen Eindollarscheine:

»Halte ich speziell für solche Fälle bereit.«

Penibel zählte er mit befeuchteten Fingern fünf Dollar für den Polizisten, fünf für den Zöllner und fünf für den Hygienekontrolleur ab.

»Und die fünf kriege ich fürs Übersetzen! Okay?!« sagte der bärtige Dickwanst so unbeschwert und fröhlich, daß Aaron und Wassili nur dankend nickten.

Mit den drei Vertretern der türkischen Behörden jedoch hatte sich eine erstaunliche Metamorphose vollzogen: In ihren Gesichtern leuchtete das freundliche Lächeln entgegenkommender Gastgeber, die sich über die Ankunft lieber Gäste aufrichtig freuen.

Wie auf Kommando stiegen alle drei in ihre Wagen.

Der Zollbeamte und der Hygienekontrolleur fuhren sofort ab, der Polizist öffnete noch einmal ein Stückchen den Schlag und fragte Aaron und Wassili freundlich etwas auf türkisch.

»Er fragt, woher ihr die Messer und die schwarzen

Mützen mit den gelben Hieroglyphen habt«, übersetzte der Dicke.

Aaron wollte schon antworten, doch Wassili trat ihn unbemerkt auf den Fuß und sagte schnell:

»Die kriegst du in Odessa an jeder Ecke zu kaufen!«

Der Polizist wartete gespannt die Übersetzung des Dicken ab, lächelte Aaron und Wassili honigsüß zu und fuhr ebenfalls davon.

»No tak… Jedna połowa sprawy już załatwiona«, sagte der Dicke, sich die Hände reibend, auf polnisch. »Ich sage, das hätten wir. Jetzt kommt Teil zwei.«

»Nun mal sachte, Kumpel…« sagte Aaron. »Wer und was bist *du* eigentlich?«

»Ich? Ich bin Ship-Chandler.«

»Jude?« Wassili lächelte ihm zu, als sei er einer von ihnen.

»Nein. Pole. Wieso?«

»Ach nichts… Nimm's nicht krumm. Ich, zum Beispiel, bin Rabinowitsch. Und er *war* noch bis vor kurzem Rabinowitsch.« Wassili zeigte auf Aaron. »Ich dachte, Ship-Chandler ist dein Name und du bist Jude…«

»Und Bootsman, Lotsman und Katzman – das sind gleich drei Juden, wie?« Der bärtige Dickwanst lachte. »Ship-Chandler bedeutet Schiffslieferant. Mein Name ist Sztur. Jacek Sztur.«

Wie echte Seewölfe sich erholen

Aaron, Wassili und Jacek Sztur saßen betrunken, zusammen mit zwei grell geschminkten leichten Mädchen, in einer Hafenkneipe, die vollgepropft war mit billigen Huren, sich vergnügenden Matrosen aus aller Welt, mit Schwarzhändlern und Ganoven.

»Wir haben allerhand mitgemacht!« schrie Wassili Jacek Sztur ins Ohr und griff der großen, üppigen Prostituierten, die neben ihm saß, in den Ausschnitt. »Wir haben ein Anrecht auf Entspannung! Stimmt's, Jacek?! Sag, Aaron!«

»Iß einen Happen, Wassja...« bat Aaron ihn und tätschelte der kleinen Nutte, die es sich auf seinem Schoß bequem gemacht hatte, zärtlich den Hintern. Sie trug einen großen grünen Seidenschal mit einem aufgestickten goldenen Drachen um die Schultern.

»Nein! Na, sag schon – haben wir das Recht?!« fuhr Wassili hoch.

»Natürlich habt ihr das!« sagte Sztur zu ihm. »Ihr habt das Recht zu allem. Ihr seid jetzt freie Menschen in der freien Welt.«

Sztur war verhältnismäßig nüchtern und stellte, während er gelegentlich an seinem Glas nippte, irgendwelche Berechnungen auf seinem Taschenrechner an und machte sich in einem großen Heft Notizen.

Wassili knutschte die Prostituierte ab und krakeelte:

»Hast du gehört, Aaron? Wir sind jetzt freie Menschen... Wo, Jacek? Ich hab's vergessen. Wo, hast du gesagt, sind wir frei?«

»In der freien Welt«, sagte Sztur, ohne von seinen Berechnungen abzulassen.

»Wassja, iß endlich was, sonst...«, bat Aaron aufs neue und stülpte der kleinen Prostituierten seine schwarze Piratenmütze auf den Kopf.

»Ich esse ja schon!« schrie Wassili und drückte der großgewachsenen Prostituierten einen Kuß auf die vollen Lippen. »Möchte mal wissen, warum es mich immer zu solchen Kolossalweibern zieht?!«

Jacek Sztur steckte seinen Taschenrechner weg und sagte zu Aaron:

»Morgen früh, so gegen sechs, bringe ich alles direkt zur Anlegestelle«, er warf einen Blick in sein Notizbuch, »legt schon mal hundertsieben Dollar bereit.«

»Bitte sehr!« grölte Wassili trunken und zog zweihundertvierzig Dollar aus der Tasche. »Kein Problem!«

Beim Anblick des Geldes wechselten die Huren vielsagende Blicke.

»Steck das weg«, sagte Sztur. »Erst bringe ich alles, dann bezahlt ihr.«

»Ist ein bißchen arg viel«, kamen Aaron Bedenken. »Hundertsieben Dollar! Das sind nach unserem Schwarzmarktkurs...«

»Euer Schwarzmarkt interessiert außer euch niemanden auf der Welt! Euer Kurs ist eine aus der Armut geborene Fiktion. Diese Art Sozialismus haben wir in Polen längst hinter uns. Sieh mal«, Sztur zeigte Aaron eine Eintragung in seinem Notizbuch. »Allein die hundert Liter Diesel kosten zweiundsechzig Dollar. Und das Motoröl? Und dies und das und noch so mancherlei?«

»Ach, laß doch die Zählerei, Jacek!« schrie Wassili. »Wir sind freie Menschen... Freie – wo, Aaron? Hab's schon wieder vergessen...«

»O Gott!« Aaron preßte in trunkener Wehmut die kleine Prostituierte an sich. »Hundert Liter Treibstoff – zweiundsechzig Dollar! Zu Hause bei uns in der Union haben sie dir das Zeugs nachgeschmissen! Für Kopeken! Ach, wir Dummköpfe, wir haben das sowjetische Leben nicht zu schätzen gewußt!«

Ohne die wachsamen Blicke von Wassili und Aaron zu wenden, telefonierte der ältere, dürre Barkeeper mit dem hohen Fez auf dem Kopf leise...

Sie verließen die Kneipe, sich gegenseitig stützend, mit Flaschen in der Hand. Die kleine Prostituierte hing an Aaron, die große an Wassili.

»Also, Kumpels, morgen früh gegen sechs bin ich bei euch. Ihr müßt das Marmarameer möglichst an einem Tag durchqueren, damit ihr die Dardanellen bei Tageslicht passiert«, sagte Jacek Sztur und stieg in seinen Wagen. »Und hütet euch vor den Nutten! Laßt nichts offen liegen! Die klauen es sofort.«

»Willst du nicht doch mitkommen? Eine dritte ist schnell gefunden...« sagte Wassili.

»Um Gottes willen, nein! Wenn ich in zehn Minuten nicht zu Hause bin, reißt Wanda mir die Eier ab. Und wer braucht einen Ship-Chandler ohne Eier?!« sagte Sztur und fuhr ab.

Die kleine Prostituierte riß den Schlag eines riesigen alten amerikanischen Schlittens mit offenem Dach auf, schob sich hinters Lenkrad und schrie:

»Los, los, Ruskis! Karascho!«

Aaron setzte sich neben sie, Wassili und die Dralle ließen sich auf den Rücksitz plumpsen.

Dann gab die Kleine ihrer Uraltkutsche so viel Gas, daß die Funken nur so unter den Hinterrädern wegstoben und das Kabriolett wie eine Boden-Luft-Rakete abging...

Als das amerikanische Auto, das Anfang der fünfziger Jahre das Licht der Welt erblickt hatte, bei der *Opritschnik* angekommen war, sprangen die Prostituierten heraus und hüpften schreiend und tanzend um Aaron und Wassili herum:

»Gruppen-sex! Sput-nik! Gruppen-sex! Pere-stroika! Gruppen-sex! Russian Gruppen-sex! Ka-ra-scho!...«

»Genau, Aarontschik!« brüllte Wassili begeistert, daß es über die ganze nächtliche Anlegestelle schallte. »Genau das ist es, was wir jetzt machen werden! Wir haben das Recht dazu! Wir haben es uns verdient! *Ich bin ein Seeman, fesch und jung...* Für all die Strapazen und Leiden! Einen schönen Kollektivfick veranstalten wir jetzt! Los, Mädchen, vorwärts!«

»Vorwärts!« schrien die Weiber.

»Halt, halt, halt!« sagte Aaron unzufrieden. »Gruppensex kommt nicht in Frage. Von Gruppen und Kollektiven habe ich die Nase voll.«

»Was soll das, Aaron?! Wir sind doch freie Menschen!« staunte Wassili.

»Eben darum lege ich Wert darauf, es individuell zu machen«, sagte Aaron, stieg aus, nahm die kleine Prostituierte auf die Arme und machte einen Riesenschritt über die Bordwand auf die Yacht.

»Und wir?« fragte Wassili verdutzt.

Doch Aaron brauchte ihm nicht mehr zu antworten. Die große Prostituierte pflanzte Wassili ins Auto und zog an irgendwelchen Hebeln. Die Vordersitze fuhren nach vorn, die Rücklehnen kippten nach hinten, und schon hatte sich das alte Kabriolett in ein ausreichend breites Schlaflager verwandelt.

Die Prostituierte legte sich neben Wassili, rief Aaron und seiner Freundin bye-bye zu und drückte mit dem Fuß auf einen Knopf am Armaturenbrett.

Leise begann ein kleiner Motor im Wageninnern zu summen, und automatisch schloß sich das dichte Stoffverdeck.

Auf dem Polizeirevier des Mittelhafens waren die Mannschaften in hellem Aufruhr: Sie zogen sich schußsichere Westen über, bewaffneten sich mit kurzläufigen, veralteten israelischen Maschinenpistolen.

Die Offiziere waren ebenfalls sehr aufgeregt:

»Eine Blockade vom Meer her erübrigt sich. Sie haben keinen Kraftstoff.«

»Sind Reporter da?«

»Jawohl!«

»Der Dolmetscher?«

»Hier!« In den kleinen Kreis der sich beratenden Offiziere wurde ein ältlicher, verschlafener Mann gestoßen.

»Ein Slawistikprofessor!«

»Trotzdem hätte ich Interpol benachrichtigt. Piraten sind deren Sache...«

»Und wenn es keine Piraten sind? Und wir wieder in der Scheiße stecken?«

»Und wenn doch?«

»Dann bekommt diese Scheiß-Interpol die Prämie.«

»Es sind Piraten! Derartig teure Yachten, noch dazu so ein echtes, altes Stück, besitzen nur Millionäre oder Piraten! Und dann, diese Messer, diese Mützen...«

»Das sind Leute von Schi Go-sün! Darauf wette ich meinen Kopf!«

»Professor, was bedeutet eigentlich der Name der Yacht – *Oprjuschnik*?«

»*Opritschnik*«, verbesserte der Professor. »Das ist ein altes russisches Wort. So nannte man früher, unter Iwan dem Schrecklichen, den Geheimdienstler...«

»Was hab ich euch gesagt?! Die Hand Moskaus!«

»Zu den Wagen!«
»Aber nur lebend fassen!«

In dieser stillen und warmen Nacht lagen im spiegelglatten Wasser der Anlegestelle Arnautköy, das nicht mal einen schwimmenden Span zum Schaukeln brachte, reglos und lautlos etwa ein Dutzend kleinere Boote im Schlaf.

Nur eine einzige Yacht erlebte einen erstaunlichen inneren Sturm – die *Opritschnik*!

Ihre Taue knarzten, ihre Wanten tönten, die Dreizehntonnen-Yacht wippte, stampfte und schlingerte im Rhythmus männlichen Röchelns und weiblichen Stöhnens, das nur zu vergleichen war...

...mit dem Röcheln und Stöhnen, das aus dem riesigen alten amerikanischen Auto in der Nähe der *Opritschnik* drang.

Das altmodische Vehikel, einst ein Spitzenmodell der Autoindustrie, quietschte jetzt kläglich mit allen seinen Stoßdämpfern, schüttelte sich und schaukelte, sackte mal mit den Hinter-, mal mit den Vorderrädern ein, nahe daran, jeden Moment durch die in seinem Innern tosenden Leidenschaften und aufgrund der eigenen Klapprigkeit auseinanderzufallen.

Wenn das verschlossene Schott und die Bullaugen der *Opritschnik* es nicht erlaubten, auch nur einen winzigen Blick ins Innere zu werfen, so gaben die sorglos heruntergelassenen Scheiben der Wagentüren von Zeit zu Zeit mal ein dralles Frauenbein, mal eine große glänzende Brust und gelegentlich auch ein Stück von einem abgemagerten Männerhintern den Blicken der Welt frei...

Dann wurde das Schaukeln der *Opritschnik* immer schneller und heftiger, und die alte amerikanische Klapperkiste fing an zu zittern wie im Fieber, und plötzlich hallte die Anlegestelle von so wildem männlichem Geröchel und so begeistertem weiblichem Gestöhn und Geseufz wider, daß...

...die schon im Hinterhalt sitzenden Polizisten wie auf Kommando anfingen, laut und heftig zu atmen, zu schwitzen und mit den Augen zu rollen, so daß ein großer Teil der Einsatzgruppe um ein Haar das Bewußtsein verloren hätte...

Wenige Sekunden später war alles verstummt.

Die *Opritschnik* lag regungslos im glatten, stillen Wasser. Kein Schaukeln, kein Knarzen mehr...

Wie ausgestorben auch der alte amerikanische Wagen am Kai...

Fast gleichzeitig gingen Schott und Wagentür auf. Aus der Kajüte kam Aaron, völlig nackt. Sein Körper leuchtete im fahlen Licht. Er stieg mit Mühe an Deck und schlurfte mit bloßen Füßen zum Bug.

Aus dem Auto kroch Wassili, nackt und schweißgebadet. Er konnte sich kaum auf den Beinen halten. Auf den Wagen gestützt, schleppte er sich nach hinten zum Kofferraum und pinkelte auf den Asphalt der Anlegestelle.

Aaron stand wie eine Skulptur am Bug der Yacht, und sein Strahl mündete in die türkischen Gewässer.

»Na, wie war's, Aarontschik?« fragte Wassili mit matter Stimme.

»Phantastisch...« antwortete Aaron. »Und bei dir?«

»Unbeschreiblich!« sagte Wassili glücklich und fügte verwundert hinzu: »Hätte gar nicht gedacht, daß ich so ein toller...«

Wassili konnte seinen Satz nicht zu Ende sprechen, und Aaron sich nicht für ihn freuen, weil plötzlich von irgendwo her ein kurzes, abgerissenes Kommando auf türkisch ertönte, und die Anlegestelle sofort von gleißendem Licht übergossen wurde: Scheinwerfer, Polizeiwagenlampen und starke Taschenlampen waren aufgeflammt.

Kreischend wie Janitscharen, die sich in ihren letzten, tödlichen Kampf warfen, stürzte sich die Horde Polizisten, die zur Stärkung der eigenen Courage in die Luft schoß, auf den kleinen, schmächtigen, nackten Wassili.

»He, wohl verrückt geworden, ihr Wichser?!« konnte er gerade noch schreien.

»Wassja, ich komme!« brüllte Aaron und sprang, so wie er war, im Adamskostüm, von der Yacht auf den Kai, um ihn herauszuboxen.

Ein paar Sekunden lang wehrten sie, Rücken an Rükken stehend, die hektischen, übereifrigen Schützer der türkischen Rechtsordnung ab. Dann stürmte die zweite Welle Gesetzeshüter heran, ungefähr fünfzehn Leute. Und sie wurden plattgequetscht unter dem Haufen der vor Angst naßgeschwitzten Körper in der Uniform der heldenmütigen türkischen Polizei.

Wie Wassili Rabinowitsch und Aaron Iwanow Weltbürger wurden

Im Polizeirevier des Mittelhafens lagen auf dem Tisch des Chefs zwei schwarze Piratenmützen mit gelben Hieroglyphen und zwei Messer. Neben dem Tisch türmten sich Kartons mit Lebensmitteln – Geschenke von Schi Go-sün.

Aaron, blaugeschlagenes Auge und breite Schramme quer übers Gesicht, und Wassili, aufgedunsene Lippe und geschwollene Nase, standen in Handschellen in einer vergitterten, von vier Polizisten bewachten Zelle, an denen die nächtliche Schlacht ebenfalls ihre Spuren hinterlassen hatte.

Im Revier lungerten etwa noch Stücker zehn von Aaron und Wassili beim Handgemenge auf dem Kai verunstaltete Polizisten herum, die den beiden Festgenommenen wütende Blicke zuwarfen.

Auch zwei Reporter der Polizeichronik wuselten herum: einer mit Kamera, einer mit Notizbuch und Diktaphon.

»Wir verlangen den sowjetischen Konsul!« schrie Wassili.

»Sie verlangen den sowjetischen Konsul«, wiederholte der Slawistikprofessor auf türkisch.

»Zuerst sollen sie erklären, wie sie zu den Kartons von dem französischen Schoner gekommen sind, den Schi Go-süns Piraten in Brand gesteckt haben! Dasselbe gilt für die Messer und die Mützen! Und auch für die millionenschwere Yacht!« schrie der Polizeichef.

»Woher haben Sie das alles?« brachte der Professor die Frage des Chefs auf einen kurzen Nenner.

»Vom Odessaer Trödelmarkt«, antwortete Wassili fest.

»Was ist das – Trödelmarkt?« Der Professor verstand nicht.

»Bevor hier nicht der sowjetische Konsul erscheint, verweigern wir jede Antwort!« sagte Wassili hochtrabend und fragte Aaron leise: »Na, wie war ich?!«

»Super, Wassja! Genauso hab ich das mal in irgendeinem Film gesehen.«

»Ich auch!«

Die Tür ging auf und zwei Männer in dunklen Anzügen und dunklen Krawatten betraten das Revier. Sie hatten nette schlichte russische Gesichter.

Der Revierchef erhob sich hinter seinem Tisch:

»Herr Konsul! Verzeihen Sie, daß ich Sie zu so später Stunde stören mußte...«

Der zweite Russe, ein etwas mürrischer Typ, übersetzte leise die Worte des Revierchefs. Der Konsul nickte und betrachtete Aaron und Wassili voller Interesse.

»Womit kann ich Ihnen nützlich sein?« fragte er lächelnd.

Beim Lächeln und den heimatlichen Lauten dieses netten russischen Menschen schöpften Aaron und Wassili sofort neuen Mut. Erfreut stürzten sie ans Gitter und schrien beide zugleich:

»Genosse Konsul! Was soll das?! Wir erholen uns, und die... die machen uns platt...«

Aber der sowjetische Konsul beachtete ihr Geschrei nicht. Er sah mit seinen klaren, blauen Augen den Revierchef an und wiederholte seine Frage:

»Also, womit kann ich nützlich sein?«

Der Revierchef redete eifrig und temperamentvoll türkisch, und der mürrische Russe übersetzte seine Worte synchron ins Ohr des Konsuls.

Ohne sein Lächeln einzustellen, sagte der Konsul zu seinem Begleiter:

»Sehen Sie sich ihre Papiere an.«

Der Mann kontrollierte sehr professionell Aarons und Wassilis Dokumente und sagte leise zum Konsul:

»Die Papiere sind echt. Übersetzen?«

Der Konsul nickte. Und der Dolmetscher wiederholte es auf türkisch.

»Und woher haben sie das alles?!« Der Revierchef zeigte entmutigt auf die Mützen, die Messer und die Kartons mit französischen Lebensmitteln. »Und die Yacht aus Mahagoniholz?! Dieses echte, alte Stück von unschätzbarem Wert?!«

»Sie behaupten, es in Odessa auf dem...« Der Slawistikprofessor hatte das Wort *Trödelmarkt* vergessen und stockte mit fragendem Blick auf Aaron und Wassili.

»Trödelmarkt, alter Zausel!« fuhr Aaron ihn an.

»Durchaus möglich«, sagte der Konsul und lächelte dem Revierchef vertrauenerweckend zu: »In unserem Lande vollziehen sich jetzt so immense Veränderungen, daß man, wenn man will, buchstäblich alles kaufen kann! Zumal auf dem Odessaer Trödelmarkt. Was konkret diese Herren betrifft, so erkläre ich offiziell, daß sie nach Israel emigrieren und *nichts mehr* mit der Sowjetunion zu tun haben. Ich habe nicht das Recht, in ihr weiteres Schicksal einzugreifen und empfehle daher, sich an das israelische Konsulat zu wenden. Alles Gute, meine Herren!«

Der sowjetische Konsul schenkte dem gesamten Revier ein bezauberndes Lächeln und entschwand mit seinem mürrischen Begleiter.

»So ein Schwein...« sagte Aaron verständnislos.

»Wenn's so ist«, schrie Wassili, »dann her mit dem israelischen Konsul!«

Der israelische Konsul sah sich flüchtig Aarons und Wassilis Papiere an und unterhielt sich dann auf türkisch gereizt mit dem Polizeichef des Mittelhafens.

»Übersetze, Esel!« fauchte Aaron den Slawistikprofessor an.

Der Professor begann erschrocken zu stammeln:

»Der Herr Konsul sagt, daß Sie *noch* keine Bürger seines Landes sind, und er daher keinerlei Verantwortung für Sie trägt. Da man Sie aber verdächtigt, zu Schi Gosüns Piratengruppe zu gehören, empfiehlt er, den chinesischen Konsul rufen zu lassen.«

»Oh, Scheiße... Da sitzen wir ganz schön in der

Tinte…« sagte Aaron leise und ließ sich entmutigt zu Boden sinken.

Wassili sah den Konsul weggehen und rief ihm laut nach:

»Herr Konsul! Mister…! Wie ist es dort bei Ihnen? Wir sind doch unterwegs zu Ihnen – nach Israel! I go to Haifa!«

»Ach, gehen Sie mir nicht auf den Geist!« sagte Israels Konsul plötzlich auf russisch und schlug die Tür hinter sich zu.

Rasend vor Wut sprang Aaron auf die Füße, rüttelte wie ein toll gewordener Orang-Utan am Gitter und schrie aus voller Kehle:

»Besorgt uns den chinesischen! Uns ist jeder recht! Hauptsache, er hat einen Kopf auf den Schultern und keinen Arsch!«

Die erschrockenen Polizisten knackten mit den Schlössern ihrer Maschinenpistolen…

Der chinesische Konsul breitete ein großes, schönes Album auf dem Tisch des Revierchefs aus, blätterte ohne Eile die Seiten um und sagte:

»So… Da hätten wir die Banden des Stillen Ozeans… Das ist es nicht, das ist es nicht… Das sind die Piraten der Karibik… Das ist es auch nicht. Hier haben wir das Mittelmeer… Da gibt es zwei Piratenvereinigungen… Das brauchen wir nicht. Das ist der Atlantik… Aha, hier ist Schi Go-süns Bande. Sie kontrolliert den gesamten Süden des Schwarzen Meeres. Eine neue Bande, aber sehr, sehr schlagkräftig und grausam! Sehen wir sie uns doch mal an.«

Von den Seiten des chinesischen Albums blickten die hervorragend fotografierten Konterfeis von Schi Go-sün, Stasiek, Klaus, Petko, Michaj, Jiří…

172

»Eine sehr, sehr gefürchtete Bande!« sagte der chinesische Konsul vergnügt. »Alles Vertreter aus dem ehemaligen sozialistischen Lager. Aber diese Leute...«, der Konsul zeigte auf Aaron und Wassili, »finden Sie hier nicht, wie Sie sehen! Ein Irrtum, mein Herr, ein Irrtum! Sie sollten sich folglich schnellstens an Interpol wenden. Interpol hat von uns auch so ein Album bekommen.«

»Und woher stammt *das* alles?!« schrie der Polizeichef, der mit den Nerven völlig am Ende war, und tippte überreizt mit dem Finger auf die Mützen, die Messer und die Kartons mit den französischen Lebensmitteln.

»Was sagen die beiden denn?« fragte der chinesische Konsul interessiert.

»Sie lügen, sie sagen, sie hätten alles auf dem Schwarzmarkt in Odessa gekauft!«

Der chinesische Konsul sah Aaron und Wassili, die auf dem Boden der Zelle saßen, aufmerksam und sehr wohlwollend an. Es war offensichtlich, daß er es nicht glaubte, aber er sagte leise und höflich:

»Durchaus möglich. Bei ihnen im Lande verändert sich jetzt so vieles. Ich bedaure sehr, daß diese Herren keine Chinesen sind. Sie haben mir sehr, sehr gefallen.«

Im selben Moment leuchtete der Blitz des Fotoreporters auf, der die Gesichter von Aaron und Wassili für die Weltpresse im Bild festhielt.

Wie Jacek Sztur sich von der besten slawischen Seite zeigte

Dieses Foto und ein Foto ihrer *Opritschnik*, das im Hafen mit Hilfe von Scheinwerfern, Polizeiwagenlichtern und von Fotoapparatblitzlichtern aufgenommen worden war, sahen Aaron und Wassili in der Morgenzeitung, die ihnen der Ship-Chandler Jacek Sztur zur Anlegestelle mitgebracht hatte.

Jacek Szturs Lieferwagen, der mit seinem Namen, seiner Telefon-, Fax- und Telex-Nummer beschriftet war, parkte neben der *Opritschnik*.

Die Hecktür des Lieferwagens stand weit offen. Aus dem Laderaum gähnte halbdunkle Leere. Dafür war das Cockpit, die Kombüse und der Durchgang zur Kajüte mit Kanistern, Kartons und allerlei Säckchen vollgestellt...

Wassili, Aaron und Jacek saßen im Cockpit.

Mit aufgeschlagenen und verschwollenen Gesichtern, mit blutverkrusteten Händen, erschöpft von der schlaflosen Nacht, ausgelaugt von den Hafenprostituierten und der Schlacht mit der tapferen türkischen Polizei, heimtückisch und erbarmungslos im Stich gelassen von den Konsulaten zweier Länder, wovon das eine fast fünfzig Jahre lang ihre Heimat gewesen war und das zweite das gelobte Land bis ans Ende ihrer Tage werden sollte, starrten Aaron und Wassili stumpfsinnig auf ihre vom Zeitungsraster entstellten Konterfeis.

»Und was schreiben sie, Jacek?« fragte Aaron.

»Na, was kann eine Boulevardzeitung schon schreiben?« antwortete Sztur, während er las, was unter den Fotos stand. »Daß ihr zwei Idioten seid, die von Rußland nach Israel segeln, obwohl ihr nicht schwimmen könnt, nicht mit Segeln umgehen könnt und auch sonst keinen Schimmer von der Seeschiffahrt habt... Daß ihr eigentlich schon vor Erreichen des Bosporus hättet absaufen müssen, statt dessen aber noch lebt und sogar verdächtigt werdet, mit den Piraten des Schwarzen Meeres in Verbindung zu stehen... Daß die Polizei diese Verbindung aber nicht beweisen kann und euch daher freigelassen hat mit der Auflage, die Türkei unverzüglich zu verlassen. Ach, übrigens... Haben sie euch alles zurückgegeben?«

»Nur die Messer und die Mützen«, sagte Wassili. »Die Lebensmittel haben sie versiegelt und der Hygiene- und Quarantänebehörde übergeben.«

»Cholera! Was wollt ihr dann essen?!«

»Wir verhungern schon nicht«, winkte Aaron ab. »Wir haben noch jede Menge Leningrader Konserven, Hirse, Graupen...«

»Okay, Jacek! Mach dir keinen Kopf«, sagte Wassili. »Lies weiter! Was steht noch dort?«

»Hm, was noch?« Sztur vertiefte sich erneut in die Zeitung. »Sie ergehen sich in politischen und ökonomischen Verallgemeinerungen: Daß ihr und auch euer ehemaliges Land unermeßliche Reichtümer besitzt... Die spielen natürlich auf eure Yacht an... Daß ihr aber zu blöd seid, was aus eurem Reichtum zu machen.«

»Na ja, das geht ja noch«, sagte Wassili.

»Ich weiß nicht recht... Kann sein, daß dieser Artikel von den Zeitungen der Orte, die auf eurer Route liegen, nachgedruckt wird, und wie sich das für euch auswirkt, ist noch nicht raus«, sagte Jacek Sztur und reichte Wassili die Rechnung. »Hier, der Beleg über hundertsieben Dollar. Verliert ihn nicht. Wer weiß, was noch so für Kontrollen kommen...«

»Augenblick, Jacek. Ich hole nur das Geld«, sagte Aaron und ging in die Kajüte.

Kurz darauf hörten sie Aaron dort fürchterlich fluchen, dann kam er zurück, in der einen Hand den grünen Seidenschal der kleinen Prostituierten, in der anderen – die leere, zerrissene Brieftasche.

»Sieh dir das an, Wassili!« Aaron war den Tränen nahe.

Wassili sah die leere Brieftasche, den grünen Seidenschal mit dem goldenen Drachen, griff sich an den Kopf und sagte leise:

»Penner.«

Auch Jacek Sztur begriff, was geschehen war, und sagte gereizt:

»Ich habe euch gesagt, hütet euch vor diesen Nutten!«

Eine Zeitlang schwiegen alle drei bedrückt, dann stand Wassili entschlossen auf und sagte zu Aaron:

»Wir laden alles wieder aus, Aaron. Alles! Mach dir keine Sorgen, wir schaffen es auch so... Entschuldige, Jacek. Entschuldige...«

Und Wassili machte sich daran, alles, was Jacek Sztur ihnen gebracht hatte, nach draußen auf den Kai zu schleppen. Betrübt seufzend, ging Aaron ihm zur Hand.

Sztur saß im Cockpit und stierte reglos aufs Wasser. Dann kratzte er sich das Genick, räusperte sich und sagte in einem vor Erregung scheußlichen Mischmasch von Polnisch und Russisch:

»So wartet doch! Cholera, ihr sollt warten, sag ich! Stellt sofort alles wieder hin! Aaron, was hab ich dir gesagt?! Stell's hin, Scheißkerl, verfluchter!«

Er zog eine Visitenkarte aus der Tasche, gab sie Wassili und sagte:

»Wenn ihr Penunze habt, schickt mir die Summe... Wenn nicht, verteile ich eure hundertsieben Dollar so auf drei Schiffe, daß kein Kapitän was merkt! So komme ich schon auf meine Kosten! Macht euch bloß nicht verrückt...«

»Jacek...« Mehr brachte Aaron vor Rührung nicht heraus.

Wassili griff nach Jacek Szturs Hand und drückte sie fest.

»Mensch, Jungs!« sagte Sztur heftig bewegt, und in seinen Augen glitzerten vor Edelmut sogar Tränen. »Denkt ihr, ich weiß nicht, wie schwer es ist, die Heimat zu verlassen? Ich erinnere mich an alles, hab nichts vergessen... So sind wir Slawen nun mal...«

»Ich bin kein Slawe. Ich bin Jude«, sagte Aaron verlegen.

»Du – und Jude?!« Sztur lachte schallend. »Guck dich mal im Spiegel an! Warst du auch nur ein einziges Mal in deinem Leben in einer Synagoge?!«

»Nein«, gab Aaron zu.

»Na, also!« schrie Sztur. »Wiedersehen, Jungs. Und viel Glück!«

Wie ein Logbuch sachkundig zu führen ist

Die vielgeprüfte *Opritschnik* mit ihrer nicht minder geprüften Mannschaft verließ Istanbuls ungastliche Gewässer und segelte, stark krängend, aufs offene Marmarameer hinaus.

Während sich rechts im morgendlichen Dunst noch die türkische Küste abzeichnete, war links und vorn nur noch Wasser zu sehen, nichts als Wasser...

An dem notdürftig aus einem alten Deckschrubber gebastelten Flaggenstock flatterte, frech in der Sonne glitzernd, die neue Flagge der *Opritschnik* – der grüne Seidenschal mit dem goldenen Drachen, den die kleine Prostituierte in der Übereile der Liebesnacht und des Kampfgetümmels vergessen hatte.

Wassili stand am Ruder, sah auf den Kompaß und machte einen so sicheren Eindruck, daß man nie und nimmer auf den Gedanken gekommen wäre, er habe das Meer vor zwei Wochen zum erstenmal gesehen.

Aaron saß von Seekarten und Seehandbüchern umgeben in der Kajüte und schrieb etwas in ein großes Buch. Hinter ihm über seinem Kopf, neben Marxen Iwanowitschs Fotografie, war der aus der türkischen Zeitung ausgeschnittene Artikel angepinnt.

»He, Wassja! Wie schreibt man hinten das Wort Prostituierte – nur mit *i* oder mit *ie*?«

»Schreib einfach Nutten, und fertig!«

»Nein, Wassja... Schreiben muß man kultiviert. Marxen Iwanowitsch hat gesagt: das Logbuch ist die Visitenkarte eines Bootes. Also, mit *i* oder mit *ie*?«

»Wenn's kultiviert sein soll, dann mit *ie*, Aarontschik!«

Wassili schaute nach rechts, sah ein hohes, felsiges Ufer und rief Aaron zu:

»He, Schriftsteller! Steuerbord liegt das Kap... wie heißt es doch gleich? Jelschiköy?! O Gott, ist das ein Zungenbrecher... Wie geht's von hier ab weiter?«

»Just a moment!« schrie Aaron, legte das Logbuch beiseite und vertiefte sich in die Karte: Jelschiköy... Jelschiköy. Ja, das ist es! Wie ist der Kurs?«

»Zweihundertvierzig!«

»Plus fünfzehn. Richtig, halte zweihundertfünfundfünfzig! Hurra! Wir sind im Marmarameer! Zur Hölle mit der Türkei! Die kann uns mal!«

Wassili richtete das Ruder aus, überprüfte den Kompaß und merkte, daß durch die Kursänderung die Segel anfingen zu schlagen. Er schrie:

»Aaron! Schnell an die Giek-Schote! Tempo! Und setz das Stagsegel!«

Aaron kam aus der Kajüte gesaust und hantierte so geschickt mit Leinen und Segeln, daß Wassili es sich nicht verkneifen konnte, ihn zu frotzeln:

»Verzeihen Sie, Aaron Moissejewitsch, Ihr Mädchenname ist nicht zufällig Admiral Nelson?«

Wie es nicht nötig war, Konserven zu öffnen

Zur Mittagszeit hing Wassili vor Müdigkeit fast über dem Steuerrad. Die Belastung für seinen schwachen Organismus war enorm, und er versuchte auch gar nicht, es zu verbergen:

»Schlafen will ich! Essen will ich! Meine Hände können das Ruder nicht mehr halten, die Beine knicken mir ein. Aaron! Sieh nach, wie spät es ist! Wie lange muß ich noch stehen?«

Aaron wirtschaftete in der Kombüse, rührte Graupen in einer Kasserolle.

»Noch zwanzig Minuten etwa... Sobald die Graupen gar sind und alles vorbereitet ist, löse ich dich ab... Was soll ich dir an die Graupen geben – Fischklein oder Büchsenfleisch?«

Wassili hielt das Ruder mit letzter Kraft.

»Egal! Was schneller geht...«

»Dann mache ich lieber eine Fischdose auf. Mit Tomatensoße, so ner scharfen. Die macht munter! Das Schmorfleisch aus der Büchse ist bloß schieres Fett...«

Aaron bückte sich zu den zwei großen, bis obenhin mit Konservendosen vollgepackten Kartons, zog aus dem einen Karton zwei Büchsen, legte sie auf das Tischchen am Gasherd und sagte, um Wassili, der in jämmerlicher seelischer Verfassung war, ein wenig abzulenken, mit gespieltem Optimismus:

»Mach dir keine Sorgen, Wassja! Wir schaffen es bis dorthin! Mit dem Treibstoff, den wir jetzt haben, kommen wir bis ans Ende der Welt! Und Gas für die Kochplatte haben wir auch jede Menge – drei Ochsen kannst du damit braten... Und Konserven – massenhaft... Trinkwasser – mehr als genug... Grütze, Brot – alles da... Außerdem noch vier Zwiebeln... Was willst du also, Wassja, wir können leben wie die Maden im Speck! Und daß uns die Nutten die Dollars geklaut haben, kann man auch verstehen... War's gut mit deiner?«

»Ja...« Es kostete Wassili Überwindung, aber er lächelte.

»Mit meiner auch! Was haben wir also zu bedauern?! Und sieh dir die Flagge an, die wir jetzt haben! So eine hat sonst niemand auf der Welt!«

Wassili drehte sich unwillkürlich nach dem grünen Seidenschal mit dem goldenen Drachen am Flaggenstock um und lachte.

Aaron stellte mit der einen Hand die Spitze seines Piratenmessers auf den Rand der Konservendose, und sagte, während er mit der anderen ausholte, um auf den Griff zu schlagen:

»Gleich hab ich alles fertig, dann löse ich dich ab, und du futterst und haust dich aufs Ohr. Okay?«

Und er schlug kräftig von oben auf den Messergriff...

Pfeifend und zischend spritzte ihm ein praller, stin-

kender Strahl rotbrauner Tomatensoße ins Gesicht, be-
kleckerte ihn von Kopf bis Fuß und versaute Decke und
Wände der Kombüse.

Später saß Wassili bis zu den Knien in einem Berg aufge-
blähter Konservenbüchsen im Cockpit, löffelte Graupen
aus einer Aluschüssel, aß eine Zwiebel und Brot dazu
und warf gleichzeitig, melancholisch gestimmt, eine
Büchse nach der anderen hinter sich über Bord.

Aaron stand gewaschen und umgezogen am Steuerrad. Vor ihm auf dem Kajütendach dampften eine Schüssel Graupen und Marxen Iwanowitschs Becher mit
Tee. Ohne den verantwortungsvollen Prozeß der Schiffs-
führung zu unterbrechen, eine Hand immer am Steuer,
verzehrte Aaron mit der anderen Hand seine Mahlzeit.

»Sind alle aufgebläht?« fragte er Wassili, während er
zum Horizont sah.

»Alle.«

»Auch die Fischdosen?«

»Die auch.«

»Möchte wissen, wie viele Jahre die schon in Lagern
rumgelegen haben...«, sagte Aaron nachdenklich.

»Und was wir nun fressen sollen, interessiert dich
nicht?!« Wassili stieß böse mit dem Fuß in den Haufen
Konserven. »Keine Lebensmittel, kein Geld!«

»Hör auf, mit den Füßen dagegen zu stoßen!« Aaron
sah sich besorgt um. »Die können doch jederzeit explo-
dieren, die halbe Yacht zertrümmern und uns erschlagen!«

»Ich weiß nicht, was besser ist...« sagte Wassili verzweifelt. »Sofort sterben, oder langsam verhungern...
Ich hab so was Ähnliches mal in einem Fernsehfilm gesehen. Ein grausiger Anblick!«

Aaron seufzte schwer, schüttelte den Kopf und fragte:

»Wassja, könntest du dich jetzt nicht an einen anderen Film erinnern? Einen mit Happy-End?«

Wassili stellte die leer gegessene Schüssel beiseite, überlegte und antwortete:

»Nein. Kann ich jetzt nicht.«

Und er machte sich wieder daran, methodisch eine Konservendose nach der anderen über Bord zu werfen.

Wie kleine Inseln große Zweifel aufkommen lassen

Abends, als es schon fast dunkel war, gelangten sie an eine kleine, felsige Insel mit steilen Ufern und ohne jegliche Vegetation, die einen für russische Ohren ungewohnten und komisch klingenden Namen hatte.

»Hej-ir-sy-sa-da! Hejirsysada...« wiederholte Wassili staunend und verstaute am Bug der Yacht das geborgene Stagsegel im Sack. »Verrückt, diesem Steinhaufen von Insel so einen komplizierten Namen zu geben!«

Aaron, der vor Müdigkeit fast umfiel, packte schwer atmend das Großsegel zusammen. Dann blickte er mit entzündeten Augen hinüber zur Insel und sagte:

»Keine einzige lebendige Seele dort zu sehen.«

»Vielleicht ist sie unbewohnt. Am besten, wir bleiben hier. Für immer! Ich bin Robinson, du bist Freitag.«

»Wieso soll ausgerechnet ich Freitag sein?« Aaron war beleidigt.

»Dann bist du eben Robinson, und ich bin Freitag. Ist doch piepegal! Ich hätte nicht gedacht, daß du so eitel bist, Aaron! Du hast ja irgendwie einen regelrechten östlichen Hang zur Macht!« rief Wassili.

Aaron gab ihm keine Antwort. Er sah beunruhigt zu dem felsigen Ufer hinüber, von dem sie höchstens fünfzig Meter trennten.

»He, Wassja! Findest du nicht, daß es uns auf die Steine trägt?«

Wassili hob den Kopf, sah das auf sie zukommende Ufer.

»Klar! O mama mia...« flüsterte er. »Gleich verschlägt's uns wirklich auf diese Insel...«

»Mist, verdammter!« fluchte Aaron, sauste wie ein geölter Blitz ins Cockpit, drückte fieberhaft den Startknopf und schrie: »Festhalten, Wassja!«

Der Motor nieste, hustete, krächzte, aus dem Auspuffrohr flogen blaue Rauchwölkchen, aber er sprang nicht an...

Die Yacht war den unheilvollen Steinen schon ganz nahe; die Strömung zog die *Opritschnik* unaufhaltsam ins Verderben.

»Was machst du da bloß, Aaron?!« schrie Wassili in panischer Angst, während er sich an die Bugreling klammerte.

Komm, Freund, hilf uns aus der Klemme...« flüsterte Aaron auf den Motor ein und drückte immer wieder den Startknopf. »Hau uns raus, mein Bester...«

Kurz bevor die Yacht auf die aus dem Wasser ragenden Uferfelsen aufgelaufen und ihre Existenz auf dieser Welt für immer beendet gewesen wäre, erhörte der Motor Aarons Flehen und begann auf mittleren Touren zu laufen.

Dem unerhörten Glück nicht ganz trauend, lauschte Aaron ein paar Sekunden auf das Tuckern des Motors, ehe er Vollgas gab und das Ruder scharf nach rechts drehte.

Langsam, gleichsam gegen ihren Willen, enteilte die *Opritschnik* dem Verderben...

Als sich über das Marmarameer und die heimtückische Insel Hejirsysada die Nacht herabgesenkt hatte, lag die Yacht schon in einer kleinen, windgeschützten Bucht vor Anker und prägte ihre reglose, schwarze Silhouette in den violetten Himmel.

Erschöpft lagen Aaron und Wassili in der Kajüte in ihren Kojen.

An der Wand über Wassilis Kopf brannte eine kleine Lampe. Er las in Bob Bonds *Handbuch des Yachtseglers* und unterstrich etwas mit Bleistift.

»Mach Schluß, Wassja«, sagte Aaron schläfrig. »Schone die Akkumulatoren. Und die Leuchtröhre. Verhüte Gott ein weiteres Malheur…«

»Gleich, Aarontschik. Ich lese nur noch den Absatz *Die Wahl des Ankerplatzes und das Werfen des Ankers* zu Ende.«

»Wir ankern doch schon… Wozu das noch lesen?«

»Ich möchte verstehen, was wir falsch gemacht haben.«

Aaron öffnete die Augen, starrte eine Weile schweigend zur hölzernen Kajütdecke und sagte dann leise:

»Wir machen doch alles falsch, Wassja.«

Etwas in Aarons Tonfall ließ Wassili aufhorchen:

»Was meinst du?«

»Einfach alles…«

»Und konkret?«

Aaron schwieg beklommen. Schließlich sagte er dumpf:

»Vielleicht haben wir übereilt gehandelt, Wassja… Vielleicht hätten wir noch warten sollen… Sehen, wie das bei uns zu Hause alles ausgeht… Vielleicht hätten wir jemandem helfen sollen… Aber so haben wir alles verloren – Land, Stadt, Haus… Riwka und Klawka… Marxen… Wir haben diesen wunderbaren Menschen aus seinen Kreisen gerissen! Ihn nicht behütet. Jetzt ist alles um uns herum fremd. Wir sind dumm geboren und haben nichts dazu gelernt...«

Wassili war in heftige Erregung geraten, legte Bob Bond weg und setzte sich auf:

»Abwarten und Tee trinken, Aaron! Die Sache ist nun mal so, wie sie ist! Wenn wir in Israel ankommen, verkaufen wir die Yacht. Du hast doch gehört, alle sagen, daß sie Millionen wert ist. Wir kaufen uns ein großes Haus und ziehen ein solides Unternehmen auf. Und dann reisen wir in der Welt herum!«

Aaron schwieg, starrte zur Decke. Dann seufzte er und sagte leise:

»Aber das wird eine fremde Welt sein, Wassja. Ein fremdes Unternehmen... Und das Haus, das wir kaufen werden, wird immer fremd bleiben. Das ist es, was ich so furchtbar finde, Wassja.«

Wie der Hafen Canakkale gesperrt war

Forsch fuhren sie mit vollen Segeln in die Dardanellen hinein. Sie warfen den Motor erst an, als auf der Steuerbordseite die blaßgelben Klippen der östlichen Berghänge des Ak Jarlar auftauchten.

Es wehte ein schwacher, günstiger Fahrwind, und das Bergen der Segel bereitete keine größeren Probleme. Wassilis und Aarons Handlungen ließen schon jene unerläßliche Routine erkennen, von der sie, als sie Odessa verließen, nicht einmal zu träumen gewagt hätten.

Da man aber im Leben nichts umsonst bekommt und sich, wissenschaftlich ausgedrückt, alles nach den strengen Gesetzen der Kompensation vollzieht, begannen Aaron und Wassili in dem Maße, wie ihre Sicherheit in der Führung der Yacht zunahm, rasch jenes normale menschliche Aussehen zu verlieren, das sie besessen hatten, als sie vor noch gar nicht so langer Zeit das heimatliche Gestade verließen.

Ihre Kleidung war stark abgenutzt, die Anzahl der Knöpfe bedeutend geringer als die Anzahl der entsprechenden Knopflöcher. Die schmal gewordenen, unrasierten Gesichter waren braungebrannt, unter den schwarzen Piratenmützen mit den langen Schirmen und den gelben Schriftzeichen guckten angegraute, seit langem nicht geschnittene Zotteln hervor. Trotz der Hitze klangen ihre Stimmen erkältet heiser. Die Augen waren wegen des ständigen Mangels an Schlaf eingefallen, die Hände von den Schoten aufgescheuert.

»Legen wir in Gallipoli an?« fragte Wassili und überließ Aaron das Ruder.

Aaron hielt das Ruder, besah sich ausführlich das nahe rechte Ufer und sagte:

»Hol die Karte.«

Wassili holte die Karte aus der Kajüte. Aaron warf einen Blick darauf und sagte geringschätzig:

»Zum Teufel mit Gallipoli! Gallipoli und die gesamten Dardanellen können mich mal! Wir fahren weiter bis Canakkale, dort übernachten wir auch. Berechne die Entfernung und schau ins Seehandbuch.«

Etwas in Aarons Ton veranlaßte Wassili, ihn respektvoll staunend anzusehen und ohne zu murren in die Kajüte zu verschwinden.

»Und noch etwas, Wassja...«, erinnerte sich Aaron. »Ich hab mich in der Kajüte ein bißchen umgesehen – ein Rest Graupen und Hirse ist noch da... Aber das Zeug ist naß geworden. Solange wir mit Motorkraft fahren und die Sonne scheint, breite das Stagsegel über dem Kajütdach aus und trockne es. Sonst fängt es an zu schimmeln, und wir kommen ganz an den Bettelstab. Im Hafen kochen wir dann Kascha und waschen uns. Ich stinke schon wie ein Ziegenbock... Okay, Wassja?!«

»No problem!« schrie Wassili aus der Kajüte.

In einer Herde großer, kleiner und winziger Boote liefen sie im Hafen Canakkale ein.

Als sie die Anlegestelle für Yachten und Ausflugsboote ansteuerten, legte vom Pier sofort ein Polizeiboot ab und kam, eine gewaltige Heckwelle hinter sich aufwühlend, auf sie zugejagt.

In dem Boot standen ein Vertreter der Einwanderungspolizei, ein Beamter vom Sicherheitsdienst, ein Zöllner und zwei Journalisten.

»Das sind sie...« sagte der Polizist und tippte mit dem Finger auf die Istanbuler Zeitung mit dem Foto der *Opritschnik* und ihren Besitzern.

»Genau ihre Masche!« sagte der Sicherheitsbeamte beunruhigt. »Keinen Lotsen anfordern, keine Erlaubnis für die Einfahrt in den Hafen einholen, sich nicht über Funk anmelden!«

»Vielleicht haben sie überhaupt kein Funkgerät?!« ergriff einer der Journalisten für die *Opritschnik* Partei.

»Auf einer Yacht, die einige Millionen Dollar wert ist? Daß ich nicht lache!« rief der Zöllner.

»Aber Sie haben kein Recht, ihnen das Anlegen zu verbieten!« sagte der zweite Journalist.

»Ich bin für die Sicherheit meines Staates verantwortlich und habe jedes Recht!«

»Und ich habe von meinem Vorgesetzten strengste Anweisung...«, hob der Polizist an, doch der erste Journalist schnitt ihm das Wort ab:

»Ihre Verbindungen zu Schi Go-süns Piraten sind nicht bewiesen! Wenn Sie ihnen verbieten, in Canakkale anzulegen, verstoßen Sie gegen alle internationale Regeln! Das kann einen weltweiten Skandal nach sich ziehen!«

»Einen Skandal wird es nicht geben«, antwortete der Zöllner ruhig. »Heute gehören sie keinem Land an. Niemand wird für sie eintreten.«

»Um so widerwärtiger!« Der zweite Journalist schüttelte die Zeitung, sah zur *Opritschnik* und ächzte: »O Allah, du Allmächtiger! Was haben die denn für eine Flagge?!«

Der Polizist hob das Glas an die Augen und sagte verächtlich:

»Zu allem Überfluß sind sie auch noch Idioten. Solche Fummel tragen fast alle Hafennutten.«

Er legte ein gewaltiges Megaphon an den Mund und schrie auf englisch:

»Die Yacht *Opritschnik*! Fahrt stoppen, Motor abschalten!«

»Can I use a terminal?!« bellte Aaron. »I go to Haifa, verdammter Mistkerl! Wassja! Es scheint, Jacek hatte recht. Jetzt werden sie uns überall auf der Strecke abschieben, die Hunde...«

Kurz darauf standen sich die *Opritschnik* und das Polizeiboot in etwa fünfzehn Meter Abstand gegenüber, und dieser geringe Zwischenraum wurde mit einer solchen ungeheuerlichen Masse russischer Flüche und mit solch einer Menge gellender Schreie des Polizisten und des Sicherheitsbeamten vom Canakkaler Hafen bepflastert, daß einem schien, Jesus Christus könnte diese Strecke Wasser, die das Polizeiboot und die Yacht voneinander trennte, trockenen Fußes überschreiten...

Die Kameras der Journalisten klickten, ihre Recorder nahmen den Höllenlärm auf; sie unterstützten Aaron und Wassili auf jede erdenkliche Weise, bis der Polizist von der Einwanderungsbehörde und der Vertreter der Staatssicherheit im Chor brüllten:

»No!« und durch unmißverständliche Gesten anzeigten: »Raus mit euch aus der Bucht!«

Das Polizeiboot gab Gas, gewann rasch an Fahrt, umkurvte die *Opritschnik* bedrohlich und fuhr zügig davon, wobei es zum Abschied einen Fächer Wasser hochschleuderte...

...das Wassili und Aaron von Kopf bis Fuß einnäßte und die letzten Reste ihrer Graupen und Hirse vom Kajütdach spülte. Damit waren die Besitzer der Millionenyacht ihres letzten Proviants beraubt und dem baldigen Hungertode ausgesetzt...

Wie man einen großen Fisch fängt

Am zweiten Tag nach dem in skandalöser Weise vereitelten, folgenschweren Anlaufversuch in Canakkale, sie waren schon im Ägäischen Meer und vor Hunger völlig von Kräften, hing Wassili förmlich auf dem Steuerrad.

Aaron war dabei, mit Hilfe einer Kombizange, eines Hammers, drei Nägeln und einer alten Konservenbüchse, die bisher als Aschenbecher gedient hatte, einen zwar abschreckend häßlichen, doch eindrucksvollen Köder zu basteln.

»Glaubst du, wir fangen was?«

»Weiß der Kuckuck...« Aaron machte sich daran, das

Ende einer dünnen Kapronschnur, die auf eine große Rolle gewickelt war, an dem Köder zu befestigen.

»Wassja, komm und hilf mir, einen Palstekknoten zu machen... Ich hab vor lauter Kohldampf alles vergessen.«

»Halt du so lange das Steuer...« Wassili übergab Aaron das Ruder und machte geschickt den Knoten. »Festziehen mußt du ihn aber, ich hab keine Kraft.«

Aaron zog den von Wassili geschlungenen Knoten fest, schwang den Köder wie eine Schleuder über dem Kopf und schrie:

»Hilf uns, lieber Gott, wir möchten was zu essen!« und warf den Köder weit hinaus ins Meer.

Dann setzte er sich mit dem Gesicht zum Heck und starrte aufs Wasser.

Ein paar Sekunden später riß es ihn förmlich zum Heck, die Schnur schnitt sich ihm in die Hand, und während er die Schnur um eine Vertäuklampe wickelte, schrie er markerschütternd:

»Es hat einer angebissen, Wassja!!! Ein Riesenvieh!!!«

Wassili ließ das Ruder los und stürzte zu Aaron.

Einen solchen Verrat aber verzieh die *Opritschnik* nicht! Der Großbaum schwang heftig von einer Seite auf die andere, das Großsegel fing an zu schlagen, das Stagsegel begann zu flattern, und die Yacht kam gefährlich ins Drehen...

»Marsch zurück auf deinen Platz, Wassja!« schrie Aaron. »Halt das Boot auf Kurs! Sonst kentern wir noch, Idiot!«

In panischem Schrecken packte Wassili wieder das Ruder, brachte die Yacht mit unglaublicher Mühe in die frühere Lage, während Aaron, blaurot angelaufen vor

Anstrengung, etwas Mächtiges, Schweres, wütend um sich Schlagendes zum Heck zog und zog...

»Mann, ist das ein Brocken! Reicht mindestens 'ne Woche...« keuchte er heiser. »Na, komm, Fischlein, komm zu mir... Komm, du liebes...«

»Halt ihn ja fest, Aarontschik!« schrie Wassili und drehte sich dauernd nach hinten um, um nur ja keinen Augenblick von Aarons Kampf mit dem Fisch zu verpassen. »So ist es richtig! Genau! Immer schön langsam! Bloß nicht ruckartig zerren! Ziehen, ziehen!«

»Halt die Klappe!« fauchte Aaron ihn an und lockte den Fisch zuckersüß: »Komm zu mir, mein Schätzchen! Du mein Süßer... Du mein geliebtes Fischlein... Was sträubst du dich so, du Hund?! Wir hatten schon zwei Tage keinen Krümel zwischen den Zähnen... Hast du kein Gewissen?! Bitte, Fischlein, bitte...«

Der Fisch kam dem Heck immer näher. Die nasse Schnur ringelte sich in verfitzten Schlingen auf dem Fußbodengitter des Cockpits. Aaron keuchte vor Anstrengung. Wassili tanzte hysterisch am Ruder und brabbelte in beginnendem Wahnsinn:

»Wir hatten so lange kein Glück, es muß doch endlich mal klappen... Stimmt's nicht? Wir haben niemandem was getan... Wir segeln und segeln, sonst nichts... Wir brauchen nur ein bißchen, ein kleines bißchen was zu essen, dann segeln wir weiter. Daß uns die Konsuln nicht anerkannt haben, macht nichts... Die muß man auch verstehen... Und überhaupt – Konsuln sind nicht das Volk... Die einfachen Leute werden uns verstehen: Aaron! Sieh doch!« heulte Wassili plötzlich auf.

Doch Aaron sah selber, wie der riesige, zirka anderthalb Meter lange, dicke Fisch aus dem Wasser in den blauen Himmel schoß, einige Augenblicke lang in der Luft hing und laut klatschend ins Wasser zurückfiel.

Wie durch ein Wunder war Aaron durch den kolossalen Ruck nicht von Bord geflogen, sondern, die erschlaffte Kapronschnur in den aufgeschnittenen Händen, auf die Gitterbretter des Cockpits geknallt...

Ohne zu erfassen, was geschehen war, zog er die Schnur mit dem abgerissenen Haken aus dem Wasser, hob den Blick zum Himmel und sagte leise:

»O Gott, warum strafst du uns so, du elendes Aas...«

Wie das Lächeln des Glücks aussieht

In der Nähe einer kleinen, unbewohnten Insel flaute der Wind fast völlig ab. Die Segel hingen schlaff herunter, bauschten sich nur hin und wieder leicht im verebbenden Hauch der warmen, träge zirkulierenden Luft.

Die Yacht gehorchte in ihrer Bewegung nur der Strömung und dem Ruder, an dem jetzt, müde und ausgelaugt, Aaron stand.

Das Fernglas auf der Brust, die Beine über die Vorluke des Kajütdachs gestreckt, lag Wassili reglos am Bug der Yacht. Stumpfsinnig und entrückt starrte er unter dem Schirm der schwarzen Piratenmütze hervor in den Himmel...

»Wassja! He, Wassja...« rief Aaron ihn leise an.

Wassili antwortete nicht. Er schwieg und starrte in den blauen ägäischen Himmel.

»So komm doch zu dir, Wassja...« sagte Aaron sanft. »Setz dich wenigstens. Sonst steigt dir das Blut in den Kopf, und du drehst völlig durch. Es ist schädlich, so zu liegen...«

Schweigend nahm Wassili die Beine von der Vorluke.

»Wozu sich so zerfleischen, Wassja... Weißt du noch, als wir im Lager die Banditen fast alle gemacht haben, wie uns dann die Aufseher windelweich geprügelt und in den Bunker gesteckt haben... War das vielleicht besser, hm? Aber denen zum Trotz haben wir beide dann gesungen! Du hast sogar Verse vorgetragen: *Wie ein Wolf wegbeißen würd ich den Bürokratismus*... Ja, ich erinnere mich jetzt genau! Eine Woche haben sie uns nichts zu fressen gegeben... Doch wir haben's durchgestanden, sind wieder auf die Beine gekommen. Weißt du noch?«

Wassili schloß die Augen, drehte den Kopf von der einen auf die andere Seite, wie um diese Erinnerungen zu verscheuchen, und zog den langen Schirm der schwarzen Mütze übers Gesicht.

»Und nicht ich hab dich damals aus dem Isolationsbunker geschleppt, sondern du mich! Erinnere dich! Ich kräftiger Dummkopf hab am neunten Tag schlappgemacht, und du warst noch voll da!«

Wassili schwieg, über seinem Kopf hing schlaff das Stagsegel, leise plätscherte eine schwache Welle, knarzten die Taue.

»Und hier plötzlich gibst du klein bei... Dabei bin ich ohne dich aufgeschmissen. Wo, zum Beispiel, sind wir jetzt? Ich hab keinen Schimmer!« sagte Aaron aufrichtig.

Wassili öffnete mit Mühe die trockenen Lippen, wollte antworten. Doch seine Stimme war weg. Er schluckte den Kloß herunter, hustete sich die Kehle frei und sagte dumpf:

»Ich auch nicht...«

»Also gut! Dann geh und nimm das Handbuch und die Karte. Berechne die Zeit und die ungefähre Geschwindigkeit... Wenn du damit fertig bist, gib mir den genauen Kurs... Wenn nämlich das Wetter umschlägt, was ich nicht hoffe, haben wir keine Zeit mehr, auf die Karte zu gucken.«

Wassili blieb weiter reglos liegen.

Aaron war nahe daran, völlig zu verzweifeln:

»Wenn du dir wenigstens die Gegend ansehen würdest! Marxen hat dir das Fernglas wohl umsonst geschenkt?! Sieh doch mal durch – dort drüben ist eine kleine Insel… Vielleicht finden wir dort was zu fressen…«

Bei dem Wort fressen seufzte Wassili schwer und krampfhaft. Er rappelte sich langsam hoch, setzte sich auf und drehte den Schirm der Piratenmütze zur Seite. Er sah das nicht weit entfernte Inselchen und setzte lustlos das Glas an die Augen.

Durch das Fernglas rückte die Insel näher, alles auf ihr war stark vergrößert, und das erste, was Wassilis Gesichtsfeld ausfüllte, war eine große, weiße Ziege mit einem riesigen, schweren Euter!

Die gediegenen Ziegenmilchstrahlen prasselten munter klingend auf den Boden der großen Emaillekasserolle.

Schweißbedeckt und keuchend von der ungewohnten Arbeit, saß Wassili in der Hocke und melkte die Ziege. Jetzt war der Schirm seiner schwarzen Mütze nach hinten gedreht.

Damit die Ziege still hielt, hatten sie ihre Beine fest an vier in die Erde geschlagene Pflöcke gebunden, einen Strick um ihre Hörner geschlungen und dessen Ende an einem niedrigen Feigenbäumchen mit vielen reifen, violetten Früchten befestigt.

Aaron kniete glücklich neben Wassili, fütterte die Ziege und auch den Freund mit Feigen, weil dessen Hände mit dem Melken der schier unerschöpflichen Ziegeneuter beschäftigt waren, und aß auch selber welche…

Auf der küstennahen Sandbank lag Njomka Bljufsteins Geschenk – ein Schlauchboot mit zwei kurzen Ru-
dern und weißer Aufschrift auf der wulstigen Bordwand: Y-K. Od. M. Bz., was nichts anderes bedeutete als
Yacht-Klub des Odessaer Militärbezirks.

Etwa dreißig Meter vom Ufer entfernt schaukelte am
Anker die *Opritschnik*, mit ihren in aller Hast eingehol-
ten und auf das Kajütdach und das Deck geworfenen Segeln.

Die Ziege und Wassili verputzten die Feigen so rasant,
daß Aaron mit dem Nachstopfen der reifen, süßen
Früchte nicht nachkam.

»Warum so hastig, Kinder?« regte er sich auf. »Bei der
Ziege ist das ja noch verzeihlich. Ist eben eine Ziege.
Aber du, Wassja, solltest dich vorsehen. Du hast so viele
Tage nichts gegessen... Dein Gedärm wird sich zu einem
Bramstockknoten verschlingen!«

»Quatsch! Wenn's nach mir ginge, würde ich hierblei-
ben und um gastronomisches Asyl auf dieser Insel bitten... Gib mir noch mehr«, keuchte Wassili, dem vom
unablässigen Melken und Feigenessen die Puste ausging.

Spätabends saßen sie sich, in Unterhosen und ein Glas
Ziegenmilch in der Hand, an der Back in der Kajüte gegenüber.

Auf der Back standen die leere Emaillekasserolle und
eine Aluminiumschüssel mit einer übriggebliebenen
Feige.

Sie saßen genauso da, wie damals in Aarons Leningrader Küche, als sie die zweite Flasche Wodka niedermach-
ten. Und sie sahen auch genauso aus, als hätten sie einen
Liter Wodka intus – sie plinkerten mit den Augen, rede-
ten stockend und unsicher und nicht gerade sehr deutlich.

Wahrscheinlich tat alles zusammen seine Wirkung – die zehrende Müdigkeit, die unsägliche Erschöpfung, die aufreibenden letzten Ereignisse, die plötzliche Sattheit nach langem Hungern. Vielleicht war dieser bemerkenswerte Effekt auch auf die Kombination von Ziegenmilch und frischen griechischen Feigen zurückzuführen.

»Na denn, einen letzten Schluck, und ab in die Koje«, lallte Aaron entschieden mit schwerer Zunge und hob sein mit Milch gefülltes Glas. »Auf dich, Wassja!«

Wassili hob ebenfalls sein Glas, rülpste satt und sagte:

»Auf gar keinen Fall... Heute trinken wir auf dich! Prost, und dann ist Feierabend! Weißt du überhaupt, wie ich dich schätze...«

»Ich protestiere! Das ist ungerecht!« sagte Aaron. »Du schätzt mich, aber ich schätze dich wahnsinnig! Und die Ziege, schätzen wir die etwa nicht?!«

»Die schätzen wir sehr!«

»Dann trinken wir auf die Ziege!« Aaron erhob sich schwerfällig. »Auf die Ziege trinken wir stehend!«

Wassili kam erst nach dem zweiten Versuch auf die Beine und schrie:

»Auf die Ziege!«

Sie kippten gleichzeitig die letzte Milch hinunter, verzogen gewohnheitsmäßig die Gesichter, als wäre es Wodka gewesen, und rochen wie an Brot an der einen Feige, die für zwei zum Nachessen reichen mußte.

Wie aus Dankbarkeit für den gerade ausgebrachten Toast kam vom Ufer ein zartes Blöken...

Wie Wassili, Aaron und Bob Bond die
Opritschnik *retteten*

Das Erwachen war mehr als merkwürdig und unerwartet!

Die Sonne lugte schon voll durch die Bullaugen herein, als die Kajüte der *Opritschnik* plötzlich von einer Seite auf die andere zu schaukeln begann. Wassili und Aaron, die beide in tiefem, sattem Schlaf lagen, rollten, der Bewegung des Bootes folgend, in ihren Kojen hin und her. Unterm Kiel knirschte es lange und widerwärtig, und plötzlich kippte die Kajüte mitsamt ihren Bewohnern einfach auf die Seite.

Wassili wurde dicht an die Wand gedrückt, Aaron flog kopfüber auf den Boden, rollte über die Back, fegte auf seinem Weg alles beiseite und landete in Wassilis Koje.

Von den Borden flogen alle unbefestigten Gegenstände. Aus der Kombüse hörte man das Poltern und Klirren der durcheinander rasselnden Kasserollen, Pfannen und Aluschüsseln.

»Was ist los? Wer ist das? Wo sind wir?« stotterte Wassili schlaftrunken.

»Oh, nein!« sagte Aaron und versuchte, zu verstehen, was da vor sich ging, als auch auf die Beine zu kommen. »Uns bleibt auf dieser Welt aber auch nichts erspart...«

Er kroch als erster zum Ausgang.

Als sie unter allergrößten Anstrengungen das Schott aufbekommen hatten und nach oben ins Cockpit gekrabbelt waren, sahen sie, daß...

...die Yacht auf einer Sandbank lag und das Wasser um sie herum höchstens gürtelhoch stand, und das auch nur auf einer Seite.

Die Ankerkette lag in ganzer Länge bloß. Die Lage erschien aussichtslos. In nicht allzu großer Entfernung lief die Ziege von gestern herum und blökte so beängstigend, daß sich einem das Herz zusammenkrampfte...

»Was bedeutet das?« fragte Aaron verwirrt.

»Na, was schon?! Wir sind auf Grund gelaufen!« sagte Wassili.

»Aber wir haben uns doch nicht bewegt, wir lagen vor Anker!«

»Die Gezeiten!«

»Wa-a-as?«

»Ebbe und Flut. Das ist, wenn man auf der Stelle steht und unter einem das Wasser verschwindet«, erklärte Wassili. »Ich hab die gleiche Situation mal in einem Fernsehfilm gesehen.«

Sie schwiegen, sahen sich um, und Aaron fragte:

»Haben sie in dem Film auch gezeigt, wie man aus dieser Scheiße wieder rauskommt?«

»Hör zu, was Bob Bond darüber schreibt«, sagte Wassili.

Er saß am Ufer neben der Ziege, schlürfte die schon gemolkene Morgenmilch und las auf den Knien das *Handbuch des Yachtseglers*.

Aaron in der orangefarbenen Rettungsweste auf dem nackten Körper stand bei dem aufgeblasenen Schlauchboot und kaute mit saurer Miene eine Feige.

»*Wenn die Yacht gestrandet ist, dürfen Sie, erstens, nicht in Panik verfallen...*« las Wassili vor, während die Ziege über seine Schulter hinweg interessiert ins Buch sah.

»Ich verfalle nicht in Panik«, sagte Aaron. »Ich möchte nur wissen, wie oft uns das Schicksal noch am Kragen packen und durchschütteln wird.«

»Sei still und hör weiter zu... *Wenn die Yacht bei Hochwasserstand der quadraturischen Gezeiten gestrandet ist...*«

»Was ist denn das schon wieder?!«

»Da fragst du mich?!« Wassili sah ihn an und vertiefte sich wieder ins Buch: »*...dann dauert es Wochen, bis es möglich ist, sie wieder flottzumachen.*«

»Das taugt nichts!« sagte Aaron. »Inzwischen heiratest du hier die Ziege und bittest die Griechen um Asyl unter einem Feigenbaum, und ich muß zusehen, wie ich allein nach Haifa komme... Gibt's keine anderen Möglichkeiten?«

»Jede Menge! Ein geniales Buch ist das!«

Eine Stunde später befand sich Aaron im Schlauchboot weit draußen im Meer und zog mit aller Kraft an zwei dicken Seilen, die aus dem Wasser direkt zur Yacht führten.

Wassili stand auf dem schräg liegenden Deck und schrie:

»Na, was ist? Halten sie?«

»Verdammt, was weiß ich! Mich halten sie! Aber ob sie dreizehn Tonnen halten, kann ich dir nicht sagen!« schrie Aaron zurück.

Wassili rüttelte ebenfalls an den Seilen, deren Enden an zwei Winden festgemacht waren. Der Ruck übertrug sich bis zu Aaron im Schlauchboot, das bedrohlich zu schaukeln anfing.

»He, du Flasche! Unterlaß deine Experimente! Wer zieht mich raus, wenn ich ins Wasser falle? Deine Ziege vielleicht?!« schrie Aaron beunruhigt. »Ich saufe doch ab wie eine bleierne Ente!«

»Hast du beide Anker runtergelassen?« fragte Wassili.

»Beide!«

»Dann komm zurück! Allein werde ich mit den Winden nicht fertig. Und sieh mal nach, ob die Schraube nicht aus dem Wasser ragt!«

»Hab ich schon!« schrie Aaron, während er vorsichtig zur Yacht zurückruderte. »Alles normal! Sie liegt im Wasser...«

»Sehr gut«, sagte Wassili. »Wir werden außerdem mit dem Motor nachhelfen... Und vergiß nicht, das Schlauchboot festzubinden...«

Aaron musterte Wassili amüsiert:

»Ich habe dich durchschaut, Wassja! Dich braucht man nur regelmäßig und ausreichend zu füttern, dann bist du von unschätzbarem Wert...«

Das Schlauchboot war inzwischen seitlich an der Yacht angebunden. Der Motor tuckerte. Am Heck brodelte und schäumte das von der Schraube aufgewirbelte, mit Schlamm und Sand vermischte gelblich graue Wasser...

Von den Ankern, die Aaron in große Tiefe hinuntergelassen hatte, bis zu den Seilwinden auf der Yacht zogen sich zwei dicke Taue. Wassili stand an der einen Winde, Aaron an der anderen.

»*Es ist wichtig, operativ zu handeln, da sich der Wasserstand verringern kann...*« las Wassili bei Bob Bond nach.

»Ich sehe auch so, daß er sich verringert! Noch eine halbe Stunde, dann können selbst drei Elefanten die Yacht nicht mehr ins tiefe Wasser ziehen! Hör auf zu labern! Es ist auch so alles klar! Eins-zwei und dran!« Aaron legte sich mit seinem ganzen Gewicht auf die Kurbel der Winde.

Wassili legte das Buch weg und versuchte, seine Winde zu drehen.

»Gib mehr Gas!« schrie ihm Aaron zu, knallrot vor Anstrengung.

Wassili eilte ins Cockpit und gab Vollgas. Der Motor heulte auf, und die Yacht schaukelte ein wenig.

»An die Winde – schnell!« schrie Aaron.

Wassili stürzte zu seiner Winde, schlitterte förmlich mit nackten Füßen über das Deck und warf sich mit dem ganzen Körper auf die Kurbel.

Oh, welch ein Glück! Die Winden schafften eine Viertelumdrehung. Die Ankertaue spannten sich wie Saiten.

»No-o-och ein-ma-a-l! No-o-och ein-ma-al!« keuchte Aaron angestrengt im Singsang, und man erkannte eindeutig die uralte Melodie des russischen Arbeitsliedes *Dubinuschka*, das einst die Wolgatreidler gesungen hatten.

Noch einmal machten die Winden eine Viertelumdrehung! Unterm Kiel war ein leichtes Knirschen zu hören... Aber kein widerlich erschreckendes, alle Hoffnung zerstörendes, sondern ein sanftes, zärtliches, rettendes...

»Ge-scha-a-a-fft!« schrie Wassili schon und wälzte sich mit dem ganzen Gewicht seines schwachen Körpers auf die Kurbel seiner Winde.

Wütend prügelte die Schraube des in einem der Leningrader Lager geklauten norwegischen Motors auf das Wasser ein; panisch blökend wetzte die verlassene Ziege am Ufer entlang; die Sperrklinken der Winden knackten; der Sand unter dem Boden der *Opritschnik* knirschte jetzt, was das Zeug hielt; Aaron und Wassili schrien, keuchten, heulten...

»Wassja!!! Laß deine Winde!! Zieh das Großsegel hoch!!! Wind vom Ufer! Gleich helfen wir dir, du Gute! Los, beeile dich, verdammt noch mal!«

Wassili sprang auf, stürzte zum Mast...

Langsam, schwerfällig, unwillig kroch das große Segel nach oben. Der Kiel knirschte laut über den Sandboden…

»Giekschot fieren!« schrie Aaron, während er die Winde fast um eine Dreiviertelumdrehung bewegt hatte.

Wassili befreite augenblicklich das Giekschot, ließ es fast auf ganze Länge nach; das große Segel füllte sich mit ablandigem Wind, richtete die Yacht auf und drehte sie, so daß sie mit dem Bug in Richtung offenes Meer zielte…

Aaron und Wassili wälzten sich erneut über die Seilwinden, fingen an zu singen und zu juchzen und grölten mit unheimlichen Stimmen die *Dubinuschka*:

»Ejjh uchnem, ejjh uchnem… Zieht euch warm an, die Kälte grei-ft den Darm an…«

Frei und ungebunden schaukelte die *Opritschnik* dort im tiefen Wasser, wo Aaron die Anker versenkt hatte.

Das Ufer mit dem Feigenbaum und der Ziege war jetzt weit von der Yacht entfernt, so daß das klägliche Blöken des verlassenen Tieres glücklicherweise viel schwächer zu hören war als vorher.

Aaron und Wassili lagen naß und völlig erschöpft in ihren durchgeschwitzten Rettungswesten auf Deck. Neben ihnen lag Bob Bonds *Handbuch des Yachtseglers*.

»Irgendwie haben wir in letzter Zeit kein Glück«, sagte Aaron leise mit schwacher Stimme.

»Fordere Gottes Zorn nicht heraus«, sagte Wassili. »Mehr vom Glück bedachte Menschen als uns gibt es vielleicht nirgends auf der Welt. Weißt du, was Bob über den Fall schreibt? Ich hatte es schon vorher gelesen, wollte dich aber nicht erschrecken…«

Wassili nahm das Handbuch, schlug die entsprechende Seite auf und sagte:

»Hör zu, du Pfeife! *Wenn die* MANNSCHAFT *an den Seilwinden arbeitet...* Hörst du? Die Mannschaft! Und nicht zwei drittklassige Juden wie du und ich! *...dann müssen alle übrigen Mitglieder der Crew...* Na, und so weiter und so fort. Das heißt, daß mindestens sechs, sieben Leute notwendig sind! Aber du und ich, Aarontschik, wir haben das alles zu zweit fertiggebracht! Und da sagst du, wir hätten kein Glück...«

Gegen Ende des Tages segelten sie im offenen Ägäischen Meer.

Aaron stand am Ruder und trat unruhig von einem Bein aufs andere. Schließlich hielt er es nicht mehr aus und klopfte aufs Kajütdach:

»Wie lange dauert's noch?«

Vom Klosett kam Wassilis gedämpfte Stimme:

»Ja doch, gleich...«

»Schon das fünfte Mal in einer Stunde hockst du dort!«

»Das vierte Mal.«

»Na, schön. Das vierte Mal. Und ich? Soll ich meinen Hintern übers Heck hängen?«

Vom Klo ließ sich ein qualvolles Stöhnen vernehmen, die Wasserspülung rauschte, der Türriegel schnappte, und sich die Hosen zuknöpfend kam Wassili ins Cockpit.

Er löste Aaron am Ruder ab und sagte:

»Nun geh schon... Aber nicht länger als zehn Minuten, sonst garantiere ich für nichts...«

Im Gehen den Hosengürtel öffnend, huschte Aaron in die Toilette, knallte die Tür hinter sich zu und rief:

»Ich hab dir gesagt, friß auf die Milch nicht so viele Feigen!«

Danach lag Wassili, das Gesicht Aaron zugewandt, der am Steuer stand, auf dem Kajütdach und studierte die zwischen ihnen beiden ausgebreitete Karte:

»Ich begreife das nicht! Wir haben Lesbos passiert?«

»Lesbos war da nicht...« sagte Aaron.

»Doch, auf der Backbordseite muß so eine große Insel gewesen sein!« beharrte Wassili. »Du mußt sie gesehen haben!«

»Aber wenn ich es dir doch sage, ich habe weder auf der Backbord- noch auf der Steuerbordseite eine Insel gesehen«, widersprach Aaron.

»Wie ist der Kurs?«

Aaron sah rasch auf den Kompaß und sagte unsicher: »Moment – hundertachtzig...«

»Aaron! Sieh mir in die Augen! Wann hast du das letzte Mal auf den Kompaß gesehen?«

Aaron schwieg. Wassili sah ihn unverwandt an und wiederholte: »Wann hast du das letzte Mal auf den Kompaß gesehen?«

»Mensch, bist du eine Nervensäge!« versetzte Aaron bissig. »So vor drei oder vier Stunden vielleicht...«

»Und dann?«

»Und dann sind wir um die Wette auf den Trichter gelaufen!«

»So...« sagte Wassili gedehnt. Er war fassungslos. »Und wo sind wir jetzt?«

»Da fragst du mich?« Aaron sah Wassili entgeistert an. »Du hast doch die Karte vor der Nase...«

Wassili setzte sich auf und kreuzte die Beine.

»Solange wir nicht wissen, wo wir uns befinden, brauchen wir die Karte so wenig wie der Fisch einen Regenschirm. Du kannst sie getrost zusammenrollen und dir du weißt schon wohin stecken...«

Aaron schwieg schuldbewußt. Wassili sah nach hinten zum Heck, wo die Flagge der *Opritschnik* flatterte, der grüne Seidenschal der kleinen Istanbuler Prostituierten, entdeckte etwa einen Kilometer entfernt ein Boot und sagte:

»Wir werden unsere verlorene Orientierung durch Befragung der örtlichen Bevölkerung oder zufällig Vorüberkommender wiederherstellen, Aarontschik. Guck dich mal um, Junge. Dort kommt irgendein kleiner Pott... Zisch ab in die Kajüte, schnapp dir dein Englischwörterbuch und versuch, dir drei kleine Fragen zurechtzulegen: Wo sind wir? Wie wir auf richtigen Kurs kommen? Und ob sie nicht irgendwas Eßbares für uns haben? Ich übernehme solange das Steuer.«

Wassili hechtete ins Cockpit und drängte Aaron entschlossen vom Steuerrad weg.

Als das Boot die *Opritschnik* fast eingeholt hatte, stand Aaron, das Wörterbuch in den Händen, schon am Bug der Yacht und flüsterte, sich dann und wann noch einmal erschrocken im Buch vergewissernd, die vorbereiteten Sätze vor sich hin.

Das Boot drosselte seine Geschwindigkeit und gab fünf kurze Hupsignale.

»Ja, ja, wir sehen euch...« murmelte Wassili. »Aufgepaßt jetzt, Aaron! Fang mit deinem traditionellen *I go to Haifa!* an und quassel dann weiter!«

Sie hörten, wie die Maschinen leiser zu arbeiten begannen; das Schiff zog mit der *Opritschnik* gleich und hielt sich bei ganz langsamer Fahrt auf Parallelkurs.

Die gesamte Mannschaft strömte an Deck, drängte sich an der Reling und starrte winkend zur *Opritschnik* herüber.

»Fang an, Aaron! I go to Haifa!« zischte Wassili wie ein Theatersouffleur.

»I go to Haifa!!!« brüllte Aaron mit aller Kraft.

»Wissen wir, wissen wir!« schallte es von drüben in reinem Russisch zurück. »Haben über euch gelesen!«

Aaron war verwirrt, holte Luft und schrie noch einmal:

»I go to Haifa!«

Diese Mitteilung löste auf dem Schiff eine Lachsalve aus, und von der Brücke schrie jemand durchs Megaphon:

»He, alter Knabe! Übernimm dich nicht mit deinem Englisch! Wir verstehen auch Russisch!«

»Unsere!« schrie Aaron und schleuderte das Wörterbuch weg. »Unsere! Sieh doch, Wassja! Die *Andrej Sacharow*! Leningrad! Bloß nicht in unserer Schrift geschrieben! Mensch, das ist ein Ding!«

»He, Jungs!« brüllte Wassili glücklich, und seine Augen wurden feucht.

Er legte begeistert die Hände um den Kopf, hob sie dann wie ein Gebet zum Himmel und überließ das Steuerrad dem Schicksal.

Die Yacht reagierte sofort, sie neigte sich stark hinüber zur *Andrej Sacharow*, worauf es von der Brücke augenblicklich durchs Megaphon übers ganze Ägäische Meer schallte:

»Halt das Steuer fest, Idiot! Oder willst du gegen unsere Bordwand krachen und deine Knochen einzeln zusammenlesen?! Dein Haifa kriegst du dann niemals zu sehen!«

Einige Zeit später waren auf der *Opritschnik* die Segel eingeholt, von Bug und Heck der Yacht zogen sich zwei Taue hinüber zur *Andrej Sacharow*, von der man das Fallreep herabgelassen hatte.

Die an der *Andrej Sacharow* festgemachte *Opritschnik* setzte ihre Fahrt zusammen mit dem Schiff fort, während in nicht abreißender Kette Kanister mit Kraftstoff und Motoröl, Kisten mit Obst und Kartons mit Lebensmitteln und irgendwelche Werkzeuge auf die Yacht heruntergelassen wurden...

Der dienstfreie Teil der Mannschaft wieselte an Bord herum oder hing auf dem Fallreep und half dabei, all diese unerwarteten und so sehr dringend benötigten Gaben der christlichen Seefahrerbruderschaft auf die Yacht zu verladen.

Wassili und Aaron nahmen die Kartons, die Kisten und Kanister in Empfang und riefen nach oben:

»Danke, Jungs! Wo sollen wir hin mit dem vielen Zeug?! Das reicht ja bis Australien!«

Oben wurde gelacht und geantwortet:

»Seht zu, daß ihr wenigstens bis Haifa kommt, ihr Grünschnäbel!«

»Die Zeitungen haben ja so allerhand über euch geschrieben!«

»In der Politinformationsstunde hat uns der Erste Offizier vorgelesen... Könnte sein, daß ihr abkratzt...«

»Könnt ihr wirklich nicht schwimmen, Jungs?«

Nicht weit vom Fallreep entfernt standen der Kapitän der *Andrej Sacharow*, ein junger Mann von etwa dreißig Jahren, der eine cremefarbene Uniformmütze und schneeweiße Shorts trug, und der Erste Offizier, ein Mann um die vierzig in dunkelblauer Jacke und langen Hosen. Der Erste Offizier machte ein mürrisches Gesicht.

Beide sahen sich eine Zeitung an, die einen Artikel enthielt, der mit *I go to Haifa!* übertitelt und mit Fotos von Aaron und Wassili und der *Opritschnik* versehen war, die bei dem skandalösen Zwischenfall in der Bucht von Canakkale gemacht worden waren.

»Ach, wie sehr mir das alles mißfällt!« sagte der Erste Offizier.

Der Kapitän lächelte spöttisch und tat, als verstünde er die eigentlichen Ursachen für den Verdruß seines Ersten Offiziers nicht:

»Ja, wem gefällt das schon?! Kein Funk, kein Ortungsgerät, kein Echolot... Nicht die einfachste Funkmeßanlage! Was für ein Horrortrip! Man kann bei keinem Hafen anfragen, kein SOS-Signal rausschicken, keine genauen Berechnungen anstellen... Phantastisch! Nur ein Kompaß, und auch auf das Drecksding ist kein Verlaß! Aber sie segeln...«

Der Erste Offizier sah den Kapitän böse an.

»Es hilft nichts, Boris Borissowitsch, daß Sie so tun, als ob Sie mich nicht verstehen. Diese Leute haben die Heimat verlassen! Sie haben unser Land im schwersten Augenblick seiner Geschichte im Stich gelassen! Und nun auch noch diese Verbrüderung unserer Mannschaft mit diesen Emigranten, diesen Zionisten! Noch dazu unter dieser idiotischen Flagge...«

»Sie verlassen doch auch gern Ihre Heimat«, sagte der Kapitän, während er die Beladung der *Opritschnik* beobachtete, »und denken bei der Heimkehr an nichts anderes als an die nächste Reise.«

»Das ist meine Pflicht, meine Arbeit! Die Seeleute ideologisch zu erziehen, sie zu echtem Patriotismus anzuhalten...«

»Ach, hören Sie auf«, unterbrach ihn der Kapitän. »Wer braucht denn Ihre Ideologie jetzt noch? Sogar Ihnen ist sie doch Wurscht... Und aufs Reisen sind Sie nur deshalb scharf, weil wir hier Tagesspesen in Valuta kriegen, mit denen man sich bei uns zu Hause einigermaßen über Wasser halten kann.«

»Aber Sie sind doch ein echter Russe, Boris Borissowitsch!« flüsterte der Erste Offizier heftig. »Wird Ihnen denn von all diesen Ziperowitschs, Goldbergs, Rabinowitschs nicht übel?! Die haben ihre glupschäugigen, krummnasigen Visagen doch in alle Bereiche des Lebens hineingesteckt... Da können Sie hinsehen, wohin Sie wollen! Von der Stadtbezirkspoliklinik angefangen bis hinauf zum Politbüro! Die haben unser Land doch ruiniert, und jetzt...«

»Richtig!« Der Kapitän lachte schallend. »Und darum sollten wir echten russischen Menschen uns ein Herz fassen und eingedenk unserer ruhmreichen Vergangenheit überall in unserem bettelarmen Land einige Dutzend Schaupogrome gegen die Juden organisieren, und die Sache wäre geritzt! Wir hätten satt zu essen und wären glücklich...«

Der Erste Offizier nahm Haltung an und zog seine blaue Jacke zurecht:

»Boris Borissowitsch! Ich halte mich für verpflichtet, Sie darauf hinzuweisen, daß ich mich nach unserer Rückkehr nach Leningrad gezwungen sehe...«

»Schreiben Sie, schreiben Sie«, sagte der Kapitän. »Ein Land, das in den Traditionen eines Pawlik Morosow erzogen und zum allgemeinen Denunziantentum angehalten wurde, kann seine treuen Söhne nicht auf Anhieb davon abbringen, seinem Nächsten in die Suppe zu spucken. Schreiben Sie. Ich weiß, daß Sie überallhin geschrieben haben, um zu verhindern, daß unser Pott in *Andrej Sacharow* umbenannt wird. Schreiben Sie, aber wenn wir danach aus dem Schiffahrtsbetrieb entlassen werden, dann kann ich mit meinem Diplom immerhin noch Kinder im Motorschiff auf der Newa spazierenfahren, aber Sie mit Ihrer höheren Parteibildung – was werden Sie anfangen?«

»Darf ich abtreten?« fragte der Erste Offizier gepreßt.

»Gehen Sie«, sagte der Kapitän gleichgültig und schrie mit Donnerstimme übers Schiff: »Bootsmann, zu mir!«

Der Bootsmann kam angeflitzt – ein kräftiger junger Bursche mit nacktem Oberkörper in total verwaschenen Jeans und mit einer Schirmmütze auf dem Kopf. Er nahm vor dem Kapitän Haltung an und sagte:

»Zu Befehl, Boris Borissowitsch!«

Der Kapitän zog ein kleines Portemonnaie aus der Brusttasche seines Uniformhemdes, wühlte darin herum, behielt ein paar Ein- und Fünfdollarscheine für sich zurück und reichte dem Bootsmann einen Zwanzigdollarschein.

»Gib den Zwanziger diesen komischen Vögeln. Wer weiß, wozu sie ihn brauchen können...«

»Boris Borissowitsch...« Der Bootsmann stockte verlegen. »Die Jungs haben schon etwas Kleingeld für die beiden gesammelt...«

»Schön dumm«, sagte der Kapitän ruhig. »Die müssen in Leningrad doch selbst sehen, wie sie über die Runden kommen. Befehl ausführen!«

»Jawohl!« Der Bootsmann strahlte über das ganze Gesicht.

»Ach ja! Noch etwas... Sieh doch mal unter deinen Sachen nach, ob sich nicht ein paar Klamotten für die Männer finden. Sehen ziemlich abgerissen aus...«

»Zu Befehl, Boris Borissowitsch! Habe ein paar neue Matrosenhemden in meiner stillen Reserve. Wäre das was?«

»Ja«, sagte der Kapitän. »Und gib ihnen zwei Flaschen *Stolitschnaja* aus meinem Repräsentationsfond.«

Wie Klawa und Riwa sich um ihr
Frauenglück brachten

Frischer Wind blies in die Segel der *Opritschnik*. Stark
krängend jagte die Yacht mit rasanter Geschwindigkeit
durch die südlichen Gewässer des Ägäischen Meeres,
hinter sich einen kurzen, weißen Schaumpfad zurücklassend, der schon nach etwa fünfzig Metern von kleinen,
bösen, graumähnigen Wellen verschlungen wurde...

In ihren gestreiften russischen Matrosenhemden und
den schwarzen Piratenmützen mit den gelben chinesischen Schriftzeichen, den durchgescheuerten, zerschlis-
senen Hosen, mit den Messern am Gürtel und unter der
einmaligen grünen Seidenflagge mit dem goldenen Drachen sahen Aaron und Wassili mehr als pittoresk aus.

Das Steuer zu halten, war unglaublich schwer – der
Wind war stark, die Geschwindigkeit ziemlich hoch, das
verdreifachte die Belastung. Aber Wassili biß die Zähne
zusammen und hielt die Yacht mit all seiner Kraft, mit
seinem ganzen, nicht sehr großen Gewicht in der erforderlichen Richtung.

Aaron machte sich in der Kombüse zu schaffen und
warf hin und wieder einen besorgten Blick ins Cockpit;
er wußte, wie schwer es jetzt für Wassili war, die Yacht
zu steuern. In mütterlich-besorgtem Ton fragte er ihn daher ein paarmal:

»Möchtest du nicht vielleicht ein Stück gebratenes
Fleisch und irgendwas dazu – Kartoffeln oder Makkaroni?«

Wassili machte ein nachdenkliches Gesicht, überlegte
hin und her und antwortete schließlich:

»Kartoffeln... Makkaroni sind mir schon ein bißchen
zuwider.«

»Und als Nachtisch?« fragte Aaron. »Kompott vielleicht? Ich habe Aprikosen da, Pflaumen, Apfel?«

Wassili überlegte erneut und sagte dann:

»Vielleicht ein Käffchen, aber stärker als sonst?«

»Natürlich! Wird gemacht!« rief Aaron erfreut.

»Möchtest du ihn mit Büchsenmilch oder mit Zucker?«

Nach dem Mittagessen übernahm Aaron das Steuer, und Wassili trank in der Kajüte aus Marxen Iwanowitsch Murawitschs großem Keramikbecher Kaffee mit Büchsenmilch.

Hinter ihm an der Trennwand der Kajüte war schon eine richtige kleine Ausstellung entstanden. Begonnen hatte es mit einem Foto von Marxen Iwanowitsch, dann kam die aus einer ausländischen Sportillustrierten herausgerissene Seite mit der Abbildung der Retro-Yacht im Werte von zwölf Millionen Dollar dazu, dann die türkische Zeitung mit den Fotos der *Opritschnik* im Istanbuler Hafen und ihrer Besitzer auf dem Polizeirevier des Mittelhafens und schließlich ein aus der griechischen Zeitung herausgerissener Artikel unter der englischen Überschrift *I go to Haifa*, gleichfalls mit Fotos.

»Ach, diese dummen, dummen Gänse!« sagte Wassili, an seinem Kaffee nippend, traurig vor sich hin und hieb vor Kummer sogar die Faust auf die Back.

Aaron sah beunruhigt in die Kajüte:

»Was hast du, Wassja?«

Wassili nahm seinen Kaffeebecher, ging raus ins Cockpit und setzte sich neben den stehenden Aaron.

»Ich meine Riwka und Klawka – diese zwei saudummen Weiber! Hätten sie sich nicht mit dem ganzen Gesindel eingelassen, dann wären sie nicht in diese Scheiße reingeschlittert... Dann würden sie jetzt hier bei uns sitzen und was von der Welt sehen... Und würden begreifen, was für tolle Männer es auf der Welt gibt...«

»Sprichst du von uns?« fragte Aaron.

»Nein. Von den Jungs der *Andrej Sacharow*«, sagte Wassili.

Er hing noch eine Weile seinen Gedanken nach, trank seinen Kaffee aus und brachte den Becher in die Kajüte zurück. Wieder im Cockpit, sagte er:

»Na ja, in gewissem Grade auch von uns...«

»Sehr richtig!« pflichtete Aaron ihm stolz bei. »Sie haben sich ihr Leben versaut, die unglücklichen Hühner...«

Der Wind nahm zu. Selbst im Cockpit, wo sie nebeneinander standen, konnten sie sich nur noch schreiend unterhalten.

»Da zieht ein Unwetter auf, Wassja!« schrie Aaron, der am Steuer stand.

»Wird Zeit, daß wir die Segel reffen! Bißchen viel Segel bei solch einem Wind!« schrie Wassili zurück.

»Leg die Rettungsweste an und binde dich an der Reling fest!« schrie Aaron.

»Ja, schon gut...«

»Verdammt, was hab ich dir gesagt?!« bellte Aaron.

Wassili flitzte in die Kajüte und zog die orangefarbene Rettungsweste an. Er kam wieder an Deck, lehnte sich gegen die Bugreling und sah fragend zu Aaron.

»Du läßt den Großbaum nach, und ich versuche mit einer Hand das Großsegelfall zu erwischen!« schrie Aaron ihm zu.

Wassili gab das Schot nach, und sofort flatterte das Segel leicht im Wind. Die Geschwindigkeit der Yacht verringerte sich.

Eine Hand fest am Steuer, bekam Aaron mit Mühe das Fall zu fassen.

»Alles okay?« Aaron reffte das Großsegel leicht, und

es begann so heftig zu schlagen, daß Wassili sichtbar beunruhigt zur Mastspitze hinauf sah.

»Keine Angst!« schrie Aaron. »Stell dich nicht so an! Bißchen fix! Hierher, ans Ende des Großbaums! Vorsichtiger, du Arschloch! Sonst fällst du noch kopfüber ins Wasser, und raus holt dich keiner! So ist es gut... Fein gemacht! Und jetzt das Topreep!«

Wassili versuchte das Topreep anzulegen, aber die Spannung des Segels war noch zu groß und es gelang ihm nicht. Er rutschte auf dem nassen Deck aus, die feuchte Leine entglitt immer wieder den verkrampften Händen...

»Halt ein bißchen nach rechts!« schrie er. »Ich kriege das verdammte Ding nicht fest!«

Aaron drehte das Steuer nach rechts, und die Yacht legte sich gefährlich auf die Seite. Wassili befestigte rasch das Topreep und schrie:

»Gut! Wieder ausrichten!«

»Toll gemacht, Wassja! Übernimm das Steuer, ich befestige jetzt die Reffleinen. Das schaffst du nicht!«

Sie tauschten rasch die Plätze, und Wassili, schon am Steuer stehend, schrie Aaron zu:

»Leine dich an, blöder Hund! Ich kann auch nicht schwimmen, um dich rauszuholen!«

Aaron machte sich schlecht und recht am Mast fest und begann, die Reffleinen am Großbaum zu befestigen.

Was Aaron und Wassili in diesen Minuten auf dieser riesigen, siebzehn Meter langen und dreizehn Tonnen schweren Yacht mit einem Mast so hoch wie ein viergeschossiges, zu Zeiten des unvergessenen Nikita in Großblockbauweise hochgezogenen Hauses vollbrachten, war unglaublich! Gewiß machten sie dies und jenes nicht so, wie es die strenge Schule der Segelkunst erforderte, aber sie verringerten die Fläche der Segel, sie verlangsamten die Geschwindigkeit der Yacht und entgingen so der Gefahr zu kentern.

»Weißt du, Wassja, was wir gebrauchen könnten?« fragte Aaron ins Cockpit springend.

»Was denn?«

»Noch fünf Mann Besatzung. Dann wäre alles halb so schlimm... Dann kämen wir mit allem besser zurecht...«

»Gott bewahre uns davor!« rief Wassili ihm zu. »Das gäbe ein schönes Gedränge! Wir können uns hier zu zweit kaum drehen und wenden!«

»Ganz schön unverschämt!« staunte Aaron. »Los hau ab, ruh dich aus!«

Er nahm Wassili das Steuer aus den Händen und schrie beim Pfeifen des Windes:

»Ein Wetterchen ist das! Halt dich fest, Wassja! Gleich schüttelt es uns kräftig durch!«

»Hauptsache, wir schaffen's bis Rhodos! Dort kriechen wir unter, und dann kommt schon das Mittelmeer. So wollten wir's doch machen...«

»Noch ist nicht raus, ob sie uns in den Hafen von Rhodos reinlassen«, meinte Aaron bedrückt. »Wer weiß, an was für Idioten wir dort geraten...«

Wie notwendig es ist, ein Interview zu geben

Sie hatten die Segel geborgen und fuhren mit Motorkraft, sich zwischen den auf Reede liegenden Schiffen hindurchlavierend, in Rhodos ein.

In der Bucht gab es fast keinen Wind, und Wassili las Aaron laut aus dem Seehandbuch vor:

»*Die Haupteinnahmequellen der Bevölkerung der Insel Rhodos sind Landwirtschaft, Viehzucht, die Ausbeutung von Schwämmen und Korallen sowie der Fischfang...*«

»Auf Fisch hätte ich jetzt Appetit...« sagte Aaron schwärmerisch, während er die Yacht in die Hafenbucht steuerte. In der Ferne war der Anlegekai für die kleinen Schiffe zu sehen und ein Wald von Yachtmasten ragte auf.

»Junge, Junge, bist du verfressen«, sagte Wassili.

Ehe Aaron ihm eine passende Antwort geben konnte, lösten sich vom weit ins Meer hinausführenden Pier zwei Schnellboote, ein großes und ein mittelgroßes, und rasten der *Opritschnik* entgegen.

»Es geht los!« sagte Wassili betrübt.

Auf dem mittelgroßen Boot standen vier Männer in Polizei- und Zolluniform, auf dem anderen, größeren Boot befanden sich zehn bis zwölf Leute, und zwar ganz gemischtes Publikum.

Aaron packte eine unbeschreibliche Wut.

»Oh, diese verfluchte Bande!« sagte er. »Diesmal poliere ich bestimmt einem die Fresse! Meine Geduld ist zu Ende! Ich zahle es dieser Blase heim, die Grütze und auch die Graupen!«

Als die Boote nahe genug herangekommen waren, schrien Wassili und Aaron böse wie gewohnt:

»I go to Haifa!!!«

Auf beiden Booten brachen die Leute plötzlich völlig überraschend in Beifallsstürme aus und riefen begeistert:

»I go to Haifa! Bravo! I go to Haifa! O-prisch-nik! O-prisch-nik! I go to Haifa!«

Wassili und Aaron sahen sich verdutzt an. Sie waren darauf gefaßt gewesen, Widerstand zu leisten, es auf einen Skandal, ja sogar auf eine Prügelei mit allen sich daraus ergebenden polizeilichen Konsequenzen ankommen zu lassen, und nun waren sie gerührt und entwaffnet.

Auf dem großen Boot begannen sie jetzt auch noch ziemlich gekonnt zu skandieren:

»I-wa-now and Ra-bi-no-wisch! I-wa-now and Ra-bi-no-wisch!«

Aaron sah Wassili verständnislos an und flüsterte ihm ins Ohr:

»Ich glaube, die sind hier alle nicht ganz dicht...«

Niemals während ihrer langen und leidvollen Existenz, die im blutigen Jahr neunzehnhundertsiebenunddreißig begann, hatte die nach dreiundfünfzig Jahren, im fünften Jahr der verworrenen Perestroika, ins Leben zurückgekehrte *Opritschnik* so viele schöne, elegante, langbeinige junge Mädchen an Bord gesehen.

In Abendtoiletten, in netten Alltagskleidchen, in Badekostümen und ohne, mit Klips an den aufragenden Wärzchen und schmalem Bändchen an entsprechender Stelle, befand sich etwa eineinhalb Dutzend Mannequins und Fotomodelle an Bord, die nach der oben hin offenen Skala der Verführungskunst hin und wieder ihre Pose wechselten; sie lagen auf dem Deck, sie saßen auf dem Kajütdach, sie hingen am Mast, sie hockten riskant rittlings auf dem Großbaum, sie drehten am Ruder herum, stülpten sich Aarons und Wassilis schwarze Mützchen auf die reizenden Köpfchen, legten deren Gürtel mit den Piratenmessern um ihre schlanken Taillen, öffneten mit schmachtenden Blicken wollüstig ihre schönen Münder, fuhren sich mit der Zungenspitze vielversprechend über die Lippen und umarmten zärtlich die schmutzigen, stoppelbärtigen und verschwitzten Helden dieser Überraschungsshow.

Und mittendrin tummelten sich wie Besessene Fotografen, Reporter, Fernsehleute mit Videokameras, Lokalberichterstatter mit *Areflexas* und Journalisten vom Funk mit Mikrofonen...

Aaron und Wassili wurden backbords aufgestellt, bekamen Girlanden aus frischen Blumen um den Hals gehängt, Lorbeerkränze auf die Köpfe gesetzt und jeder eine Flasche *Metaxa* nebst Glas in die Hände gedrückt...

Den Pier schmückten riesige Plakate, auf denen I GO TO HAIFA! stand, etwa ein Dutzend Wagen parkte dort, darunter auch ein Wagen des Fernsehens.

Die Blitzlichter der Fotografen leuchteten auf, die Zusatzbeleuchtung der Lokalreporter und des Fernsehens blendete, ein kleines Orchester in Nationaltracht spielte, natürlich einen *Syrtaki*, es herrschte ein unerhörter Lärm, und Aaron und Wassili, die wie von Sinnen waren, wurden mit Hilfe zweier Simultandolmetscher buchstäblich von Fragen erdrückt:

»Was werden Sie nach Verkauf der Yacht mit Ihren Millionen anfangen?«

»Wir werden ein großes Haus kaufen und ein solides Unternehmen aufziehen«, sagte Wassili.

»Und Sie?« Der Kommentator hielt Aaron das Mikro dicht vors Gesicht.

»Ich werde mich darauf ausstrecken und drei Tage wie ein Murmeltier durchschlafen.«

Jacek Sztur fuhr in seinem *Firmenwagen* durch eine der kleinen Istanbuler Geschäftsstraßen. Eine Gruppe Gaffer vor einem Fernsehgeschäft, wo ausgestellte Geräte liefen, erregte seine Aufmerksamkeit. Auf unterschiedlich großen Bildschirmen sprachen und gestikulierten, mit Blumengirlanden behängt und von schönen Frauen umringt, Aaron und Wassili.

Jacek trat gerade in dem Moment scharf auf die Bremse, als ein Kommentator fragte:

»In Istanbul kam es zu einem Skandal. Wodurch hat sich die Türkei bei Ihnen besonders unbeliebt gemacht?«

»Durch die Konsuln«, antwortete Wassili. »Den sowjetischen und den israelischen.«

»Gibt es auch etwas, das Ihnen dort gefallen hat?«

»Ja!« sagte Aaron überzeugt. »Der Schiffsausrüster Jacek Sztur!«

In einer Hafenkneipe saßen zwei Prostituierte an der Bar und sahen fern – die kleine, die mit Aaron auf der Yacht geschlafen hatte, und die große, die Wassili in dem alten amerikanischen Wagen vernascht hatte.

Auf dem Bildschirm erschien in Großaufnahme die Flagge der *Opritschnik* – ein grüner Seidenschal mit goldenem Drachen. Ein Journalist fragte:

»Was bedeutet Ihre Flagge?«

»Das ist die Flagge der Liebe«, sagte Aaron.

Die Schönen auf der Yacht seufzten wollüstig.

»Ein sehr wertvolles Stück«, fügte Wassili hinzu.

»Inwiefern?« wollte der Journalist wissen.

»Es hat uns zweihundertzwanzig Dollar gekostet«, sagte Aaron.

Die große Prostituierte sah die kleine durchdringend an und gab ihr solch eine Ohrfeige, daß sie vom Barhokker auf den Boden flog...

In Canakkale hockten im Großraumbüro einer Zeitung einige Redaktionsmitarbeiter am Fernseher, darunter auch die zwei Journalisten, die den Skandal in der Bucht miterlebt hatten. An die Wand gepinnt war der Artikel mit den Fotos von Aaron und Wassili.

»In Canakkale hatten Sie aber auch Schwierigkeiten!«

piesackte Aaron und Wassili ein dritter Journalist. »Wie waren Ihre Eindrücke?«

»Beschissene Behörden, prima Journalisten«, antwortete Aaron, ohne nachzudenken, zur Begeisterung aller in der Redaktion.

Im Schwarzen Meer, auf einem TS-Boot, saßen an der großen Back im Speiseraum alle Piraten. An ihrer Spitze der alte chinesische Bandit Schi Go-sün, Absolvent der Philosophischen Fakultät der Moskauer Universität.

Sie teilten die Beute auf. Durch die Bullaugen des Speiseraums, etwa eine halbe Meile weit entfernt, sah man ein brennendes Handelsschiff…

Der Fernseher lief. Aaron und Wassili wurden gerade gefragt:

»Sie stehen im Verdacht, Verbindungen zu im Schwarzen Meer operierenden Piraten zu haben. Zu der berühmten Gruppe Schi Go-süns. Ist da etwas Wahres dran?«

Den Piraten stockte der Atem.

»Keine Ahnung, wovon Sie sprechen«, sagte Wassili gelassen.

»Könnte es sein, daß Sie uns mit jemand verwechseln?« fragte Aaron.

Und der alte Schi Go-sün hielt den ausgestreckten Zeigefinger in die Luft…

Auf der *Opritschnik* hatten sich Wassili und Aaron inzwischen der Situation völlig angepaßt. Sie hatten die Flaschen und Gläser den wie Werbemodels an ihnen hängenden Mädchen gegeben, tranken *Metaxa* aus ihren reizenden Händchen und grapschten wahllos jede ab, die ihnen in die Finger kam…

»Eine letzte Frage noch!« sagte der Chefkommen-

tator. »Warum haben Sie gerade Israel als Exilland ge-
wählt?«

Alles verstummte. Es trat eine lange Pause ein. Schließlich sagte Aaron sehr ernst:

»Weil dort niemand *Judensau* zu mir sagen wird.«

Wie sie bei Nebel segeln mußten

Das Mittelmeer empfing die *Opritschnik* mit Windstille
und so dichtem Nebel, daß Aaron, der am Ruder stand,
kaum den Bug, geschweige denn die Mastspitze der eigenen Yacht erkennen konnte. Nur das Querholz konnte
er gerade noch wahrnehmen...

Die mit Feuchtigkeit vollgesogenen Segel hingen herunter und reagierten kaum auf die schwache Luftbewe-
gung. Die Yacht bewegte sich nur langsam und so gut
wie blind fort. Nur das leise, rhythmische Plätschern des
Wassers an der Bordwand und das schwermütige Brum-
men eines gewöhnlichen Eisenbahnersignalhorns, das
als Ersatz für ein richtiges Nebelhorn diente, begleiteten
die vorsichtige, quälend langsame Fahrt der Yacht.

Mit der einen Hand hielt Aaron das Ruder, mit der
anderen das idiotische Horn, ebenfalls ein Geschenk
Njomka Bljufsteins, in das er unaufhörlich hineinblies,
in der Hoffnung, daß entgegenkommende Schiffe es hörten.

Kauend und sich mit dem Ärmel über den Mund wi-
schend, kroch Wassili aus der Kajüte. Unterm Arm hatte
er seinen obligatorischen Bob Bond.

»Hör mal, was ich gerade durch Lesen erfahren hab!«
sagte er aufgekratzt. »Den Weg freigeben muß der, der

das andere Schiff von Steuerbord, also von rechts, kommen sieht! Übrigens, sogar wenn wir jemanden rechts rammen...«

»Hüte deine böse Zunge... Du redest das Unglück förmlich herbei...« wies Aaron ihn zurecht.

»So hör doch mal zu! Sogar wenn wir jemandem in die rechte Seite reinfahren oder uns jemand links reinfährt – hat er schuld! Das steht sogar in den *Internationalen Richtlinien zur Verhütung von Schiffszusammenstößen*! Toll, was?! In dem Fall können wir Entschädigung verlangen! Da, lies!«

»Ach, scher dich zum Teufel mit deiner Entschädigung!« brüllte Aaron ihn an. »Blas lieber in dieses blöde Ding! Ich hab keine Puste mehr. Normale Menschen haben für so was ein Preßluftgerät an Bord, aber ich armer Hund rackere mich schon zwei Stunden lang damit ab!«

»Weil du deinen Grips nicht anstrengst. Wo ist die Pumpe vom Schlauchboot?«

»Hier, in der Bank«, sagte Aaron, während er besorgt in den undurchdringlichen Nebel starrte.

Wassili nahm Aaron die Tute ab, klappte die Bank im Cockpit auf und zog die Pumphexe zum Aufblasen von Schlauchbooten heraus.

Er band die Tute an die Haltestange vom Kajütdach, befestigte den Schlauch der Pumpe daran und legte die Pumpe auf den Boden des Cockpits. Dann trat er mit dem Fuß darauf.

Die Tute gab gräßlich schneidende Töne von sich, die Wassili in helle Begeisterung versetzten:

»He, wer von uns ist Kulibin, das ist Polsunow, das ist Westinghouse, das ist Thomas Alva Edison?!« schrie er und betätigte mit dem Fuß methodisch die Pumpe, die die beängstigenden Töne eines Nebelhorns reproduzierte.

»Du natürlich, du! Aber sieh um Gottes willen aufmerksamer nach den Seiten! Damit wir auf keinen Fall irgendwo reinkrachen!«

»Keine Bange, Aarontschik!« rief Wassili leichtsinnig. »Wir befinden uns jetzt im Mittelmeer! Auf direktem Zielkurs sozusagen. Vor uns nicht ein einziges mieses Inselchen. Wir haben nichts zu befürchten. Noch vierhundertzwanzig Meilen alles in allem! Oder, damit du klarer siehst, noch siebenhundertsechzig Kilometer. Noch fünf Tage, und dann heißt es: sei gegrüßt Haifa! Vorwärts! Nur noch vorwärts!«

»Wenn das so weitergeht, dauert's 'ne ganze Woche«, brummte Aaron. »Vielleicht sollten wir ankern und abwarten, bis sich der Nebel auflöst...«

»Ankern? Wie denn, Aaron?! Unter uns ist das Meer zweieinhalbtausend Meter tief! Wie willst du da ankern? Vergiß es! Denk lieber an die mit diesen Wahnsinnstitten...«

Aaron musterte Wassili argwöhnisch. Der fing seinen Blick auf und fragte locker:

»Willst du was trinken? Was soll ich dir eingießen – *Metaxa* oder *Stolitschnaja*?«

»Bist du verrückt geworden, oder was?!« schrie Aaron ihn an. »Deswegen bist du so aufgekratzt! Hast einen in der Krone!«

»In meiner Freizeit hab ich das Recht...«

»Bei dem Wetter?!« brauste Aaron auf. »Dir werd ich's zeigen, du Ratte, was für ein *Recht du* hast!«

Er ließ das Steuerrad los, schnappte sich Wassili, zwängte ihn gewaltsam in die Rettungsweste und schnürte ihm ein langes Sicherheitsseil um den Leib, wobei er schimpfte:

»Von wegen, er hat das *Recht*! Verdammter Säufer! Hat sich die richtige Zeit ausgesucht, um sich vollaufen zu lassen! Entschädigung möchte er haben! Ich werde dich gleich entschädigen… Statt aufzupassen, daß ihn nicht irgend so ein Arschloch blindlings absaufen läßt, tütert er sich einen an! Und pocht noch auf sein Recht! Rechtsverteidiger, stinkiger!«

Aaron zog den Knoten an Wassilis Gürtel fest, wickelte sich das andere Ende des Seils um die Hand und stellte sich wieder ans Steuerrad:

»Damit du hier schön vor meinen Augen sitzt und tutest! Kapiert?!«

»Aber warum denn?« maulte Wassili, jetzt nicht mehr darauf bedacht, nüchtern zu erscheinen, und zerrte an dem um seine Taille gebundenen Seil: »Damit ich nicht weglaufe?«

»Damit du nicht absäufst, du Knallkopp!« brüllte Aaron.

Und dann geschah etwas Unglaubliches! Aus unbekannter Richtung näherte sich plötzlich ein riesiges, weißes Ungeheuer mit vom dichten Nebel verwaschenen Konturen laut brüllend der armen *Opritschnik* und stieß sie fürchterlich in die linke Seite!

»Hilfe!« kreischte Wassili und flog über Bord.

Der hölzerne Rumpf der alten Yacht krachte und knackte, über das Deck und das Kajütdach polterten abgerissene Seilrollen, mit qualvollem Hawaiigitarrengestöhn barsten die dünnen Stahlwanten…

Aaron wurde aus dem Cockpit zum Heck geschleudert; er konnte sich in letzter Sekunde an den Fahnenstock klammern, das Seil aber, an das er Wassili gebunden hatte, ließ er nicht aus der Hand.

Er kniete sich hin, stützte sich mit der Schulter gegen die Heckreling und zog mit aller Kraft am Seil.

Als über der Bordwand der *Opritschnik* zuerst Wassilis Beine und dann er selbst auftauchten – pitschnaß, kläglich, nach Luft japsend –, packte Aaron ihn beim Kragen und zog ihn ins Cockpit, wo sie zusammen auf das Bodengitter fielen.

»Wassja... Wassjenka... Lebst du, Wassja?« schluchzte er.

Wassili schlug die Augen auf und sagte leise:

»Was ist das?«

In der plötzlich eingetretenen absoluten Stille hörten sie, gleichsam als Antwort auf Wassilis Frage, von irgendwo oben aus dem dichten, milchigen Nebel eine hysterische weibliche Gemeinschaftsküchenstimme auf russisch schreien:

»Schon wieder! Du hast schon wieder jemanden gerammt, du alter Schwachkopf! Du besoffenes, altes Schwein!«

Wie schwer es ist, im Westen zu leben

Alles, was sich die wilde, vom Neid angestachelte Phantasie eines nicht reichen Menschen ausdenken kann, der seine Vorstellung vom süßen Leben der Millionäre aus ein paar Filmen bezieht, die mit einer verzwickten Hollywoodgeschichte gewürzt sind, war nichts im Vergleich zu dem, was Aaron und Wassili auf der gewaltigen Ozeanyacht zu sehen bekamen, die dummerweise (vielleicht auch glücklicherweise) die linke Bordwand der alten *Opritschnik* gerammt hatte...

Wie soll man beschreiben, was sich selbst die ausschweifendste menschliche Phantasie nicht ausmalen kann, schon gar nicht die von Menschen, die fast ein halbes Jahrhundert lang unter den mehr als bescheidenen Bedingungen des realen Sozialismus gelebt haben?

Alles war weiß und golden! In dem großen Salon (die Zunge würde sich sträuben, das Speiseraum zu nennen!) saßen Aaron und Wassili, beide naß und stoppelbärtig, in weißen Sesseln, eingehüllt in weiße Bademäntel. Aaron war der Bademantel zu klein, Wassili war er zu groß. An den Füßen hatten sie goldene Pantoffeln mit hochgebogenen Spitzen. Hausschuhe, wie sie vermuteten.

Ein Glas in der Hand, saßen sie da und hatten nur Augen für einen sehr betrunkenen, barfüßigen, rotgesichtigen Mann von etwa fünfundsechzig Jahren. Er trug enganliegende goldfarbene Bermuda-Shorts, eine weiße, goldbetreßte Marineuniformjacke und eine schräg aufgesetzte weiße Kapitänsmütze mit großer, goldener Kokarde.

Gerechtigkeitshalber muß ein weiterer, sich aus der allgemeinen Farbenskala heraushebender Farbklecks erwähnt werden.

Das war ein großgewachsenes, schönes Mädchen, etwa siebenundzwanzig, in einem kurzen, offenen, goldfarbenen Bolero, der ihren Prachtbusen kaum verdeckte. Statt eines Rockes hatte sie sich nachlässig eins der berühmten russischen Tücher aus Pawlow-Possad um die Hüften geschlungen, unterhalb des Knotens konnte man ihre Beine von den goldenen Absätzen bis zur gebräunten Taille bewundern.

Aber selbst wenn sie sich wie eine Nonne gekleidet hätte, wäre man unbedingt auf sie aufmerksam geworden, denn sie redete wie ein Wasserfall:

»Na, und nun?! Was machst du nun?! Sobald er voll ist, wirft er sich in diese Uniform da, und ab geht's, in die Kommandozentrale, ans Schaltpult! Der Kapitän – weg mit dem, die ganze Mannschaft – zum Teufel damit! Er tatscht mit seinen besoffenen Pfoten selber auf die Knöpfe und spielt den Seewolf! Schon drei Yachten hat er zu Trümmerhaufen gemacht, Ihre ist die vierte! Und wieder Trara, Scherereien, Expertisen, Anwälte! Bei Lloyds wollen sie schon nichts mehr von uns hören. Nur Geld hilft immer wieder aus der Patsche!«

»Aber, Nussja...« stotterte der Rotgesichtige.

»Wie oft hab ich dir schon gesagt, du sollst mich Greta nennen, wenn Leute da sind?!«

»Aber Greta...«

»Halt den Mund! Allein von dem Haufen Geld, den wir jedesmal der Presse zuschieben, damit sie schweigt, könnte man eine Boeing 747 kaufen... Obwohl, eine Boeing haben wir auch so schon.«

»Ich wollte Sie so gerne kennenlernen...« sagte der Rotgesichtige in ganz passablem Russisch.

»Prima Methode, die er sich da ausgedacht hat, der besoffene Idiot!« sagte Nussja-Greta. »Aber er sagt die Wahrheit. Gleich als wir Sie im Fernsehen sahen, sagte Mischka – eigentlich heißt er Michael, aber zu Hause nenne ich ihn Mischka –, sagte also Mischka als erster: ›Tolle Burschen! Die will ich mal zu Gesicht kriegen!‹«

»Hat er ja auch geschafft...« brummte Wassili.

»Er vergöttert Rußland! Alles Russische! Selbst die Russen! In den fünf Jahren mit mir hat er so gut Russisch gelernt, daß er nicht von einem Esten zu unterscheiden ist! Zur Zeit subventionieren wir einige sowjetische Gemeinschaftsunternehmen und bauen in der Nähe von Moskau auf eigene Kosten eine große Fabrik für Präservative. Das sind für uns natürlich alles nur Kopeken, aber ich hab gesagt: Mischka! hab ich gesagt, mein Land macht jetzt eine schwere Zeit durch. Da mußt du mit deinen Millionen... und er hat unzählige!... da mußt du zumindest dazu beitragen, den Engpaß an Kondomen bei uns in Rußland zu beseitigen! Zum Glück verstehe ich was von dieser Sache... Na, was stehst du rum und machst den Mund nicht auf, alter Suffkopp? Unterhalte dich mit den Leuten! Ich gehe inzwischen zum Kapitän und erkundige mich, wie es um die Yacht steht und was uns der Spaß kostet...« sagte Nussja-Greta und verließ den Salon.

Der alte Michael stieß einen Seufzer der Erleichterung aus, lächelte Wassili und Aaron beschwipst zu und sagte völlig deutlich:

»Na denn, Jungs! Hoch die Tassen...«

Der Kapitän, ein gutaussehender, großer Mann um die vierzig, stand im Ruderhaus, das an die Schaltzentrale für Weltraumflüge erinnerte, und sah nach unten, um die Reparaturarbeiten an der *Opritschnik* zu überwachen.

Der Nebel hatte sich ein wenig gelichtet. Die *Opritschnik* war dicht am Millionärsboot angelascht, und einige Leute in weißen Overalls mit der Aufschrift *Michael Fleming* waren damit beschäftigt, neue Wanten einzuziehen, abgerissene Blöcke zu ersetzen, das Loch in der linken Bordwand abzudichten...

Nussja-Greta betrat das Ruderhaus und schloß die Tür hinter sich ab.

Sie trat dicht an den Kapitän heran, knöpfte ihm routiniert die weiße Hose auf und fragte:

»Billy, was meinen Sie, wie teuer uns dieser Stoß zu stehen kommt?«

Sie nickte in Richtung der *Opritschnik*.

Der Kapitän griff ihr ebenso routiniert mit einer Hand an die Brust, mit der anderen fuhr er ihr unter das Stricktuch, das so was wie einen Rock darstellte.

»Schwer zu sagen, Mrs. Fleming. Die Yacht ist ein echtes altes Stück und unglaublich wertvoll. Mahagoniholz, eine einzigartige altertümliche Takelage, absolut museale Steuerungstechnik...«

Der Kapitän drehte Nussja-Greta mit dem Rücken zu sich herum und beugte sie über das Steuerpult. Nussja-Greta machte einen Katzenbuckel, stützte sich am Pult ab und fragte, während sie geschäftig mit ihren Fingerchen auf die Knöpfe klopfte:

»Dann wäre es möglicherweise sinnvoll, den beiden die Yacht einfach abzukaufen?«

Der Kapitän klappte den unteren Zipfel von Nussja-Gretas Rocktuch beiseite und verrichtete sein männliches Werk, ohne den leisesten Anflug von Extase im Gesicht.

»Wahrscheinlich wäre das die ideale Variante, Mrs. Fleming«, sagte der Kapitän und bewegte sich rhythmisch. »Damit könnte Mister Fleming allen Unannehmlichkeiten entgehen – mit der Presse, den Experten, der Versicherungsgesellschaft, der internationalen Schiedskommission...«

»Was schätzen Sie, wieviel sie kosten wird, Billy?« fragte Nussja-Greta neugierig und schaute hinunter auf die *Opritschnik*.

»In diesem Zustand nicht mehr als fünf, sechs Millionen. Aber wenn wir sie zu uns ins Dock holen und für ihre Restaurierung noch etwa zweitausend aufwenden...« erwog der Kapitän, ohne seine Tätigkeit zu unterbrechen, nachdenklich, »dann bringt sie auf jeder Auktion mit Sicherheit zehn, zwölf Millionen.«

»Okay, Billy! Ich werde es mir überlegen. Aber wenn sie die Yacht nicht verkaufen wollen, mit welcher Entschädigungssumme könnten wir uns dann aus der Affaire ziehen?« fragte Nussja-Greta. »Was meinen Sie, wie teuer uns der heutige Rausch von Mr. Fleming zu stehen kommt?«

»Nach dem zu urteilen, was die Presse über sie schreibt, haben sie von dem, was hier bei uns läuft, keinen blassen Schimmer und werden kaum mehr als vierzig, fünfzigtausend Dollar verlangen. Vorsichtig, Mrs. Fleming! Stützen Sie die Ellbogen nicht auf diesen Knopf hier. Das ist der Schalter für die Notmotoren…«

»Wagen Sie nicht, mir Vorschriften zu machen, Billy! Ist doch nicht das erste Mal, oder?!« fauchte Nussja-Greta ihn an.

»Warum seid ihr aus Rußland weggegangen?!« rief der rotgesichtige Millionär. Er saß mit dem Glas in der Hand auf dem weißen Teppich. »Was zieht euch alle so in den Westen? Irgendeine Trübung des Geistes, die Massencharakter angenommen hat! Früher haben die sowjetischen Ideologen das Blaue vom Himmel heruntergelogen, wie schlecht es bei uns im Westen und wie gut es bei euch im Osten sei. Jetzt behaupten sie, im Westen sei alles gut und man müsse ihm alles nachmachen! Schenk ein, Aaron! Für dich mit Eis, Wassja? Natürlich, das erste, was euch in die Augen sticht, ist der Überfluß! *Jedem nach seinen Bedürfnissen* – das Grundprinzip des realisierten Kommunismus… Aber umsonst ist nichts! Kriecht erst mal in unsere Haut, in die Haut der Menschen, die schon immer im Westen leben! Wir erarbeiten die Mittel für unsere Existenz unter Anstrengungen, von denen ihr euch in Rußland keinen Begriff macht! Ein hoher Lebensstandard ist im Westen notwendig! Du bist einfach verpflichtet, gut zu leben, sonst wirst du über Bord geworfen… Das ist nun mal das scheußliche Wesen des Kapitalismus!«

Wassili und Aaron sahen sich an. Der Rotgesichtige leerte sein Glas, wischte sich mit dem Ärmel über den Mund und fuhr fort:

»In der Sowjetunion ist es doch so, daß sogar Leute, die von einem Zahltag zum anderen leben, alles auftischen, was sich im Hause finden läßt, wenn sie Gäste haben. Bei uns im Westen werdet ihr so was nicht erleben! Wir sind eine Gesellschaft von Geizkragen!«

»Warum machst du deine Leute so schlecht?« fragte ihn Aaron, doch Michael überhörte seine Frage.

»Und dieses miese Privatunternehmertum? Dieses verfluchte Privateigentum?! Beides ist nicht weniger schrecklich als das totalitäre kommunistische Regime! Ich bin absolut einverstanden mit den Marxisten, die sagen, daß die Abschaffung des Privateigentums und des privaten Unternehmertums die Menschen von der schrecklichsten Form sozialer Unterjochung befreit! Heutzutage aber wird diese Unterjochung in Rußland als die wahre Freiheit dargestellt! Aaron! Wassja! Das ist ein tragischer Irrtum, glaubt mir! Nie und nimmer dürft ihr blind den Weg des Westens gehen! Das wäre Rußlands Untergang!«

Michael leerte sein Glas in einem Zuge und brach in Schluchzen aus...

Aaron und Wassili sahen sich befremdet an.

Sich die Frisur zurechtzupfend, betrat Nussja-Greta den Salon. Sie sah den heulenden Michael und fragte kurz:

»Geheul wegen Rußlands Untergang?«

»Hm...« Wassili nickte.

»Über die Schrecken des westlichen Systems?«

»Ja«, sagte Aaron. »Er agitiert wie ein Propagandist vom Stadtbezirkskomitee!«

»Das gewöhnliche Programm. Sobald er einen sitzen hat, zieht er über den Kapitalismus her«, sagte Nussja-Greta. Sie setzte sich in einen Sessel und steckte sich ein langes braunes Zigarillo an. »Macht euch nichts draus.«

»Leid tut er mir trotzdem«, sagte Wassili und berührte den heulenden Millionär liebevoll an der Schulter: »Mischa... Hör mal, Mischa! Vielleicht solltest du in die Sowjetunion emigrieren, hm?«

»Oder dort um politisches Asyl bitten«, sagte Aaron.

»Genau!« stimmte Wassili erfreut zu. »Du bist doch häufig in Moskau. Machst es wie unsere Leute im Ausland. Verläßt in aller Stille das Hotel und gehst zur Miliz. So und so, hier bin ich – bitte gewähren Sie mir Asyl in Ihrem wundervollen Land...«

»Du mußt dich allerdings unbedingt darauf berufen, daß du schon immer gegen den Kapitalismus warst«, fügte Aaron hinzu.

»Und literweise Blut vergossen hast im Kampf gegen die eigene Klasse«, riet Wassili.

»Die nehmen dich sofort auf!« sagte Aaron. »Leidgeprüfte Ausländer sind bei uns beliebt, weißt du!«

»Auf die eigenen Leute wird bei uns was geschissen, aber die Einstellung zu Ausländern – erstklassig!« bestätigte Wassili.

»Du bekommst einen sowjetischen Paß, eine Einzimmerwohnung in einem Neubau«, versprach Aaron.

»Du meldest dich polizeilich an, suchst dir eine Arbeit...« spann Wassili den Faden weiter.

»Und lebst wie ein normaler Sowjetmensch!« rief Aaron fröhlich.

»He! He! He!« schrie Nussja-Greta in panischer Angst. »Nun macht mal einen Punkt! So besoffen wie der ist, bringt der so was glatt fertig! Aber dafür hab ich nicht fünf Jahre in ihn investiert... Schluß! Thema beendet! Kommen wir lieber zur Sache.«

Am andern Tag war das Wetter wie ausgewechselt.

Grell stach die Sonne vom Himmel, und auf den fernen Inseln, dem Kontinent und auch sonstwo auf der Welt herrschte wahrscheinlich brütende Hitze. Hier aber, im Zentrum des Mittelmeeres, wehte eine frische leichte Brise, und die gediegen reparierte *Opritschnik* segelte mit Macht dem langersehnten und unbekannten Haifa entgegen...

Aaron stand auf Wache. Wassili saß auf dem Kajütdach und schrie aufgebracht:

»Das fehlte noch! Ihnen die Yacht für drei Mille hergeben! Da haben sie sich mächtig verrechnet! Halten uns wohl für dämlich! Denken, sie sind die Herren des Lebens, und wir tanzen nach ihrer Pfeife! Pustekuchen! *Wir Sowjetmenschen haben unsern eignen Stolz, wir strafen den Bourgeois mit Verachtung...* Drei Millionen! Bei uns in Israel kriegen wir mindestens acht!«

»Tja...«, sagte Aaron. »Ein gerissenes Weib! Aber durchgebumst hätte ich sie gerne. Irgendwie kriege ich in dieser Hinsicht allmählich Entzugserscheinungen. Nachts träume ich schon davon, sehe Klawka vor mir...«

»Halt durch, Aarontschik. Wir verkaufen die Yacht, kaufen uns ein Haus und ziehen ein ernstes, solides Unternehmen auf... Dann laufen uns die Weiber scharenweise nach... Nur durchhalten mußt du!«

»Muß ich wohl«, stimmte Aaron zu. »Ist aber trotzdem schade, daß wir bis Haifa keinen Hafen mehr anlaufen... Hätten uns mal wieder so richtig austoben und ein paar Weiber aufreißen können...«

»Mensch!« rief Wassili und lächelte glücklich. »Weiber haben wir demnächst in Hülle und Fülle! Wozu haben wir unterschrieben, daß wir keine Ansprüche an Mr. und Mrs. Fleming haben?«

»Entschädigung?«

»Klar! Ich hab dir doch gesagt — die linke Seite wird sehr teuer. Und deshalb...«

Wassili machte eine ausgedehnte theatralische Pause, als wollte er die Spannung steigern, steckte langsam die Hand in die rechte Tasche und schmetterte:

»...und deshalb haben die armen sowjetischen Emigranten als Ausgleich für den entstandenen Schaden von den Vertretern des Weltkapitals genau EINTAUSEND Dollar erhalten!« und zog zehn Hundertdollarscheine heraus.

»Hurra-a-a!« schrie Aaron, daß es über das ganze Mittelmeer schallte.

Wassili setzte sich, kreuzte die Beine, fächerte die Scheine auf und befächelte sich lässig damit.

»Na, stehen mir die Dollars?« fragte er Aaron.

»Sehr!« sagte Aaron, aufrichtig begeistert. »Du müßtest damit fotografiert werden...«

Wassili schob die Scheine zusammen und sprang auf Deck. Er begutachtete die Stelle, wo das Loch gewesen war, rüttelte fachmännisch an den neu eingezogenen Wanten:

»Und repariert haben sie uns auch alles tipptopp! Kein Fatz zu sehen...«

»Stimmt, da gibt's nichts zu meckern«, pflichtete Aaron bei. »Hör mal, Wassja! Du solltest mit den Mäusen nicht so rumspielen, sondern sie sicher irgendwo verstecken, damit wir nicht in Versuchung kommen. Zum Fressen haben wir ja jetzt genug...«

Aaron sah sich zum Heck um, lächelte beim Anblick der grünseidenen Flagge mit dem goldenen Drachen:

»Eine Flagge haben wir auch schon... Vorläufig nutzt uns das Geld also nichts.«

»Stimmt«, sagte Wassili.

Er schlüpfte ins Cockpit und ging zur Kajüttür. Im Türrahmen blieb er stehen, drehte sich zu Aaron um und sagte zwinkernd:

»Stark, wie wir diesen Flemings den Tausender abge-
luchst haben, hm?!«

»Genial!« sagte Aaron. »Sie tun mir richtig leid...«

Wie Schiffsmeutereien entstehen

Auf die stürmischen Ereignisse und Eindrücke folgte
langweiliges, zermürbendes, eintöniges Segeln – keine
Ufer, keine Inseln und Lagunen, kein Anlegen in fremden
Buchten und Häfen, kein einziges neues menschliches
Gesicht...

In den Ohren das ermüdende, nie aufhörende Knarzen
und Knirschen der Wanten, der in der Takelage wie
Mücken sirrende Wind, das gelegentliche Schlagen der
Segel, das leise, lästige Klatschen der kleinen, rastlosen
Wellen gegen den Rumpf der Yacht...

Ringsum nichts als Wasser, das mal grün, mal blau,
aber auch grau oder schwarzviolett aussah...

Und über dem Kopf die brennende, tückische,
schreckliche Sonne...

Du siehst nur ihr Licht, spürst im frischen Seewind
nicht ihre gefährlich sengenden Strahlen. Abends dann
brennt der ganze Körper, der Kopf glüht zum Zersprin-
gen, von Schultern und Rücken löst sich in Fetzen die
verbrannte Haut, die Brust – bloß nicht anfassen...

Und in der Nacht funkelt das kalte Licht Tausender
und aber Tausender Sterne.

Der Schlaf ist schwer und drückend. Und kurz. Unglaublich kurz! Kaum hast du den zentnerschweren
Kopf aufs harte, stets feuchte Kissen sinken lassen, tönt
es aus dem Cockpit:

»He! Aufstehen! Der Wind ist umgeschlagen. Na, wird's bald, verdammt noch mal! Kümmere dich um die Segel!«

Geschlafen hast du, wenn's hochkommt, gerade zwanzig Minuten…

Fluchend und schimpfend kriechst du aus der Kajüte, schläfst noch halb im Gehen, aber kurz darauf wählst du schon die Leinen aus, befestigst sie an den Klampen, drehst die Kurbel der Seilwinde…

Kaum hast du dich wieder hingelegt und die Augen zugemacht, weckt dich erneutes Geschrei:

»Wach auf! Aufwachen, sag ich!«

»Was ist denn nun schon wieder?« weint der Ruhende fast.

»Ich hab den Kurs geändert. Verzeichne es in der Karte und trag die Zeit ein! Sonst landen wir wieder wer weiß wo!«

Du machst Licht in der Kajüte, breitest die Karte auf dem Tisch aus. Die Augen fallen dir zu, du siehst nichts, Stift und Winkelmesser fallen dir aus den Fingern…

»Verdammt, hast du den Kurs endlich?«

»Hundertfünfunddreißig!«

»Und die Abweichung?«

»Zwei zehn!«

»Geschwindigkeit?«

»Woher soll ich das wissen?! Rechne nach!«

»O mama mia!«

Du hast die Berechnungen und die Eintragung in die Karte vorgenommen, du hast die Zeit ausgerechnet und du hast dich wieder hingelegt. Es kommt dir so vor, als hättest du gerade die Augen zugemacht, da wird vom Ruder schon wieder geschrien:

»Machst du dich für die Wache fertig?! Oder soll ich mich die ganze Nacht für dich abschinden?!«

236

Gegen Morgen hast du aus Mangel an Schlaf rote Augen, vom Wind aufgesprungene, blutige Lippen. Du fühlst dich wie ausgepeitscht, deine Füße tragen dich nicht, du kannst die Arme nicht bewegen...

»Willst du was essen?«

»Nein. Nur Tee mit etwas Zitrone...«

»Wünschen der Herr Feinschmecker vielleicht auch ein Eclair dazu?!«

»Leck mich!«

Und abermals zehrende Sonne, nichts als Sonne... Die Blöcke quietschen, die Wanten singen, die Wellen schlagen gegen die Bordwand – immer ein und dasselbe, ein und dasselbe! Himmel und Wasser... Wasser und Himmel...

Selten, sehr selten taucht irgendwo am Horizont so was wie ein Schiff auf, aber so weit entfernt, daß man nicht erkennt, ob es ein Dampfer oder eine Yacht ist oder ob es einem vor Müdigkeit bloß träumt...

»Spülst du das Geschirr hinterher ab?« Das klingt so gereizt, als spräche man zu einem Todfeind.

»Mach's selber, wirst nicht gleich abkratzen.«

»Scheißkerl!«

»Danke gleichfalls...«

Alles nervt dich! Alles bringt dich auf die Palme! Wie der andere sich umdreht, wie er guckt, daß er zu langsam ist, der Ton, in dem er antwortet oder fragt... Den einen Knoten hat er zu lasch gebunden, den anderen zu straff, so daß du ihn jetzt nicht aufkriegst... Du hast zwei linke Pfoten und dein Grips streikt!

»Verdammt, was fummelst du mir eigentlich immer dazwischen?! Als ob ich das nicht allein könnte!«

»Du – und was alleine können?! Daß ich nicht lache! Du bist doch zu allem zu blöd!«

In der Tiefe ihres Herzens fühlen beide, wie sehr sie einander kränken, doch sie können nicht mehr innehalten – der Augenblick ist verpaßt! Und so wächst der dumpfe, unkontrollierbare Haß, geboren aus unsäglicher Müdigkeit, Eintönigkeit und Schlaflosigkeit, aus dem ständigen, nervenzehrenden Warten, endlich das Ziel ihrer Seereise zu erreichen, wo sie mit fast fünfzig Jahren auf dem Buckel noch einmal ganz von vorn beginnen müssen. Und das sofort! Ohne Anlaufzeit, ohne Zeit zur Besinnung!

All das zusammen läßt immer öfter den bohrenden Gedanken aufkommen: War das nötig? Und die Zweifel werden so furchtbar, so beängstigend, daß ein Schuldiger gefunden werden muß...

Am vierten Tag kommt es zum Ausbruch.

»Warum, zum Teufel, hockst du eigentlich hier auf dem Wasser?!« brüllt Wassili. »Du könntest zu Hause bei dir in Leningrad sein und Räder montieren, du Arsch!«

»Ich bin unterwegs zu meiner historischen Heimat! Aber was machst du Arschgeige hier? Du bist doch überhaupt kein Jude!« brüllt Aaron.

»Und wer hat Iwrith gelernt? Du etwa?! Wieso bin ich kein Jude?! Ich bin hundertmal mehr Jude als du! Ich bin ein Rabinowitsch!«

»Du – ein Rabinowitsch?! Ein Scheißdreck bist du! Du hast den Familiennamen meiner Schwester Riwka angenommen! Du läufst einfach vor der Sowjetmacht davon!« Aaron schreit es heraus, während er am Steuer steht, automatisch auf den Kompaß sieht und den Kurs unbewußt mit dem Steuer korrigiert. »Aber ich segle heim zu mir! In mein Land! Ich bin ein reinblütiger Jude...«

»Du?! Ha! Ein feiner Jude bist du! Ein unglücklicher

Haufen Scheiße bist du!« brüllt Wassili. »Von wegen Jude! Säufst literweise Wodka, fluchst wie der letzte Droschkenkutscher, polierst jedem beim geringsten Anlaß gleich die Fresse! Jude! Kein Mensch nimmt dir das ab! Ein normaler Jude dürfte sich so was nämlich nicht erlauben. Der und Jude! Seht ihn euch an! Ein Fonja-Kwas ist der, eine Ganovenschnauze!«

»Und du? Wer bist du?« Aaron vergißt sich vor Wut, läßt das Steuer los, dreht sich zu Wassili um und streckt ihm seine großen, überanstrengten Pranken hin: »Ich bin ein Arbeitsmensch! Hab mein Leben lang mit diesen Händen gearbeitet... Aber du bist ein Spitzbube! Ein vom Pech verfolgter Schacherer! Ein Langfinger!«

»Ich – ein Langfinger?! Na warte, du verdammter großmäuliger Hurenbock!«

Ohne lange zu überlegen, versetzt Wassili Aaron einen Kinnhaken, schlägt noch einmal zu und noch einmal...

Überrumpelt fliegt Aaron nach hinten, knallt mit dem Hinterkopf auf die Seilwinde und fällt wie tot ins Cockpit...

Die heruntergelassenen Segel liegen kreuz und quer auf dem Deck und dem Kajütdach...

Das Steuer ist herrenlos, und die *Opritschnik* schaukelt, nur der Strömung gehorchend, mit wippender Mastspitze im Wasser hin und her...

In der Kajüte sitzen an einer Seite der Back, eng aneinandergerückt und umschlungen, Aaron und Wassili.

Bei Aaron ist der Kopf verbunden, bei Wassili das rechte Handgelenk.

Auf der Karte des Ägäischen Meeres, die auf der Back liegt und nicht mehr gebraucht wird, stehen eine leere Flasche *Metaxa* und eine fast leere Flasche *Stolitschnaja* sowie zwei Gläser und ein Teller mit einem einfachen Imbiß für zwei. Daneben liegen zwei Piratenmesser.

»Verzeih mir, Aarontschik...« gesteht Wassili seine Schuld ein und legt den Kopf auf Aarons breite Schulter.

Aaron streicht Wassili über den Kopf:

»Mein Gott... Was ist bloß mit uns los, Wassjenka?«

Wassili verteilt den Rest Wodka in die Gläser und versucht dann, sich eine Schnitte zu machen, doch die Hand, die er sich an Aarons Kiefer verstaucht hat, gehorcht ihm nicht so recht.

Sanft nimmt Aaron ihm das Stück Brot aus der Hand und das Messer, macht ihm die Schnitte und hebt das Glas:

»Na, was ist? I go to Haifa?« fragt er.

Wassilis Lippen zittern. Er lächelt Aaron dankbar zu, hebt ebenfalls das Glas und sagt leise:

»I go to Haifa, Aarontschik...«

Wie die Wege des Ruhms sich verzweigen

Am nächsten Tag wurden sie von einem französischen Fahrgastschiff eingeholt.

»I go to Haifa!« schrien die weit über hundert Passagiere, die sich an der Reling auf der Seite des Schiffes drängten, an der die *Opritschnik* mit gleichem Kurs segelte. »I go to Haifa! I go to Haifa!«

Um sich der Geschwindigkeit der Yacht anzupassen, drosselte das Schiff seine Maschinen und dippte nach allen Regeln der internationalen Höflichkeit auf See zur Begrüßung von Aaron und Wassili sogar seine Flagge!

Auch Wassili ließ rasch den grünen Schal der kleinen Istanbuler Prostituierten bis zur Mitte des Schrubbers runter, der der *Opritschnik* treu als Flaggenstock diente.

Von dem französischen Kreuzfahrtschiff donnerte Applaus herüber.

»Brauchen Sie irgendwelche Hilfe – Lebensmittel oder Geld?« rief man ihnen auf englisch durch ein gewaltiges Megaphon von der Brücke zu.

»No! No!« winkten Aaron und Wassili dankend ab.

Aaron drehte aus einer alten ausgedienten Seekarte ein Sprachrohr und schrie schlagfertig hindurch:

»I'm very glad to see you! I'm very glad to see you! Thank you very much! Thank you very much!«

»Möchten Sie nicht zu uns an Bord kommen, ein Bad nehmen und mit dem Kapitän zu Mittag essen?« fragte man von der Brücke.

»Thank you! Thank you very much! I'm sorry! Sorry, sag ich! Keine Zeit!« antwortete Aaron durchs Sprachrohr, breitete die Arme aus und tippte auf die Uhr – keine einzige freie Minute!

Von der Yacht aus war gut zu sehen, wie die Passagiere plötzlich geschäftig hin und her rannten, etwas in einen großen Plastiksack stopften und ihn mit einem langen Strick zubanden. Dabei lachten sie und schrien sich gegenseitig auf französisch etwas zu.

»Was machen die da, Aaron?« fragte Wassili.

»Keine Ahnung. Die quasseln nicht in unserer Sprache, auch nicht englisch. Wer soll da schlau draus werden?!«

Mittlerweile hatten die Passagiere den Sack über die Reling bugsiert und ließen ihn nun vorsichtig auf die *Opritschnik* herunter. Aaron und Wassili griffen danach, und sobald sich die Passagiere davon überzeugt hatten, daß dem Sack keinerlei Gefahr mehr drohte, warfen sie auch den Strick auf die Yacht.

»Auch zu gebrauchen...« brummte Aaron, der wirtschaftlich dachte, und wickelte den Strick fein säuberlich zu einem kleinen Knäuel.

Dann tutete das Schiff zum Abschied so laut, daß Aaron und Wassili vor Schreck beinahe umgefallen wären. Seine Maschinen begannen mit voller Kraft zu arbeiten, und es bewegte sich mit zunehmender Geschwindigkeit voran.

Die Passagiere fotografierten die *Opritschnik*, filmten sie mit der Videokamera und sangen:

»*Allons enfants de la patrie...!*«

Als das französische Passagierschiff in der Ferne schon ganz klein geworden war, sagte Wassili zu Aaron:

»Sieh mal nach, was in dem Sack ist. Ich kriege ihn nicht auf«, und fügte zur Erklärung verschämt hinzu: »Meine Hand ist ganz geschwollen...«

»Über Nacht mache ich dir 'ne Kompresse«, versprach Aaron und band den Plastiksack auf.

Das erste, was er herausholte, war eine Flasche *Courvoisier*.

»Kommt wie gerufen!« sagte Wassili. »Was das betrifft, sieht's nämlich zappenduster bei uns aus. Und was ist noch drin?«

Aaron sah verdutzt in den Sack und zog einen Packen Zeitungen und Zeitschriften heraus. Er blätterte darin, wurde aufmerksam und klatschte in die Hände:

»Heiliger Bimbam! Diese Kapitalisten! Nein, so was...«

Die griechischen, französischen, türkischen, spanischen, die englischen, deutschen, amerikanischen, schwedischen, italienischen, israelischen Zeitungen und Zeitschriften glänzten mit ihnen schon bekannten und noch nicht bekannten Fotos von der *Opritschnik* und ihren Besitzern – Wassili Rabinowitsch und Aaron Iwanow!

Sämtliche Artikel über sie, unabhängig davon, in welcher Sprache sie geschrieben und in welcher Zeitung oder Zeitschrift sie gedruckt wurden, waren mit »I go to Haifa!« übertitelt.

Wie Wassili und Aaron sich auf ein
schreckliches Gefecht mit den mächtigsten
Seestreitkräften der Welt einließen
und diese Schlacht ehrenvoll gewannen

Jezt gab es an der Kajütwand kein Fleckchen mehr, das nicht mit einem ausgeschnittenen Zeitungs- oder Zeitschriftenartikel bepflastert war!

Als Wassili das letzte aus einer amerikanischen Zeitschrift ausgeschnittene Foto angepinnt hatte, eine Großaufnahme von sich selbst, hörte er Aaron vom Steuer rufen:

»Wassja! Wassja! Komm schnell und sieh mal, was da noch für ein Wunder schwimmt?!«

Wassili kroch aus der Kajüte und sah in etwa hundert Metern Entfernung ein eigenartiges flaches silberfarbenes Gebilde, eine Art riesige Plattform mit unzähligen kleinen, glitzernden Masten.

»Los, geh näher ran. Sehen wir mal nach«, sagte Wassili.

»Stell du dich ans Steuer, ich hole die Segel ein. Vielleicht findet sich dort was, das wir gebrauchen können...«

Das Gebilde erwies sich als ein großes, schönes Floß aus geprägtem, glänzenden Metall, zirka zwanzig Meter lang und zehn Meter breit, aus dem dünne, hohe Masten mit irgendwelchen funktechnischen Einrichtungen an den Spitzen in den Himmel ragten.

Das Floß war unbeweglich, bewegte sich weder vorwärts noch rückwärts, es schaukelte bloß leicht.

Aaron und Wassili kletterten von der Yacht auf das Floß, warfen das Ende des Haltetaus der *Opritschnik* um einen der kleinen Maste und gingen auf dem Floß hin und her, um zu schauen, ob sie nicht etwas entdeckten, das für ihre *Opritschnik* oder ganz allgemein für ihre Wirtschaft von Nutzen wäre...

Während sie untersuchten, wie die Masten am Floß befestigt waren, und überlegten, wie sie einen davon am leichtesten abmontieren könnten, tauchte von irgendwo hinter dem Horizont ein großes Militärschnellboot mit amerikanischer Flagge auf und näherte sich rasend schnell dem Floß und der Yacht.

»I go to Haifa!« stellten sich Aaron und Wassili stolz vor, da sie in schon gewohnter Weise auf ihre Popularität und auf eine weitere angenehme Unterhaltung mit diesen sympathischen amerikanischen Marinesoldaten setzten.

»Wissen wir, wissen wir! Haben euch Dummköpfe im Fernsehen gesehen und in der Presse über euch gelesen!« rief ihnen jemand vom Schnellboot auf englisch zu. »Aber jetzt verschwindet dorthin, wo der Pfeffer wächst! Und zwar ein bißchen fix! Dieser Bezirk hier ist ein gemeinsames Übungsgebiet der Seestreitkräfte der Vereinigten Staaten von Amerika und der Sowjetunion! In zwanzig Minuten wird mit Raketen geschossen, und da ihr Idioten auf der Hauptzielscheibe steht, wird von euch nicht mal mehr Dampf übrigbleiben!«

»Was hat er gesagt?« fragte Wassili.

Lächelnd und grüßend zu dem amerikanischen Boot hinüberwinkend, sagte Aaron schneidig zu Wassili:

»Er sagt, er kennt uns aus Fernsehen und Presse. Und er fragt, ob wir nicht was brauchen.«

»Schick ihn zum Teufel. Ich hab rausgefunden, wie man diese Masten mitgehen lassen kann... Die sollen sich möglichst schnell verpissen!« sagte Wassili.

»Very, very good!« schrie Aaron zum Schnellboot hinüber. »Thank you very much!«

»Habt ihr Idioten denn nicht die Schießwarnung über Funk gehört?!« bellte der Sprecher vom Schnellboot.

»Was hat er gesagt?« fragte Wassili wieder, der schon hoch und heilig auf Aarons englische Sprachkenntnisse vertraute.

»I'm no radio!« teilte Aaron denen vom Schnellboot fröhlich mit und übersetzte für Wassili: »Der arme Teufel möchte sich mit uns über Funk unterhalten, aber ich hab ihm gesagt, daß wir keinen haben!«

»Ihr habt noch zwanzig Minuten zu leben, ihr Armleuchter!«

»Surely! Thank you! Bye, bye, boys!« rief Aaron verschwenderisch lächelnd und winkte zum Schnellboot hinüber. Wassili lächelte und winkte ebenfalls.

Die vom Schnellboot sahen sie mit vor Staunen kugelrunden Augen an, tippten sich mit dem Zeigefinger an die Schläfe, warfen den Motor an und brausten Richtung Horizont davon...

...wo plötzlich die Silhouetten irgendwelcher Schiffe auftauchten.

»Guck mal, die vielen Dampferchen...« wunderte sich Wassili. »Erst kommt gar nichts, dann kommt's dicke...«

»Und dort auch! Dreh dich um!« schrie Aaron und zeigte in die entgegengesetzte Richtung.

Wassili drehte sich um hundertachtzig Grad und sah eine weitere Gruppe Schiffe, die am Horizont aufgetaucht war, bloß von der anderen Seite des Erdballs.

Als einer der kleinen Masten schon fast herausgeschraubt war und Aaron Wassili gutgelaunt versprach, für die Yacht einen Flaggenstock daraus zu machen, mit dem sie sich nicht zu schämen brauchten, welchen Hafen der Welt sie auch anliefen...

...dröhnte von der einen Gruppe Dampferchen und auch von der anderen, gegenüberliegenden ein fernes, beängstigendes Krachen herüber, die Luft füllte sich mit herzzerreißendem Pfeifen und Grollen, und plötzlich schossen rings um das silberfarbene Floß, auf dem sich Aaron und Wassili zu schaffen machten, gigantische Fontänen von Raketenexplosionen aus dem Wasser...

Die am Floß vertäute siebzehn Tonnen schwere Yacht hüpfte wie eine Feder in die Luft, krachte mit Fendern und Heck auf das Floß, sprang noch einmal hoch, so weit es das Halteseil zuließ, und krachte erneut herunter...

Die Druckwellen der Explosionen warfen das silberfarbene Floß von einer Seite auf die andere. Wassili und Aaron klammerten sich mit letzter Kraft und einander haltend an die dünnen, kleinen Masten...

»Anscheinend hat jetzt unser letztes Stündlein geschlagen«, stöhnte Aaron verzweifelt.

»Abwarten, Aarontschik... Vielleicht kommen wir noch mal davon...« keuchte Wassili.

Unter Aufbietung all seiner Kräfte brachte es Aaron schließlich fertig, Wassili auf die Yacht hinüberzuwerfen. Dann sprang er selbst hinüber, zog sein Piratenmesser aus der Scheide und kappte mit einem Hieb das Tau, das die Yacht mit der Hauptzielscheibe der gemeinsamen Kampfhandlungen der zwei mächtigsten Flotten der Welt verband.

Von dem amerikanischen Militärschnellboot aus, das mit rasender Geschwindigkeit zu seinen Schiffen zurückjagte, schrie der Sprecher hysterisch ins Mikrofon:

»Feuer einstellen! Sofort das Feuer einstellen! Funkt den Russen, sie sollen das Feuer einstellen! Im Hauptzielgebiet befindet sich eine Yacht mit zwei Psychopathen an Bord! Feuer einstellen! Teilt es den Russen mit! Unverzüglich Feuer einstellen!«

Auf dem amerikanischen Flaggschiff faßten sich alle an den Kopf.

»Feuer einstellen!« ging es über Funk an alle Manöverteilnehmer.

»Im Hauptzielgebiet befindet sich eine Yacht aus Holz!«

»Sie ist aus Holz... Deshalb war sie auf dem Ortungsgerät nicht zu sehen!«

Der sowjetische Raketenkreuzer feuerte trotzdem drei Salven ab, ehe von der Brücke der Befehl kam:

»Feuer einstellen! Die Kollegen teilen mit, daß sich im Hauptzielgebiet eine Yacht herumtreibt!«

»Geschieht denen ganz recht! Wir haben sie ja gewarnt...«

Nach kurzem Startlauf stiegen von einem riesigen amerikanischen Flugzeugträger drei Flugzeuge zugleich in die Luft.

Von dem Flaggschiff der Amerikaner starteten ein Aufklärungs- und ein Sanitätshubschrauber.

»Versucht wenigstens, die Leichen rauszufischen!« rief man ihnen über Funk nach.

Auf dem sowjetischen Flaggschiff befahl der Admiral einem Kapitän zur See:

»Nehmen Sie einen Hubschrauber und bringen Sie in Erfahrung, was los ist.«

»Zu Befehl!« sagte der Kapitän zur See und zuckte die Schultern: »Wir haben sie todsicher erwischt. Ist nur Treibstoffverschwendung…«

»Befehl ausführen«, sagte der Admiral trocken.

Die *Opritschnik* lag mit halb hochgezogenen Segeln da, und um sie herum schwammen die Trümmer der Plattform aus geprägtem Metall, der Hauptzielscheibe für Raketenscharfschießen auf See. An einigen großen Stücken waren die kleinen Masten erhalten geblieben, die es Aaron und Wassili so angetan hatten – Stäbe mit Funkortungsreflektoren, die den Kriegsschiffen den Zielstandort meldeten…

Die Luft war erfüllt vom Gebrüll der Strahltriebwerke. Ganz in der Nähe landeten auf ihrem Träger drei amerikanische Düsenflugzeuge. Der Aufklärungshubschrauber der USA-Seestreitkräfte ging ebenfalls auf das Deck seines Flaggschiffs nieder. Über der *Opritschnik* blieben nur der amerikanische Sanitätshubschrauber und der auf Befehl des sowjetischen Admirals aufgestiegene russische Helikopter.

Alle Kriegsschiffe, die russischen und auch die amerikanischen, kamen so dicht wie möglich an die Yacht heran und bildeten einen großen, bedrohlichen Ring um die *Opritschnik*.

Neben dem Flugzeugträger, den Raketenkreuzern, Zerstörern, U-Abwehrschiffen und anderer schwimmender Militärtechnik, die in der Lage war, innerhalb von zehn Minuten die halbe Welt zu zerstören…

…wirkte die kleine, hölzerne *Opritschnik* wie ein armseliges, verschüchtertes Kätzchen, das von einer Herde Elefanten und Nilpferden umzingelt ist.

Und die zwei Hubschrauber, die fast ihre Masten berührten, erinnerten an Kondore, die bloß darauf warteten, auf dieses Kätzchen hinabzustürzen und es in Stücke zu reißen...

Zumal der Pilot des sowjetischen Hubschraubers Aaron und Wassili unverhohlen mit der Faust drohte und mit einem Anflug des Bedauerns in der Stimme seinem Flaggschiff meldete:
»Sie leben, die Mistkerle! Es sind die zwei Juden, von denen wir letzte Woche gehört haben!«
»Kehren Sie zur Basis zurück!« kam der Befehl.
Der Hubschrauber drehte nach oben ab und flog zu seinem Schiff...

Der amerikanische Sanitätshubschrauber machte seinem Vorgesetzten ebenfalls Meldung:
»Alles okay, Sir! Sie leben und sind gesund! Die Yacht hält sich auf dem Wasser, Sir! Sieht so aus, als brauchten sie unsere Hilfe nicht. Ich sehe allerdings nur zwei Leute, obwohl auf so einer Yacht...«
»Sie waren immer nur zu zweit. Sind Sie ganz sicher, daß sie keine Hilfe brauchen?«
»Ja! Ich sehe ausgezeichnet, wie sie auf der Yacht arbeiten und irgendwas schreien. Wahrscheinlich haben sie den gewohnten Schock. Dagegen habe ich eine tolle Medizin, Sir!«

Wassili und Aaron setzten auf der *Opritschnik* die Segel. Sie rasten vor Wut und brüllten böse zu den großen, ihre Yacht umringenden Kriegsschiffen hinüber:
»Arschlöcher!«
»Was glotzt ihr so, ihr Schweine?!«
»Haben nichts zu tun, die Ärsche!«
»Schießen, das lernen sie, die Lumpen!«

»In Frieden leben solltet ihr lernen, nicht schießen, ihr verdammten Hunde!«

Die Segel waren gesetzt und hatten sich mit Wind gefüllt.

»Schmeiß auch den Motor an!« schrie Wassili. »Bloß weg! Ich kann sie nicht mehr sehen, die Affen!«

Aaron warf den Diesel an und brüllte den Schiffen, amerikanischen wie sowjetischen, zu:

»Los, verpißt euch, ihr Kacker! Vorwärts, Wassja!«

Willfährig dem Steuer gehorchend, fuhr die Yacht ziemlich schnell aus dem Ring heraus. Stolz flatterte die grüne, schon tüchtig ausgeblichene Niemandslandfahne im Wind...

Der amerikanische Sanitätshubschrauber begleitete sie ein Stück, warf ihnen einen Kunststofftubus mit Wimpel ins Cockpit und drehte ab.

»Von den Schiffen aus haben sie uns nicht erledigt, jetzt wollen sie uns aus der Luft fertigmachen«, knurrte Aaron. »Wassja, sieh nach, was da drin ist...«

Wassili hob den Tubus auf, schraubte den Deckel ab und förderte eine dicke, farbige Illustrierte zutage – eine Nummer von *Lui* mit nackten und halbnackten Luxuspuppen!

»Du meine Fresse!« sagte er und hielt Aaron die Zeitschrift unter die Nase. »Da, guck mal, Aarontschik! Nicht übel, wie?!«

Ohne das Steuerrad loszulassen, schielte Aaron auf die aufgeschlagenen Seiten, schüttelte völlig perplex den Kopf und sagte:

»Damit hätten sie gleich rausrücken sollen, statt auf uns zu ballern!«

Wie man gewöhnlich vom Meer her
Haifa ansteuert

Sie segelten noch einen Tag, eine Nacht und einen Tag...
Und Gott sei Dank begegneten sie niemandem mehr
auf ihrem wahrlich nicht leichten Weg...

In der zweiten Nacht aber wurden sie von einem bösen, erbarmungslosen Sturm heimgesucht.

Es rissen die nassen, vermoderten Leinen, es fielen die
Blöcke auseinander, die Segel krachten in allen Näh-
ten...

Das Großsegel – eine Fläche von fast hundert Qua-
dratmetern – ging in Fetzen! Bei diesem Seegang, bei diesem Sturm wurden sie einfach nicht mit ihm fertig – sie
konnten es weder reffen, geschweige denn ganz bergen!
Ihre Hände, ihre menschliche Kraft reichten nicht...

Sie dümpelten im schwarzen, schaumigen Wasser nur
mit dem Stagsegel dahin. Vielleicht war es ihre Rettung,
daß das Großsegel zum Teufel ging...

Das Steuer mußten sie mit vier Händen halten. Sie be-
teten, daß nur ja der Kettentrieb nicht zu Bruch gehen
möge! Daß sie nur ja nicht die Steuerung verlören!

Und um sie herum – nicht eine einzige lebende Seele...

Gegen Morgen, als der Wind allmählich abflaute, näherte sich ihnen vorsichtig ein kleiner Pott (in der Däm-
merung konnten sie nicht ausmachen, wer, was, woher...). Man bot ihnen Hilfe an, indem man ihnen das
Ende eines dicken Taus vom Heck zeigte, was hieß:
Wär's nicht besser, Herrschaften, wir würden euch ins
Schlepptau nehmen...

Aber Wassili sagte zu Aaron:

»Zum Teufel mit denen... Fürs Abschleppen ziehen
die uns nachher das letzte Geld aus der Tasche! Wir müs-

251

sen aber von irgendwas leben... Bis wir unsere Yacht verkauft haben... Bis wir unsere Millionen bekommen... Stimmt's?«

»Stimmt«, antwortete Aaron. »Wir sind schließlich nicht von Pappe. Wir wissen uns selber zu helfen.«

Morgens dann – als wäre in der Nacht nichts gewesen – Stille und Eintracht. Das Meer glatt wie ein Spiegel, kein einziges Schaumkrönchen. Es dampfte nur ein wenig, deshalb flimmerte und verschwamm der Horizont vor den müden Augen, und es war schwer, lange in die Ferne zu sehen. Vor Anstrengung begannen die Augen zu tränen, die Schläfen zu hämmern...

Sie segelten unter dem zerrissenen, zerlumpten Stagsegel. Beim gleichmäßigen Tuckern des Dieselmotors tranken sie Kaffee aus der Thermoskanne.

Auf Gegenkurs überflog sie ein kleines Flugzeug. Es kam herunter, kreiste über der *Opritschnik*, wackelte mit den Flügelchen, wendete und flog zurück.

»Wahrscheinlich ist Haifa nicht mehr weit«, sagte Aaron.

»Wie kommst du darauf?« fragte Wassili.

»Solche kleinen Maschinen fliegen nicht weit...«

»Sag das nicht. Erinnere dich mal an den deutschen Bengel Rust. Wo der herkam, um auf dem Roten Platz zu landen. Und das Flugzeug war genauso klein!«

Aaron zuckte die Schultern und schwieg.

Die Sonne brannte höllisch heiß. Vermutlich war es schon die israelische... Für lange Gespräche reichte einfach die Kraft nicht.

Als die Sonne im Zenit stand und die Hitze entsetzlich wurde, kam Haifa in Sicht.

Eigentlich nicht direkt Haifa, sondern das Kap El-Kurum, wie Wassili verkündete, der den letzten Band des

Seehandbuches des südöstlichen Teils des Mittelmeeres in Händen hielt, das 1976 vom Verteidigungsministerium der UdSSR und der Hauptverwaltung für Navigation und Ozeanographie herausgegeben worden war.

In direkter Kursrichtung war schon das große, weiße Gebäude des Krankenhauses zu sehen und nicht weit davon der riesige Elevator...

Rechts davon ragte die vergoldete Kuppel eines Tempels in den Himmel, und in der Mitte des Kaps, auf der Spitze der Erhebung, noch ein bemerkenswertes Gebäude – ein Hotel, wie der allwissende Wassili sagte.

Wassili brachte aus der Kajüte die Karte *Einfahrten in den Hafen von Haifa* angeschleppt, die einen großen Maßstab hatte – ein Zentimeter gleich fünfzig Meter –, betrachtete sie aufmerksam, bestimmte den neuen Kurs nach Augenmaß und sagte zu Aaron:

»Also, Aarontschik... etwa fünfzehn bis zwanzig Grad Steuerbord. Jetzt ist alles Jacke wie Hose, wie man in Odessa sagt. Kap El-Kurum muß sowieso umfahren werden. Die Hafenzufahrt ist seitlich von der Bucht Akko aus. Und hier ist ihr Hauptkai. Hier darfst du weder fischen noch ankern. Strengstens verboten. Wie bei uns...«

Aaron drehte bei und steuerte die *Opritschnik* parallel zum Ufer. Wenig später räusperte er sich und sagte unsicher:

»Weißt du was, Wassja... Vielleicht sollten wir die Yacht nicht verkaufen... Ich hab mich so an sie gewöhnt... Und wo wir jetzt quasi auf ihr eingefuchst sind. Meinst du nicht, wir könnten das nötige Kleingeld für ein gutes, angenehmes Leben auch ohne diese Millionen ranschaffen? Fürs erste könnten wir sogar auf ihr wohnen...«

Wassili legte Karte und Handbuch beiseite, setzte sich

auf die Bank im Cockpit und starrte Aaron an. Dann sagte er kopfschüttelnd:

»Mensch, ich glaube, du kannst hellsehen...«

Wie Aaron Iwanow und Wassili Rabinowitsch in den warmen Ufergewässern vor den Augen ganz Haifas Anker warfen

Als sie das Kap umrundet hatten, kreuzte ein weißes Schnellboot ihren Weg, in dem sich drei Männer befanden: zwei in einer Aaron und Wassili unbekannten Uniform, und der dritte, etwa fünfzigjährig, in weißen Hosen und kragenlosem, weißen Hemd.

Er winkte so temperamentvoll und schrie etwas, daß Aaron unwillkürlich das Gas wegnahm und ihn fragend anstarrte. Wassili spuckte wütend aus und krächzte völlig abgearbeitet:

»I go to Haifa!«

»Und was ist das da?!« stöhnte der Mann im Hemd und zeigte auf Kap El-Kurum. »Herr Rabinowitsch! Herr Iwanow! Mein Name ist Schapiro. Ich komme aus Melitopol und werde fürs erste Ihr Dolmetscher sein! Fahren Sie sofort zurück zum Kai! Dort erwartet Sie ganz Haifa!«

»Aber dort ist keine Anlegestelle!« schrie Aaron.

»Für wen?! Für Sie?! So was Meschuggenes! Folgen Sie mir!« befahl Schapiro und sagte zu den Uniformierten etwas auf iwrith.

Die lachten, wendeten und fuhren, bemüht, der *Opritschnik* nicht zu weit vorauszueilen, in Richtung Ufer — dorthin, wo das weiße Krankenhausgebäude, die goldene Tempelkuppel, der Elevator und das Hotel auf dem Berg zu sehen waren.

Aaron gab Gas und folgte dem Schnellboot mit dem Mann namens Schapiro aus Melitopol an Bord.

Als sie bis auf etwa hundertfünfzig Meter an den Kai herangekommen waren, sahen Aaron und Wassili die auf sie wartenden Menschen. Es mochten bestimmt dreihundert sein!

Über dem Kai hing ein langes, weißes Spruchband, auf dem mit Riesenbuchstaben geschrieben stand:

I GO TO HAIFA!

»Nicht schlecht...« brummte Wassili. »Mama mia...«

»Wir sind da!« sagte Aaron und verlangsamte die Geschwindigkeit der Yacht, indem er den Motor auf Standgas herunterschaltete.

»He, was machst du denn?!« erschrak Wassili.

»Gar nichts!« fuhr Aaron ihn an. »So wie ich aussehe, fahre ich doch nicht ans Ufer ran!«

»Das ist aber peinlich...« sagte Wassili leise und sah auf die beifallklatschende Menschenmenge.

»Peinlich ist es, sich den Leuten in diesem Aufzug zu zeigen«, sagte Aaron. »Guck dich doch mal an! Grauenvoll!«

Aaron musterte Wassili von Kopf bis Fuß, als sähe er ihn zum erstenmal: lange, ungepflegte Zotteln, die schwarze Piratenmütze schaute mit dem zerbrochenen Schirm irgendwohin zur Seite, ein Zweiwochenbart, schmutzig, abgerackert, durchgeschwitztes, stellenweise schon durchgescheuertes Matrosenhemd, zerrissene Shorts, besser gesagt mit der Schere einfach abgeschnittene gewöhnliche alte Arbeitshosen, dreckige, schwielige Hände, die Knie voller Schrammen, an den Füßen statt der früheren Basketballschuhe irgendwelche abgelatschten Gurken...

»Grauenvoll…« wiederholte Aaron. »Schlicht und einfach grauenvoll! Und jetzt sieh mich an. Was siehst du?«

»Wahrscheinlich dasselbe… Nur alles doppelt so groß.«

»Um so schlimmer!« sagte Aaron. »Los, räume das verdammte Stagsegel weg und stell dich an den Buganker. Ich übernehme den zweiten Anker am Heck.«

Schapiro aus Melitopol merkte, daß die *Opritschnik* stehengeblieben war und schrie erschrocken:

»Was ist passiert, Herr Iwanow?! Was soll das, Herr Rabinowitsch?!«

Wassili holte sehr gekonnt das Stagsegel ein. Aaron schaltete den Motor ganz aus und schrie Schapiro zu:

»Regen Sie sich nicht auf! Wir gehen jetzt vor Anker, und in einer halben Stunde sind wir am Kai! Okay?!«

»Von wegen okay! Überhaupt nicht!« schrie Schapiro aus Melitopol entsetzt. »Sie sind ja verrückt geworden! Die Leute warten schon seit zwei Stunden auf Sie!«

»Dann warten sie eben noch eine halbe Stunde länger!« antwortete Aaron. »Wir haben fast fünfzig Jahre gewartet, um sie zu treffen!«

Schapiro griff sich verzweifelt an den Kopf. Das Schnellboot brauste zur Landungsbrücke am Kai. Dort drängten sich die Einheimischen, um die Helden aus Weltpresse, Radio und Fernsehen, die legendären Seefahrer Wassili Rabinowitsch und Aaron Iwanow, zu empfangen. Blumen, Orchestermusik, begeisterte Rufe…

Wassili hatte inzwischen das fachmännisch geborgene Stagsegel auch ordentlich zusammengelegt und in den Sack gepackt. Nun wuchtete er ächzend und stöhnend den schweren Anker mit der dicken Eisenkette zur Bugreling.

Genau dasselbe tat Aaron am Heck. Allerdings ohne Ächzen und Stöhnen. Er hob den schweren Anker mit der runterhängenden Kette einfach hoch und wartete, bis Wassili so weit war, daß er den Anker über Bord werfen konnte.

»Durchhalten, Wassja! Gleich zeigen wir ihnen, wie man das macht!« schrie Aaron. »Fertig?«

»Fertig!« antwortete Wassili mit vor Anstrengung gepreßter Stimme.

»Anker los!« schrie Aaron.

Beide Anker, am Bug und am Heck, fielen gleichzeitig ins Wasser.

Die Menschenmenge am Kai applaudierte.

Die Ankerketten rasselten...

Machtvoll senkten sich die Anker auf den Grund des Mittelmeeres...

Das Rasseln der Ketten verstärkte sich, wurde seltsamerweise immer lauter und schrecklicher...

Die Menge am Ufer verstummte...

Aaron und Wassili sahen sich verständnislos an und fühlten plötzlich, wie die *Opritschnik* anfing zu beben, sich wie im Fieber zu schütteln...

Die Vibration wurde so gewaltig, daß sie sich festklammern mußten, wo es sich gerade traf, um nicht über Bord zu gehen...

Unheimlich war das Rasseln der Ankerketten. Das Beben erreichte jetzt einen unglaublichen Grad, und plötzlich...

...sah man, wie die arme, alte Yacht mit dem absurden, unverdienten Namen *Opritschnik*, die 1937 gebaut wurde und 45 Jahre in der feuchten Leningrader Erde gelegen hatte, die Aaron und Wassili für 5000 Rubel gekauft und für 20000 restauriert hatten, die von Lenin-

grad nach Odessa durch die Luft geflogen war, die Rußlands und Amerikas Raketen nicht versenkt hatten, die
anderthalbtausend Seemeilen auf vielen Meeren zurück-
gelegt hatte, ausgedörrt von der unbarmherzigen Sonne,
verwüstet von vernichtenden Stürmen, daß die Yacht
Opritschnik nun der einfachen Vibration ihrer Anker
nicht standhielt und vor den Augen der verblüfften Hai-
faer in tausend Stücke zerbrach…

Die unglückliche *Opritschnik* zerfiel einfach zu Staub!
Zu Staub zerfiel auch der Zehnmillionendollar-
traum…
Der Traum trieb im warmen israelischen Ufergewäs-
ser in Form von zersplitterten Brettern, Segelfetzen,
Bruchstücken von Mast, Kajüte, Seekarten, Zeitungs-
ausschnitten aus der Weltpresse und der Fotografie von
Marxen Iwanowitsch Murawitsch…
Die Menschenmenge am Kai stöhnte auf, schrie,
heulte…
»Wassja… Wo bist du?« rief der nach Luft schnappende, versinkende Aaron und schlug mit seinen kräftigen Armen hilflos aufs Wasser…
»Aarontschik!« Wassili hatte schon Wasser ge-
schluckt, versuchte mit weit aufgerissenen Augen, sich
an irgend etwas festzuklammern und versank erneut im
Wasser…
Schon rasten von der Anlegestelle Rettungsboote
heran, schon flogen Rettungsringe ins Wasser…
Mit schwindendem Bewußtsein griff Aaron nach
einem Rettungsring und hörte plötzlich neben sich Wassilis nach Luft schnappende Stimme:
»Nicht anfassen, Aaron! Kostenminimum – fünfhundert Dollar!«
Entsetzt zog Aaron die Hand vom Rettungsring zu-

rück, hielt sich zu seiner eigenen Überraschung plötzlich wie ein Hund paddelnd über Wasser und sagte:

»Was, so 'ne Menge Kies?! Die haben sie wohl nicht alle...!«

Unglaublich, woher sie die Kraft nahmen — Aaron brachte es sogar fertig, zu Wassili hin zu paddeln, der schon Grund unter den Füßen spürte und ihn, Marxen Iwanowitschs aufgefischtes Foto zwischen den Zähnen, zu sich heranzog, ihn über Wasser hielt...

Die Menge am Kai tobte...

Und wenn Aaron und Wassili jetzt nicht so sehr mit der Rettung ihrer Leben beschäftigt gewesen wären, wenn sie sich nicht, wenn auch verspätet, in den Anfangsgründen des Schwimmens geübt hätten, sondern aufmerksam die Menge am Kai betrachtet hätten, dann hätten sie unter den Gaffern auch Klawa und Riwa entdecken können, ihre gut gekleideten und auffallend schöner gewordenen ehemaligen Frauen beziehungsweise Schwestern!

Und neben Klawa und Riwa hätten sie bestimmt Njomka Bljufstein mit seinen zwei Kindern, seiner Frau und seiner alten Odessaer Mama erkannt...

Und wenn Aaron und Wassili zu all dem auch noch hätten hören können, was die Menge so schrie, dann hätten sie bestimmt herausgehört, was Klawa und Riwa so laut brüllten, daß es durch ganz Israel schallte:

»Aarontschik! Wassjenka!«

»Wassjenka! Aarontschik!«

»Ojeojeoje... Sie können doch nicht schwimmen!«

Denkbar auch, daß Aaron und Wassili Njomka Bljufstein gehört hätten, den ehemaligen Ingenieur-Major, der wie ein Synagogendiener jammerte:

»O mein Gott... O mein Gott... Hoffentlich schaffen sie's, hoffentlich schaffen sie's!...«

Und natürlich hätten es Wassili und Aaron als sehr angenehm empfunden, zu hören, wie Riwa und Klawa, ohne sich abgesprochen zu haben, gleichzeitig mit dem Finger auf ihre im Wasser paddelnden ehemaligen Gatten beziehungsweise Brüder zeigten und im Brustton der Überzeugung im Chor zu Njomka sagten:

»Um die machen Sie sich mal keine Sorgen! Die schaffen das schon!«

Doch Aaron und Wassili hörten und sahen nichts von all dem.

Sie schwammen um ihr Leben... Zum erstenmal gegen Ende des fünften Jahrzehnts ihres nicht immer leichten und oft recht wirren Lebens schwammen sie, zwar keuchend und nach Luft schnappend und sich gegenseitig helfend und paddelnd wie Hunde, aber sie schwammen!

Und schwimmend erreichten sie Haifas Küste...

18	Tschekist	Angehöriger der Tscheka, der Vorgängerin des KGB
22	Togliatti	Eine Stadt an der Wolga, die nach dem italienischen Kommunisten Palmiro Togliatti genannt wurde und eines der wichtigsten Zentren der Automobilproduktion ist.
23	OWIR	Visa- und Meldeamt
26	Astoria, Pribaltijskaja	Zwei der bekanntesten Luxushotels in Leningrad / St. Petersburg, wo v. a. Ausländer wohnen.
32	Sestrorezk	Ein Küstenstädtchen nördlich von Leningrad/St. Petersburg
34	Dewjatka	Die umgangsprachliche Bezeichnung für einen Lada 2109
44	Opritschnik	Eine von Iwan dem Schrecklichen in den 60er Jahren des 16. Jahrhunderts aufgestellte Spezialtruppe, die zur Verfolgung der inneren Opposition bestimmt war

Jurij Trifonow
Das andere Leben
Roman. Aus dem Russischen von Alexander Kaempfe.
207 Seiten. Serie Piper 982

Vom selben Autor ist lieferbar:
Das Haus an der Moskwa
Roman. Aus dem Russischen von Alexander Kaempfe.
222 Seiten. Serie Piper 1004

Weiße Städte
Sibirische Erzählungen der Gegenwart.
Herausgegeben und mit einem Nachwort von
Rosemarie Tietze.
Aus dem Russischen von Barbara Conrad, Gertraude Krueger,
Rosemarie Reichert, Bernd Rullkötter und Rosemarie Tietze.
316 Seiten. Serie Piper 1315

Wladimir Woinowitsch
Moskau 2042
Roman. Aus dem Russischen von Swetlana Geier.
442 Seiten. Serie Piper 1043

Vom selben Autor ist lieferbar:
Die Mütze
Erzählung. Aus dem Russischen von Swetlana Geier.
124 Seiten. Serie Piper 1305